길들은
다 일가친척이다

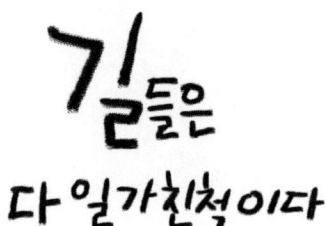

길들은 다 일가친척이다

사람이 걸어 다니던 길은 큰 차도가 될 수도 있다. 그렇다면 지금 막 뻗어 낸 길은 길의 새싹인가.

함민복 에세이

길들은 진화와 퇴화를 반복하며 서로 만난다. 길끼리 만나지 않는 길은 존재할 수 없다.

길 중에, 섬島인 길은 없다. 길들은 다 일가친척이다.

현대문학

목 차

1부 ı 추억의 경쟁

2부 ┆ 전등사에서 길을 생각하다

3부 ı 우리 시대의 약도는 무엇일까

1부

—

추억의 경쟁

밥상을 들 때의 마음으로

크리스마스 무렵이면 전화를 걸어오는 동생이 한 명 있다.

"잘 지내셨어요? 전화도 자주 못 드리고……. 저는…… 그냥 잘 지내고 있네요."

잘 지내고 있다고 말하지 않고 남의 말하듯 잘 지내고 있네요, 라니. 그의 독특한 말투를 들고 있으면 그가 환한 얼굴로 금방 다가선다.

"형님 주례 좀 서주세요."

"지금 농담하냐. 난 아직 장가도 못 간 놈인데. 남들이 몰상식하다고 흉봐."

그가 재미 삼아 나를 떠보는 말이라면 중도에 끊고 화제를 딴 방향으로 돌리려 했다. 그런데 그가 너무 진지했다. 신부 될 사람과는 벌써 말을 끝냈고, 장인 될 분의 허락도 받았다고 했다.

"내가 미혼자라는 사실을 알고도 허락해주셨나?"

"사고가 워낙 열려 있으셔서요. 당부로, 잠바 입지 말고 양복은 꼭 입었으면 하시네요. 당신은 괜찮은데 하객들 땜에……. 주례는 신랑이 구하는 거라는데 주위에 마땅한 사람도 없고 그러네요."

동생이 옷값을 준다는 걸 살림에 보태 쓰라며 간신히 사양할 수 있었다. 백화점에 가 거금 사십만 원을 지불하고 양복 한 벌을 샀다. 양복을 산 건 난생처음이었다.

양복을 차려입고 대구행 고속열차에 올랐다. 소설가 황석영 선생은 이십 대에, 김훈 선생은 삼십 대에 주례를 봤다지만…… 내 주제에 과분하게도 사십에 주례를 보러 가는 길.

나는 안 떨고 있는데 열차가 떨고 있나, 이거 손이 왜 이러지. 중얼거리며 열차를 살펴보았다. 분명, 내가 타고 있는 열차는 덜컹거리지 않기가 주특기 중 하나인 고속열차였다. 손 떨림을 인정하고 요약해온 주례사를 원고지에 옮겨 적었다.

언젠가 소설가 김훈 선생이 후배 시인 주례를 보는데 원고지 넘기는 모습이 폼 나 보여 한번 표절해볼 요량이었다. 아 그때, '신랑은 몸이 마른 편이나 어깨가 벌어졌고 종아리가 튼실했다. 신부는 그 곁에서 자주 웃었다. ……서로 불쌍히 어여삐 여겨 살아라. 연민의 정으로 살아라' 라는 요지의 주례사는 어느 주례사보다 압권이었다. 그 정도는 되어야 주례사인데…….

예식장에 두 시간 전에 도착해 결혼식 두 건을 보았다. 식순과 주례자의 시선 처리를 공부할 목적이었다. 예식 시간이 다가오고 신랑을 만났다. 축하한다는 말보다 넥타이 맬 줄 아느냐는 말이 먼저 튀어나왔다. 신랑이 고개를 저었다. 주머니에 챙겨온 넥타이를 꺼내 들고 사회 볼 친구를 찾았다. 그도 고개를 저었다. 신부 대기실로 갔다. 다들 고개를 저었다. 천우신조. 신부 도우미가 고등학교 때 교복에 매보긴 했다며 손가락으로 기억을 더듬었다. 도우미, 정말 고마운 도우미.

시간이 임박하여 사회자에게 경험이 좀 있냐고 물어보았다. 처음이라고 했다. 신랑이 자기도 처음이라고 우스갯소리를 했다. 그럼 우리 셋 다 처음인데 떨지 말자고 '파이팅!' 을 제안했다.

음악이 흐르고 비눗방울이 날리고 나는 꿈처럼 식장에 서 있었다. 축시를 읽으며 하객들 측방에는 서보았으나 하객들 전방에는 초출이었다. 다리가 후들후들 떨려왔다. 단전에 힘을 꽉 줘봐도 소용이 없었다. 그래도 견디어낼 수는 있을 것 같다고 판단하는 순간, 장갑 낀 손가락이 원고지에서 미끄러지기를 반복했다. 다음 쪽으로 넘어가지지 않는 원고지. 장갑을 벗으면 결례일 것 같고, 이를 어찌할 거나. 마음은 십여 초 동안 장갑을 벗자, 벗어서는 안 된다, 이 둘 사이를 백팔 번 오갔다.

"새신랑 연락 왔나. 연락이 안 되네. 이 사람아, 총각이 주례를 봐서 잘못된 것 아냐."

동네 형님 말은 걱정 반 농담 반이었으나 내 맘은 그렇지 못했다. 그해 크리스마스 무렵 그가 신혼여행을 떠난 인도네시아에 쓰나미가 들이닥치고 어마어마한 사람들이 죽었다.

며칠 후.

"형님, 연락 왔어요. 총각이 주례 봐서 살아온 것 같아요."

"자네 주례사는 어떻게 했나?"

"우리가 두 손으로 밥상을 받쳐 들 때 삶에 의지가 돋고 마음이 경건해지고 착해지잖아요. 그래서 밥상을 들 때의 맘으로 평생을 살라고 했죠."

동생은 어설픈 주례자의 떨림을 잊지 않았던지 크리스마스 무렵이면 전화를 한다.

내가 고마워할 사람들은 수두룩한 반면, 나를 고마워할 사람을 만들지 못하고 살아온 실패의 날들. 반성이 절로 깊어지기도 하고 사회가 반성하자는 분위기를 잡아주는 한 해의 끝. 동생의 전화는 내 마음을 울린다.

밥상을 들 때의 마음으로 살아가야 할 두 사람에게

한 아름에 들 수 없어 둘이 같이 들어야 하는 긴 상이 있다
오늘 팔을 뻗어 상을 같이 들어야 할 두 사람이 여기 있다
조심조심 씩씩하게 상을 맞들고 가야 할 그대들
상 위에는 상큼하고 푸른 봄나물만 놓여지지는 않을 것이다
뜨거운 찌개 매운 음식 무거운 그릇도 올려질 것이다

또 상을 들고 가다가보면 좁은 문이 나타나기도 할 것이다
좁은 문을 통과할 때 등지고 걷는 사람은 앞을 보고 걷는 사람
을 믿고
앞을 보고 걷는 사람은 등지고 걷는 사람의 눈이 되어주며
조심조심 씩씩하게 상을 맞들고 가야 할 그대들

한 사람이 허리를 숙이면 한 사람도 허리를 낮추어주고

한 사람이 걸음을 멈추면 한 사람도 걸음을 멈춰주고
한 사람이 걸음을 독촉하면 한 사람도 걸음을 빨리 옮기며
조심조심 씩씩하게 그대들이 걸어간다면

좁은 문쯤이야!
좁은 문쯤이야!

오늘부터 같이 상을 들고 가야 하는 그대들이여
팔 힘이 아닌 마음으로 상을 같이 들고 간다면
어딘들, 무엇인들, 못 가겠는가, 못 들겠는가
오늘 여기 마음을 맞잡고 가야 할 두 사람이 있다

나는 위 주례사를 요약하여 후에 「부부」라는 시를 썼다.

굴렁쇠

달을 보면 바둑이 생각난다. 두 고수가 하늘에서 대국을 두고 있는 것 같다. 한 고수가 태양을 착점하였다. 이에 다른 고수가 응수하려고 달을 착점하다가 멈칫거린다. 태양의 수가 워낙 세다. 달을 두고 있는 고수는 착점하지 못한다. 천천히 돌을 놓았다가 천천히 돌 거둬들이기를 반복할 뿐이다. 돌을 거의 놓자고 결심하는 단계까지 손가락 끝을 돌에서 빼, 보름이 되었다가 다시 천천히 바둑돌을 손가락 끝으로 덮어가, 그믐이 된다. 태양은 늘 쨍쨍 자신만만하고 달은 늘 생각에 잠겨 있다. 그래서인지 달을 보는 자도 늘 생각에 젖는다. 달이 기억 하나를 풀어 던진다.

겨울, 달 밝은 밤이었다.

도심盜心이 싹튼 소년 셋이 모였다. 그 소년 중에 겁 많은 유년의 내가 끼어 있다.

"겁나?"

"난, 겁나."

"난, 겁 안 나."

"나도 겁 안 나."

그럼 이 대 일이니까 굴렁쇠를 훔치러 가자.

소년 셋이 정육점 집과 막걸리 양조장 사이에 난, 이름이 지저분한 똥골목으로 접어들었다. 면을 통틀어 열 대도 안 되는, 티브이 소리가 막걸리 양조장 담장을 넘어오고 있었다. 양조장 뒤뜰은 정화조가 있어 넓었고, 건물에 ㄷ자로 맞물려 있는 담장은 길었다. 소년 셋 중 하나가 담장을 넘었다. 흙돌담에 얹혀 있던 용마름이 비틀어지며 바스락, 지푸라기 소리를 냈다. 담을 넘은 소년이 굴렁쇠를 담장에 기대 간신히 밀어 올렸고 담장 밖 소년 하나가 굴렁쇠를 받아 수평으로 눕힌 다음 끌어내렸다. 소년 하나가 담장을 넘어 나오고. 속닥속닥, 속닥속닥, 속닥속닥.

겁 많은 내가 망을 보며 앞서 걸었다. 수상한(?) 사람이 보이면 입천장에 혀를 힘껏 붙였다가 떼며 '딱, 딱' 소리를 내기로 하고,

주위를 살피며 허옇게 눈 쌓인 밭을 가로질렀다. 발 아래서 솔은 눈 부서지는 소리가 뽀드득뽀드득 났다. 입천장과 혀를 이용해 내는 소리는 또래 중 내가 제일 컸다. 그래서 음치인 내가 합창을 하기도 했었다. 아이들이, '시계는 아침부터'까지 부르면, '똑딱 똑딱', 헛 소리로 노래를 이었었다.

소년 둘은 굴렁쇠를 옆으로 눕혀 옆 걸음으로 들고 오다가, 잠시 쉬고 나서 세워 들고 둘 다 앞을 보고 걸었다. 대보름달도 빠져나갈 것 같은 둥그런 원 하나가 외딴 무허가 치과 집을 지났다. 작은 돌 로 쌓은 밭둑에 서 있던 달맞이 대궁들이 부러졌다. 봄이 오면 살 통통 오른 메 뿌리 캐 먹으려고 들추어내던 돌들이 꽝꽝 얼어붙어 있었다. 소를 잡지 않아 오랫동안 비어 있는 도시장간(도축장) 옆에 서 행렬이 멈췄다. 큰 둑을 올랐다. 개울 건너 엿장수 집에 불이 켜 져 있었다. 둑을 내려서 얼음 언 개울을 건너고 다시 둑을 오르고 깨밭을 지났다. 깨 대궁을 베어내고 남은 깨 끄덩이가 발에 밟혀 부 러졌다. 엿장수 집 개가 짖었다.

"너희들이 밤에 어쩐 일이냐?"

"이…… 거요."

리어카에 기대 놓은 굴렁쇠를 가리켰다.

"있던 데 갖다가 놔. 이렇게 큰 굴렁쇠가 나올 곳은 한 곳뿐이잖 아. 양조장 나무통 굴렁쇠지. 아무한테도 말하지 않을게. 원위치 시켜놔, 빨리 가져가서. 못써."

굴렁쇠를 못 팔아, 돈을 못 벌어, 티브이 있는 친구 집에 과자를 못 사가, 〈웃으면 복이 와요〉와 〈어사〉를 못 보게 되었어도, 마음은 한결 가벼워진 소년들이 굴렁쇠를 맸다. 다시 개울을 건너고 도시 장간을 지나고 야매 치과 집을 지났다. 밭을 가로지르다가 소년 하나가 넘어졌다. 굴렁쇠가 틀래틀래 몇 바퀴 돌다가 쓰러졌다. 달려간 소년들이 눈瘤에 숨어버린 굴렁쇠를 찾아내며 키득키득 죄를 털어내듯 웃음을 털어냈다.

소년들은 티브이가 있는 친구 집에 밤 마실을 다녔다. 빈손으로 가는 게 왠지 미안하여 과자를 사 갔다. 담배 밭고랑에서 비닐을 벗겨 개울물에 빨아 갱변 돌 위에 말려 팔기도 하고 집과 동네의 고물을 주워 나르기도 했다. 또 예비군 사격 훈련장이 있는 산에 올라 흙에 박힌 탄두를 캐기도 했다.

과자봉지를 부스럭거리며 티브이가 있는 집 친구를 부를 때 소년들은 행복했다.

굴렁쇠를 눕히고 둥근 원 안에 둘이 들어가, 하나는 앞으로 하나는 뒤로 손 벌려 잡고 둘 다 앞을 보며 걸었다. 무엇이 옳다고 하늘에는 달이 둥그렇게 떠 있었고 소년들도 동그라미를 들고 걸었다.

무사히 굴렁쇠를 담장 안으로 넘겨놓았다. 소년 셋이 정육점 집과 막걸리 양조장 사이에 나 있는 똥골목으로 빨려들어갔다. 잘못 굴러갈 수도 있었던 소년들의 죄업을 끊어준 엿장수의 가위질 소리가 맑게 들릴 듯도 한 달밤이었다.

이사

이삿짐을 실은 트럭 두 대와 승합차가 산골 마을로 접어들었다.

바닷가 마을에 살며 만나던 풍경과 이질적이어서 그런지 산이 유난히 높고 계곡이 협소해 보였다. 띄엄띄엄 마을이 나타났고 고갯마루를 지나며 내려다본 계곡의 물은 푸르렀다.

"과연, 멀기는 멀군."

승합차에 타고 있던 일행 중 한 명이 입을 열었다.

"글쎄, 이삿짐 차량 기사에게 돈을 더 지불해야 하는 거 아닌가 싶네."

"그려, 몇 만 원이라도 더 지불하자고."

"이렇게 깊은 산골인지는 정말 몰랐어요. 괜히 쓸쓸해지네요."

차는 몇 굽이 고개를 더 넘어 좁은 계곡 길로 접어들었다. 큰물이 났었던지 군데군데 포장길이 유실되어 있었다. 임시로 급히 개통한 흔적이 남아 있는 길에서 차가 심하게 흔들렸고 일행은 이삿짐 차가 괜찮은가 차창을 살폈다.

"H 형이 이사를 간대."

H 형은 동네 궂은일을 마다하지 않았다. 또 그의 집에 모여 마을 일에 대해 논의도 많이 했었기에 청년들은 그가 이사를 하기로 결심했다는 말을 전해 듣고 섭섭해했다. 섭섭한 마음을 어떻게 달랠까 생각하다가 이삿짐 차 한 대 부르자는 제의가 나왔고 쉽게 합의를 봤다.

H 형은 부지런했다. 그는 동네 비어 있던 큰 집을 빌려 이사 왔다. 이곳저곳에서 모아 온 자재로 초가집 방갈로를 짓고 민박을 쳤다. 민박 온 아이들에게 볼거리를 제공한다며 사슴, 흑돼지, 칠면조, 오골계, 토끼, 러시아산 기러기 등을 길렀다.

또 손님들에게 무공해 채소를 서비스로 준다며 텃밭에 농사를 지었다. 길을 가다가 멈춰 그의 집을 볼 때면 그는 늘 텃밭에서 풀을 뽑고 있거나 가축들 먹이를 주고 있었다.

새벽에 바닷물이 들어오는 어느 날이었다. 낚싯대를 메고 지나가다 보니 주위가 어두컴컴해 잘 보이지 않는데 그는 벌써 밭에 엎드려 일을 하고 있었다. 그는 모든 면에서 참 열심인 사람이었다. 그는 술도 잘 먹었다. 막걸리를 통으로 시켜놓고 먹었는데 술을 많이 먹은 다음 날도 영락없이 새벽에 일어나 일을 하곤 했다. 사람들은 그런 그를 독일제 위장을 가졌다고 부러워하기도 했다. 그의 말은 직선적이었으나 항상 정이 담겨 있어 그의 집에는 늘 사람들이 모여들었다. 집에 놀러 가면 그는 목에 수건을 두르고 고추밭에서 걸어 나오며 막걸리나 한잔하고 가라고 했다. 수건으로 이마에 흐른 땀을 닦고 있는 그의 모습은 영락없는 농사꾼이었다. 농사를 크게 짓는 친구들보다 그가 더 농사꾼 같아 보일 때가 많았다.

그가 소리치면 형수는 마당에 있는 나무의자로 막걸리와 김치, 고추 등의 안주를 내왔다. 형수는 순하고 맘이 착해 술 먹는다고 그에게 잔소리 한 번 하지 않았다. 형수는 술을 즐겨하지는 않았지만 손님들이 시키면 노래를 부르기도 했는데 그 실력이 아마추어 수준을 넘었다. 동네 일이 있는 날은 그의 집에 있는 장고, 꽹과리, 북을 치며 한판 걸지게 놀기도 했다. 형수는 〈사랑가〉, 〈상주모심기〉, 〈진도 아리랑〉, 판소리 대목 중에 〈쑥대머리〉 등등 못 부르는 노래가 없었다.

그렇게 어울려 살던 중 이웃 동네에 대형 민박, 펜션들이 생기자 그의 생활은 어려워졌다. 그는 새로운 돌파구로 텃밭에 소장을 짓고 소를 길렀다. 그런데 소장에 불이 나 낭패를 보게 되었고 결국

이사를 가게 되었다.

 차들이 멈춘 곳은 외딴집이 언덕 위로 올려다 보이는 길가였다. 마당까지 큰 이삿짐 차가 올라갈 수 없었다. 작은 트럭으로 이삿짐을 실어 나르기로 하고 이삿짐 차에서 짐들을 풀어 길가에 내렸다. 농사 지으려면 다 필요한 것들이라고 챙겨 실어 짐이 생각보다 많았다.

 짐을 내려놓고 갈 길이 먼 큰 이삿짐 차를 보내기로 했다. 청년회장이 이삿짐 차 기사에게 계약한 액수보다 돈을 더 얹어주려고 했다. 그러자 기사는 웃돈을 사양하며 말을 이었다. 자기도 처음에는 생각보다 거리가 멀어 어떻게 돈을 더 달라고 말할까 고민했었다고 했다. 그런데 산골로 깊이 들어오면서 조금씩 그 생각이 가시더라고 했다. 이렇게 산속까지 어린 자식들을 데리고 살러 오는 사람의 심정을 생각해보니 맘이 짠해지기까지 하더라고 했다. 어떻게든 살아보려는 사람에게 보태주지는 못할망정 야박하게 거리나 따지며 운임 얘기를 꺼내려고 한 자기가 부끄러워졌다고 했다. 자기도 어렵게 살지만 턱없이 야박한 사람은 아니라는 기사의 말을 들으며 가슴이 뭉클해졌다. 돈을 거절하는 기사에게 청년회장은 밥값이나 하라고 하며 돈 몇 만 원을 찔러주었다.

 이사 간 마을의 반장이 올라와 짐 나르기를 도왔다. 마을 반장은 그 멀리서 이사를 오는데 젊은 사람들이 많이 따라온 걸 보면, 이사 오는 분이 인심은 안 잃고 살았던 것 같다고 하며 열심히 짐을 날랐다. 이삿짐을 다 나르고 이사 온 집에서 좀 떨어져 있는, 형이 잘 아는 집에 가 저녁을 먹었다. 저녁을 먹으며 이삿짐 속에 싣고 온 막걸리도 한 잔씩 마셨다. 이제 막걸리를 누구하고 먹냐며 쓸쓸한 이별을 할 때는 이미 어둠이 내려 있었다.

산골에 그의 식구들을 내려놓고 빠져나오며 우리는 맘이 착잡했다. 그래서인지 누군가 제안을 했다. 이왕 이렇게 늦은 거 동해로 빠져나가 오징어 회에 소주나 한잔 먹고 가자고 했다. 불영계곡을 다 빠져나갈 때까지 우리가 타고 있는 차를 비껴 지나가는 차량은 몇 대 되지 않았다. 우리는 술을 먹으며 그와 있었던 각자의 추억을 말하며 웃기도 했지만 내심 맘이 무거웠다.

그해 늦가을. 그 형이 동네 사람들에게 택배를 부쳐왔다. 정성 들여 포장한 박스 안에는 단호박 몇 개가 들어 있었다. '밭이 비탈져 기계가 못 올라가 부부가 인쟁기를 끌며 농사 짓고 있다'라고 했었는데……. 호박 한 통을 책상에 올려놓고 한겨울을 같이 나며 나는 생각했다.

이 호박은 그 형의 땀방울이 호박이 되어 우리 마을 청년들 가슴속으로 이사를 온 것이다, 마음이 마음속으로 이사를 온 것이다, 라고.

반지의 힘

책상 서랍을 열어보다 깜박 잊고 있던 쌍가락지를 꺼내본다. 지난 가을 진주문학회 초청으로 진주시에 갔을 때 받은 은 쌍가락지다. 진주 남강 의암대에서 왜장을 껴안고 투신한 논개는 깍지 낀 손가락이 풀리지 않게 하기 위해 열 손가락에 쌍가락지를 꼈었다고 한다. 진주 사람들은 논개의 높은 충절을 되새기려, 촉석루에서 바라다보이는 진주교에 가락지 모양 상징물 이십 개를 축조해놓았고 논개 쌍가락지를 만들어 그 뜻을 기리고 있다고 했다.

반지 상자에서 은가락지를 빼 손가락에 끼워본다. 손가락 마디가 굵어 들어가지 않는다. 손가락 굵기가 문제가 아니라 애국심이 부족해 들어가지 않는 것은 아닐까, 라는 뜬금없는 생각이 들며 반지에 대한 이런저런 기억들이 떠오른다.

반지가 귀했던 어린 시절이다. 도회지에서 이사 온 친구가 어디서 들었는지 소매치기들 반지에는 면도날이 붙어 있다고 했다. 마치 자기가 면도날 달린 소매치기 반지를 낀 것처럼 가방 찢는 흉내와 주머니 따는 동작을 실감나게 보여줬다. "야, 소매치기들 무섭다. 소매치기하다가 들키면 어떻게 하는 줄 알아. 이렇게 면도날로 얼굴을 삭, 긋는 거야. 그래놓고 얼굴에서 피가 나 정신없을 때 도망친대. 무섭지." 친구가 바람잡이 대역으로 세워뒀던 여자친구 얼굴 긋는 시늉을 했다. 여자친구가 놀라 소리를 쳤고 나도 섬뜩 놀라며 내 얼굴을 만져보았다. 만원 버스는커녕 그냥 버스도 한 번 타본 적이 거의 없는 우리가 놀라자 친구는 더 신이 나서 말을 이었다. "기차에서 있었던 일인데, 아기 엄마가 화장실 다녀오는데, 아기가 자지러지게 울더래. 달려가 보니까 글쎄 반지 꼈던 아기 손가락이 없어졌더래. 반지가 안 빠지니까……." 야, 그만해. 여자친구의 비명 가까운 소리에 도시에서 이사 온 친구의 이야기는 끝났었지만 그 이야기는 지금까지 생생하게 남아 있다.

이십 대 초반이었다. 단기사병 복무가 끝나가던 그해 겨울 아버지가 돌아가시고 사망신고 하러 면사무소에 가는 길이었다. 동네 아주머니가 눈길에 미끄러졌는지 넘어져 있었다. 그 곁에 있던 건넛집 누이가 새어머니를 일으켜 세우려다 같이 나뒹굴었다. 눈 내린 둑길을 달려가 아주머니를 일으켜드렸다. 아주머니 입에서 술 냄새가 났다. 그 일이 있은 후 며칠이 지나서 그 아주머니가 술에 취해 반지를 잃어버렸다는 얘기를 들었다. 그해 겨울엔 눈이 유난히 많이 내렸다. 나는 내 무능력 때문에 아버지가 돌아가셨다는 죄책감에 시달렸다. 사람들이 보이지 않으면 신발과 양말을 벗고 맨발로 둑길을 걷기도 했다. 그렇게 겨울이 가고 눈이 녹던 어느 날 나는 잔설 속에서 반짝이는 반지를 발견했다. 술 취한 동네 아주머니가 넘어졌던 곳에서 멀지 않은 곳이었다. 묵직한 금반지를 아주머니한테 찾아준 날 저녁이었다. 건넛집 막내딸이 장터에서 튀겨온 닭 한 마리를 들고 왔다. 새어머니가 직접 와 인사해야 하는데 다리를 다쳐 고맙다는 말을 대신 전한다며 돌아갔다. 튀김 닭 고소한 냄새가 집 안 가득한 저녁이었다.

'노동자의 반지는 손가락에 난 상처다' '가난한 집에는 할머니들 구리반지 냄새가 난다' 등의 내가 썼던 반지에 대한 문장 몇 개를 추려보는데, 전철에서 있었던 일이 떠올랐다. 문산에 살 때다. 출판사에 들러 일을 마치고 다시 경의선 열차를 타려고 전철을 탔었다. 전철 안은 붐볐다. 시청역을 막 지났을 때였다. 발끝을 뭐가 톡, 건드리는 것 같았다. 힘들게 고개 숙이고 전철 바닥을 내려다보았다. 고급스러운 반지 상자가 있었다. 주인이 누굴까. 주위를 살피며 경계심이 들었다. 어려서 들은 소매치기 이야기가 생각났다. 지금 소매치기 작업이 진행 중은 아닐까. 소매치기들이 실수로 반지를 놓친 것은 아닐까. 빠르게 생각이 오갔다. 똑바로 눈을 뜨고 주위를 살펴볼 수가 없었다. 쇼핑백을 든 연인이 내 옆에서 마주 보고 이야기를 나누고 있었다. 나는 조심스럽게 말을 건넸다. 혹시 반지 안 사셨나요. 네! 연인은 깜짝 놀라며 고개를 끄덕였다. 나는 손가락으로 발밑을 가리켰다. 전철이 막 서울역에 도착하고 있었다. 젊은 연인은 고맙다고, 고맙다고 반복해 인사를 했고 나는 인파에 떠밀려 전철에서 내렸다. 막차를 타고 문산으로 돌아가며 나는 반지처럼 둥글게 떠오른 보름달을 보았었다.

내가 최근 기억에 남을 만한 반지 이야기를 들은 것은, 나무공예 하는 동생한테서다. 술 먹는 자리였다. 메밀꽃 필 무렵에 독사 대가리에 독이 가장 가득 찬다는 얘기에서 시작된 술자리 얘기는 정처 없이 흘러 인분 이야기에 도착해 있었다. 누군가 여자들 화장실 냄새가 더 독하다는 얘기를 했다. 나는 그 얘기를 받아 남자들만 사용하는 화장실 냄새도 남녀 공동으로 사용하는 화장실 냄새보단 독하다는 얘기와 그 이유는 음양조화에 있다는 어느 책에선가 본 이야기를 했다. 그러자 다들 수긍이 간다는 듯 고개를 끄덕였다. 그때 나무공예 하는 동생이 술을 한 잔 들이켜더니 말문을 열었다.

"제가 잘 아는 형님이 한 분 계셔요. 그 형님이 뭔 일을 하느냐 하면, 환경사업을 해요. 쉽게 말해 똥차를 끌어요. 그 형님한테 들은 얘기 하나 내가 해볼게요. 수거한 분뇨를 다 버리고 나면 바닥에 찌꺼기가 남는대요. 그 찌꺼기를 버릴 때 나무 작대기로 헤쳐본대요. 그러면 거기서 오만 잡동사니들이 다 나온대요. 그 형님이 그 일을 하던 어느 날 반지 하나를 주웠대요. 마침 부인 생일이고 선물 살 돈도 없고 반지를 사준 적도 없고 해서 반지를 깨끗하게 닦았대요. 반지를 선물했더니 부인이 너무 좋아하더래요. 거기까지는 좋았는데 문제가 생기더래요. 뭐냐 하면, 부인이 쌀 씻을 때 그 반지가 유난히 반짝이더라는 거 있죠. 그래서 밥할 때만이라도 반지를 좀 빼고 할 수 없냐고 부탁하니까 부인 왈, 당신이 사준 반지 죽을 때까지 빼지 않겠다고 하더래요. 밥맛 살아나는 거죠, 뭐. 거기다가 선물을 하고 나서 부부 사이가 더 좋아져서 부인이 잠잘 때 반지 긴 손으로 남자의 중요 부위를 덥석 잡고 잔대잖아요. 그 형님, 반지 때문에 환장하겠다고 하던걸요. 빨리 돈 벌어 새 반지를 사 주어야 겠다고 하면서요."

나를 마음에 반지처럼 끼고 평생 살았을, 몸이 많이 아픈 어머니에게 은 쌍가락지를 끼워드려야겠다는 생각을 하며 반지 상자를 닫는다.

이러다 목련꽃 피면 어쩌지

근래에 내가 살고 있는 강화도에서 일산 신도시 가는 버스가 생겼다. 고천을 지나 김포대교를 건너면 바로 일산 신도시다. 나는 파주에 있는 출판단지에 갈 일이 있어 두서너 번 그 버스를 탔다. 버스는 그리 속도를 내지 않아도 일산까지 한 시간이면 족히 도착했다. 대개 어딘가로 움직일 때 옛일들이 많이 떠오르는데 일산행 버스를 탈 때는 유독 그 정도가 심했다. 그것은 아마, 내가 일산 신도시가 들어서기 전, 그러니까 이십 대 후반에서 삼십 대 초반 내 인생의 황금 같은 시기를 그곳에서 보내서일 것이다.

버스가 일산 신도시로 진입하면 나는 차가 달리며 넘겨주는 교통표지판 읽기에 정신이 없었다. 그러니까, 여기가 옛날 거기군. 거기가 이렇게 변했군. 혼자 중얼거리며 십오 년 전 풍경들을 불러 아파트 숲과 쇼핑센터를 밀어내고 그 위치에 원위치 시켜보며, 세월놀이에 빠져들었다. 머릿속 기억이란 리모컨이 자꾸 재방송만 틀어나는 아예 눈을 감기도 했다.

"아따, 저 기러기들 이리 뚝 떨어졌으면 좋겠는디."
"다 떨어지면 불도 꺼지고 우리도 파묻혀요."
별 할 일도 없는 우리들이 모여 목련나무 아래 지펴놓은 모닥불을 쬐고 있을 때 아직 이사를 떠나지 않은 박 목수 형이 자리에 끼어들며 한마디 던졌고 우리들 중 하나가 맞장구를 쳤다.
"어젯밤, 정전되었을 때 형님 뭐했어요."
"술 한잔하고 잤제. 깡쐬주."
박 목수 형은 자기 혼자 좋은 안주에 술을 먹은 것은 아니라는 것을 강조하기 위해 '깡' 자에 힘을 주며, 정말 안주 없이 술을 마셨다는 것을 확인시켜주기라도 하려는 듯, 지금이라도 안주를 먹고 싶다는 듯, 까마득 높이 날아가는 기러기 떼를 올려다보며 입맛을 다셨다.
"형님, 산짐승보고 그러시면 죄받아요. 더군다나 기러기들, 쟤네들도 우리들처럼 철따라 떠돌아다니는 집 없는 애들인데……."

일산 마두리는 전형적인 농촌 마을이었다. 그 마을에 십여 명의 친구들이 모여 같이 살았다. 경의선 열차가 매시간 있고 신촌 가는 직행버스도 있어 교통편이 좋고 보증금 없이 방을 얻을 수 있어 모인 친구들이었다. 시, 소설, 희곡, 시나리오, 만화 줄거리 등 친구들이 공부하는 분야는 다양했는데 공통점이 있다면 다들 습작생이었고 주머니 사정이 형편없다는 거였다. 며칠 서울 인력시장에 나가 막일한 품값으로 쌀 팔고 막걸리 마시고 책 사 보고 타자기 먹 테이프도 갈며 열정과 좌절의 날들을 보냈다.

신도시 계획이 현실화되며 철거가 시작되었다. 동네 사람들이 하나둘 떠나고 빈집이 늘어났다. 그러자 손에 빠루(못 뽑는 연장) 든 사내들이 동네에 제일 먼저 나타났다. 사내들은 이 집 저 집 빈집을 찾아다니며 대청마루를 뜯고 골동품을 찾았다. 다음 출연자들은 좁은 시골 골목 누비기 좋게 특수 제작된 손 구루마를 밀고 나타난 고물상들이었다. 이어 새끼줄 타래를 등에 메어 멀리서 보면 흡사 거북이 같은, 나무 캐 가는 사람들이 나타났다. 그즈음 우리들 생활에도 변화가 왔는데 우리들은 더 이상 셋방을 사는 세입자가 아니었다. 보상 받은 주인들이 다 떠나 집을 한 채씩 소유하게 되었다. "야, 재호 방에 가서 김치 좀 가져와." "재호 방이라뇨. 재호 집이지"라고 여유 있게 농담도 즐기며 우리들은 어느새 집주인이 다 되어 있었다. 그러나 우리들 생활은 점점 어려워졌다. 구멍가게도 떠나고 길도 끊겨 보일러는 묵언정진 동안거에 들고 우리는 공동으로 모여 그날의 일용할 양식 라면에 수프를 몇 개 넣을까 갑론을박하며 기름진 편식을 즐겼다.

"여기, 불 피우기 시작한 지 며칠이나 되남?"

"글쎄요, 거지는 모닥불에 살찐다는데 다들 얼굴이 이리 좋은 것 보면 꽤 되었겠지요. 나무 걱정은 없어요. 나무가 집처럼 아니, 땔 집이 나무처럼 쌓였는걸요."

"나는 곧 떠날 건데 자네들은 언제 떠날 건가?"

"떠나지도 못하고, 모닥불 불기운에, 이러다 목련꽃 피면 어쩌지요."

날아가는 기러기를 먹고 싶은 목수 형님이 불을 쬐고 간 날이었다. 우리들 중 하나가 조그만 항아리를 하나 주워왔다. 항아리가 터질까 안 터질까 걱정하며 불씨를 담았다. 항아리를 멀찍이 두고 지켜보았다. 다행히도 항아리가 쩍 깨지지는 않았는데 살점이 툭툭 튀며 진물을 흘렸다. 소금을 담아놓았던 항아리 같았다. 날이 어두워질 때쯤 되자, 더 이상 살점이 튀지 않고 진물도 흘리지 않아 항아리를 조심조심 방에 옮겨놓았다. 훌륭한 화로였다. 우리는 왜 진작 이 생각을 못하고 추운 잠을 잤는가, 통탄하며 오랜만에 따뜻한

방에 모여 잠을 잤다.

잠결이었다. 쿵 하는 소리가 들렸다. 연탄을 때는 윗집 친구가 가스를 마시고 구원을 청하러 왔다가 부엌에 쓰러진 건 아닐까. 눈을 뜨고 부엌으로 나가봐야 한다는 생각이 들었다. 눈이 떠지지 않았다. 몸을 움직여보았다. 몸이 움직이지 않았다. 얼마나 시간이 흘렀을까. 머리가 빠개지는 것같이 아팠다. "머리가 아파죽겠어"라는 말이 간신히 입에서 나왔다. 옆에서 자던 친구가 나도, 라고 목소리를 흘렸다. 그 순간 우리가 가스를 마신 게 아닐까 하는 생각이 들었고 눈이 떠졌다. 부엌으로 난 방문이 열려 있었다. 다음 날이 신춘문예 마감 날이라고 글을 다 쓰고 잔다고 하던 남 형이 의자에서 떨어지며 문에 부딪혀 문이 열려져 있었다. 살아야겠다는 생각이 들어 누운 상태에서 친구들을 발로 흔들어 깨우고, 집 없는 신혼부부가 모델하우스에 숨어들어 자기 집처럼 살아본다는 희곡을 쓰다가, 의자에서 쓰러지며 문을 열어 우리 생명을 구한 형을 흔들어 깨우고 엉금엉금 기어 마당으로 나왔다.

마두리 그 마을 입구에는 '어디서 무엇이 되어 다시 만나랴' 라는 시구절로 된 술집 간판이 있었지. 안개 속으로 타자기와 배낭을 멘 친구들이 떠나가던 그 철길, 그곳. 그해 신춘문예가 발표되기도 전에 소금 항아리에서 발생한 가스에 의한 집단 중독사로 신문을 장식할 뻔했던 일산, 마두리, 그해 겨울의 친구들이여. 아, 박 목수 형님은 어디서 그해의 식욕을 뉘우치며, 추억하며 기러기를 깎아 솟대라도 세우고 있지나 않을까.

명동성당

눈물은 내려가고 숟가락은 올라가고

—현기영, 『지상에 숟가락 하나』 중에서

숟가락질을 멈췄다. 몸살이 심해 밥해 먹기가 귀찮아 식당에서 된장찌개를 먹고 있었다. 김수환 추기경 선종 소식을 라디오로 듣기는 했으나 티브이로는 처음 접했다. 유리관 속 추기경의 모습은 평화로워 보였다. 신고 있는 구두가 인상적이었고 마음이 쓰여 그런지 눈이 약간 움푹해 보였다.

건너편 식탁에서 삼겹살에 술을 마시고 있던 작업복 차림의 청년들도 티브이에 시선을 집중했다. "누군데?" 하고 묻는 이가 있었고 설명해주는 이도 있었다. 추기경이 살아온 길을 전하는 아나운서의 긴장된 음성과 조문객들의 엄숙한 표정에 술을 먹던 청년들 목소리가 숙연하게 가라앉았다.

"여기에 공권력이 투입되면 맨 앞에 당신들이 만날 사람은 나다. 내 뒤에 신부들이 있고 그 뒤에 수녀들이 있을 것이다. 그래서 당신들은 나를 밟고 우리 신부들도 밟고 수녀들을 밟고 넘어서야 학생들하고 만난다."

6·10 명동성당 민주화투쟁 당시를 회고하는 김 추기경님의 녹취록이 흘러나왔다.

그해 6월 명동성당에서 있었던 일이 머릿속에서 선명하게 살아나고 울컥 눈물이 났다.

'6·10 고문살인 은폐조작 규탄 및 민주헌법쟁취 범국민대회'를 격렬하게 마친 시위대가 명동성당으로 집결했고 경찰들은 성당 주위를 에워쌌다. 학교 선배가 명동성당에 군인들이 난입할지 모른다며 지원투를 나가라고 했다. 학교에서 명동성당이 가까워 평소 성당 근처에서 모임을 자주 가졌다. 작은 골목길도 잘 알고 있어 경찰의 검문을 피해 쉽게 성당에 들어갈 수 있었다. 최루탄 냄새가 농도에 따라 켜켜이 쌓여 있었고 눈이 매웠다. '호헌철폐 독재타도' 구호를 외치고 있던 시위대들이 박수로 맞아주었다.

1987년 1월 14일. 박종철 열사 고문치사 사건 이후 민주화운동은 전국으로 들불처럼 번졌다. 그러자 군사정부는 김만철 일가 망명 사건으로 박종철 고문치사 사건을 덮으려고 했다. 급기야 4월 13일 특별담화를 통해 전두환은 현행 헌법대로(선거인단에 의한 간접 투표로) 차기 대통령을 선출하겠다는 호헌을 했다. 국민들은 분노했고 5월 18일 천주교정의구현전국사제단은 박종철 고문치사 사건이 은폐조작되었다는 성명을 발표했다. 국민들은 거리로 뛰쳐나와 한목소리로 독재타도를 외쳤다. 이에 아랑곳없이 전두환 정권은 민주화를 열망하는 시위대를 폭력으로 진압해 모든 것을 해결하려고 했다. 6월 10일 오전 민정당은 잠실체육관에서 차기 대통령 후보로 노태우를 선출하였다. 이날 민주헌법쟁취 국민운동본부를 중심으로 한 시위가 전국에서 거세게 일어났다. 많은 부상자가 발생했고 사천여 명이 연행되기도 했다.

명동성당 안 농성대는 학생, 노동자–도시빈민, 일반시민 대표 삼인을 선출해 임시 집행부를 꾸렸다. 임시 집행부는 의식주가 준비되지 않은 상태에서 농성이 불가하다는 판단하에 농성 해체를 준비하고 있었다. 그런데 그때 경찰들이 무지막지한 공격을 해왔다. 명동성당 안으로까지 최루탄이 날아들었다. 전원 연행하겠다는 통첩을 하고 바리케이드를 부수었다. 중앙극장 쪽과 명동상가 쪽에서 명동성당에 합류하려는 시위대도 경찰과 맞서 용감하게 싸웠다. 농성자들도 동조의 함성을 지르며 경찰들을 포위하고 밀어붙이려 했다. 부상자가 속출했다.

"동지 여러분, 농성 이틀째를 맞았습니다." 학생대표 여학생이 경상도 억양 섞인 목소리로 아침 집회를 진행했다. 농성대는 장기전 준비를 했다. 성당 앞길 좌측과 우측에 설치했던 바리케이드를 치우고 주변을 청소했다. 시민들이 농성대 앞으로 접근할 수 있게 되었다. 시민들이 구호약품과 먹을 것을 갖다 주었다. 첫째 날은 명동성당에서 장기 농성 중이던 상계동 철거주민들이 끓여준 라면을 먹었다. 둘째 날은 시민들이 사다 준 김밥을 나누어 먹었다. 김밥을 손에 쥐고 김지하의 시에 곡을 붙인 〈밥가〉를 부르며 눈물을 흘렸다.

밥이 하늘입니다.
하늘을 혼자 못 가지듯이
밥은 서로 나눠 먹는 것
밥이 하늘입니다.
하늘의 별을 함께 보듯이
밥은 여럿이 갈라 먹는 것
밥이 하늘입니다.

밥이 입으로 들어갈 때에
하늘을 몸속에 모시는 것
밥이 하늘입니다.
아아, 밥은 모두 서로 나눠 먹는 것.

　명동성당과 붙어 있는 계성여고 학생들이 닫힌 교문을 넘어 도시락을 걷어다가 주었을 땐 목이 메어 밥을 넘기지 못하고 여러 명의 농성자가 울었다. 각계 민주사회단체의 농성 지지성명이 이어졌고 농성은 계속되었다. 농성 삼 일째가 되면서 계엄군이 들어온다는 말이 나돌았다. 농성대는 계엄군이 들어오면 어찌할까를 논의했다. 결론은 '시간을 끌고 처참히 죽어가며 정권의 극악함을 널리 알리자'였다. 사제실, 성당 등 지정된 곳으로 흩어져 최후까지 저항하다가 죽기로 결정하고 각자의 최후 저항 장소를 정했다. 새벽, 계엄군이 들어온다는 소리가 들렸다. 문화관에서 교대로 눈을 붙이고 있던 농성자들이 놀라 일어나 달려간 곳은, 사전에 약속한 곳이 아닌 성당 입구였다. 그들의 손에는 총칼과 맞설 나무 막대기가 들려 있었다. 농성자 한 명이 정신을 차리게 하려고 거짓말을 해보았다고 했다.
　농성 사 일째 밤. 농성을 해제하면 귀가 후 사법조치하지 않겠다는 약속을 함세웅 신부가 정부 당국자로부터 받았다고 했다. 농성자들은 농성을 풀 것인가 아닌가를 결정하기 위해 격론을 벌였다.

　나는 항우울제를 먹고 있었다. 수중에 갖고 있던 알약을 반으로 쪼개고 또 반으로 쪼개 먹으며 견디다가 의료 봉사대를 찾아 신경 안정제를 달라고 했다. 의료 봉사를 하고 있던 약대생이 약은 주지 않고 따라오라고 했다. 수녀님과 함께 차를 타고 나가면 안전할 거라며, 많이 아파 뵈니까 바깥으로 나가 약을 처방 받으라고 했다. 차에 탄 내 손을 수녀님이 꼭 잡아줬다. 따듯했다. 경찰을 통과하면서도 마음이 편안했다. 수녀님이 서대문에 있는 한일병원까지 나를 바래다줬다. 응급으로 약을 짓고 시간이 늦어 갈 곳이 없다고 여차여차한 사정을 말했다. 경비 아저씨가 로비에서 하룻밤을 지낼 수 있도록 허락해주며 피로회복제 한 병을 줬다.

　티브이에서는 김수환 추기경의 낮은 곳을 향한 사랑과 민주화를 위한 결단의 순간들이 끝없이 이어졌다. 김수환 추기경이 온몸으로 막지 않아 군인들이 명동성당에 난입했다면 내 운명은 참 많이 변했을 것이다. 또 나라의 운명도 어떻게 변했을지 모를 일이다.
　김수환 추기경은 우리 곁을 떠나면서까지도 육체의 눈을 기증해 사람들 맘에 사랑의 눈을 뜨게 하셨다.
　죽어 더 오래 살, 나라의 어른 가는 길을 보며 나는 된장찌개를 먹고 있었다.

'눈물은 내려가고 숟가락은 올라가고.'

  * 위의 글 중 6월 민주항쟁 전개 과정은 『6월 민주항쟁』(유시춘 저)을 참
고하였음을 밝힌다.

추억의 경쟁

귀밝이술이나 한잔해요, 형님.

자넨, 일 년 열두 달 귀밝이술인가.

형님은 열두 시만 넘으면 석양주 먹자고 하시잖아요.

정처 없이 흘러간다, 술자리 화제는. 대개 처음엔 공통의 화제로 출발한다. 이때는 서로 의견이 대립되기도 한다. 그쯤이면 누군가 슬쩍 화제를 바꾼다. 이제 추억 얘기가 주 무대로 등장한다. 추억 얘기도 처음엔 공유하고 있는 얘기, 누군가 맞장구 쳐주는 이야기들을 한다. 그러다가 상대편이 모르고 있는 이야기를 꺼내기 시작한다. 지난 묵은 이야기로 상대에게 새로움을 던져주고 싶은 것이다. 상대가 모를 것 같은 이야기를 각자 기억의 창고에서 꺼내놓으며, 자기 전유물인 추억이 빛나길 바란다. 이 대화의 방식은 좀 특이하다. 남이 알고 있는 이야기면 재미가 없다. 아주 낯설어 상대가 동조하지 못할 때 이야기가 더 큰 생명력을 얻는다.

그날 나와 동네 엄익선 형과의 술자리도 그러했다.

제 친구 중에 연립주택에 사는 친구가 한 명 있는데요, 베란다에 뭘 찾으러 나갔다 보니까 아 글쎄, 페트병에 얼음이 얼어 있더래요. 얼음을 들여다보니까, 미꾸라지 한 마리가 박혀 있지 뭡니까. 아이들이 잡아다놓은 미꾸라지가 얼어 죽은 거지 뭐예요. 그걸 깜박 잊고 있다가 봄에 베란다 청소를 하다가 보니까, 미꾸라지가 살아서 움직이더래요.

"예이, 이 사람, 술이나 들어."

글쎄, 그 이야기를 섬진강이 고향인 친구한테 들려줬더니, 그 친구가 갑자기 송사리 이야기를 하는 거예요. 옛날에 개울에 송사리가 많았잖아요. 형님, 여기 강화도는 개울이 없어 개울 잘 모르시죠. 하여간 그 친구가 어려서 본 건데요, 왜 양잿물 사다가 쌀겨로 만든 비누로 빨래를 빨면, 때가 개울에 둥둥 떠내려가잖아요. 그 때를 먹으려고 송사리 떼가 새까맣게 모여들더래요. 그러니까 그 송사리 잡아먹으려고 오리들이 몰려드는데, 오리들 깃털에 배어 있는 기름기가 비눗물에 다 빠져, 오리가 물에 둥둥 뜨지 못하고 장난치는 것처럼 물에 폭폭 자꾸 빠지더래요.

"형님 한 잔 드시죠"

나는 의도적으로 바닷가 태생인 엄익선 형이 모를 만한 민물고기 이야기를 꺼냈다. 그러자 술을 한 잔 털어 넣은 엄익선 형이 예상한 대로 바닷가 이야기로 응수해왔다.

옛날에 말야, 모시조개를 잡으면 지게에 짊어지고 여기서 초지진까지 한 세 시간을 걸어갔어. 그런 다음 배를 타고 대명리로 건너가, 한 두세 시간을 더 걸어 양곡이나 김포까지 가서 팔았거든. 그런데 말야, 고개 너머 할아버지 한 분이 양곡으로 모시조개를 팔러 갔는데, 개가 한 마리 덤벼들어 다리를 확 물더래. 지게를 받쳐놓고 물린 곳을 살피고 있으니까, 개 주인 아주머니가 다가오더니 미안하다고 말하며, 한 번에 조개를 떨이로 다 사주더래. 그러니 조개를 지고 여기저기 다닐 필요도 없게 되었지 뭐야. 그 할아버지가 빈 지게를 지고 돌아오는데 물린 다리는 좀 아파도 발걸음이 가벼워 날아갈 것 같았다지 뭐야. 그땐 요 앞 뻘만 나가도 모시조개가 많았지. 저기, 성엣장(물 위에 떠서 흘러가는 얼음덩이. 이곳 사람들은 물이 빠졌을 때 바닷가에 언 얼음덩이를 그렇게 부름)이 난 앞에도 조개가 있었다고. 그땐 말야, 물이 들어오면 성엣장이 떠오르잖아. 그러면 삿대를 가지고 올라타서 그 성엣장을 타고 놀았다고. 이 성엣장에서 저 성엣장으로 건너뛰기도 하며. 그러다가 말야, 썰물이 져 물이 날 때는 자꾸 바다 쪽으로 성엣장이 떠내려가는 거 있지. 그땐 환장하지. 자넨, 그 심정 모를 거야.

"자, 술이나 한잔해. 올해는 망둥이도 없고. 겨울철 안주는 망둥이 말려놓은 게 최곤데."

옛날엔 말야, 망둥이 몇 마리 들고 술병 하나 차고 산에 올라가 구워 먹었어. 생선은 산에서 먹는 게 맛있잖아. 망둥이도 산에서 구워 먹는 게 제일 맛있었지. 겨우내 눈이 쌓여 있었으니까, 산불 날 염려도 없었지. 소나무 밑 젖지 않은 솔 검불을 걷어다가 불을 놓아 망둥이를 굽는 거지. 바싹 안 익어도 좋아. 그냥 솔 연기를 쐬기만 해도 되지. 참 좋은 안주였는데.

"그렇지요, 형님. 옛날에 눈이 정말 많이 내렸지요."

우리도 산에 올라가 얼어 죽은 비둘기, 까치를 주워 구워 먹었어요. 한겨울 내내 눈이 쌓여 있다가 봄이 되어야 녹는 거였잖아요. 그런데 말여요, 여기 강화도 산에는 고려산 말고는 자작나무가 없잖아요. 우린 그 자작나무 껍질로 불을 붙였어요. 자작나무 껍질은 빗물에도 안 젖고 한겨울에도 잘 탔거든요.

농기구들과 연장이 진열되어 있는 허름한 개방형 창고에서 숯불

을 지펴놓고 술을 마시고 있었다. 엄익선 형이 손수 만든 유리 탁자
에 빈 술병 서너 병이 놓여졌을 때다. 형의 이야기에 나이 어린, 세
월을 덜 산, 내가 맞장구를 치자 형은 생각에 잠시 잠겼다가 좋은
생각이 떠오른 듯 얼굴 표정을 밝히며 술잔을 꺾고 아래 이야기를
들려주었다. 나는 그 이야기를 시로 썼다. 시를 쓰며 추억에도 개인
이 간직하고 싶은 소유권이 있다는 생각을 했다.

　　파 씨 두서너 알

　　동네믜 옛이야기에 맞장구를 치자
　　자넨 고향이 뭍이니까 이건 모를걸

　　조개로 벌 잡아봤어 아니다 조개껍데기로
　　야하— 이 사람 모르는구면
　　모시조개는 울림통이 좁고 가무락이 움푹하고 좋아
　　엄지와 검지로 벌려진 조개껍데기를 적당히 눌러 잡고
　　파 꽃에 앉은 벌을 탁, 가둬 잡는 거지
　　조개껍데기를 귀에 갖다가 대면
　　벌 소리가 기, 귀가 막히지
　　단, 단, 이때

파 씨 두서너 알을, 두서너 알이다

닫히는 조개껍데기 틈새에 끼워야 해

그게 고수지

그래야 벌 소리가 제대로지

이렇게 말야 이렇게 귀에 갖다가 대면 말야

상床 건너에 술 취한 소년이 앉아 있네

소년이 듣는 벌 소리에 나도 취하네

두릅을 따며 어머니 생각

오늘은 두릅을 따러 전에 살던 동네에 갔습니다. 저는 두 달 전, 어머니도 와봤던 바닷가 마을에서 이웃 면으로 이사를 했습니다. 걸어서는 두 시간, 버스로는 이십 분 거리입니다. 그래도 좀 도회적인 곳으로 나온 셈입니다. '방문 열면 바로 자연'이 아닌 간판과 건물에 에워싸인 집입니다. 아니, 이젠 집이 아니라 방이군요. 산자락에 있는 참두릅들은 벌써 누군가 따 가고 산 중턱에 올라 개두릅이라 부르는 엄나무 순을 땄습니다. 사실 개두릅이 향도 짙고 맛이 더나은 것 같습니다. 이맘때 제철인 숭어회를 볕 좋은 곳에 앉아 개두릅 잎에 싸 먹으면 그 맛이 일품이지요. 어머니야, 날것, 비린 것을 싫어하니 이해가 잘 되지 않겠지만요. 두릅나무를 찾아 산을 타다가 원추리도 뜯고 홑잎나물도 뜯었습니다. 동행한 이곳 출신 형님은 산행을 자주 하는데도 홑잎나물을 모르더라고요. 우리 고향에서는 봄나물 중에 제일로 치는 나물이라고 말하며 혹, 이곳 사람들은 이름을 달리 부르는가 싶어 나물을 보여줬더니 고개를 가로젓는 거 있죠. 동네 형님은 그 작은 이파리를 언제 딸 거냐며 두릅나무 찾아 앞서 가고, 저는 바위에 걸터앉아 들뜬 향이 아닌 기품이 있는, 홑잎나물을 날로 씹어보며 옛일 생각했드랬습니다.

고향 동네 아주머니들과 나물하러 갔다 오는 날, 키는 작으면서도 어머니 나물 보따리는 유독 컸지요. 나물하는 데는 곰바지런한 어머니 성격이 제격이었던가요. 아, 벌써 입에 침이 고이네요. 맷방석에 펼쳐놓은 그 많은 나물 중에서, 저를 위해 따온 '시영'을 어머니는 어떻게 단박에 찾아낼 수 있었죠. 지금 생각해보면 그게 싱아였던 것 같아요. 우리 고향에서는 신맛이 나는 풀, 그러니까 며느리밑씻개 잎, 봉당 밑이나 마당가에 잘 나는 애기괭이밥 풀잎, 그리고 어머니가 나물 가 뜯어오던 달맞이꽃 잎 같은 풀 이파리들을 다 시영이라고 불렀잖아요. 쇠죽 가마솥에서 피어나던 나물 삶는 내 집 안 가득하고 나면 나물비빔밥 잔치가 벌어지곤 했었죠. 그런 날이면 잠든 어머니 몸에서 풀 냄새가 밤새 났고요.

두릅나무 찾아 헤어졌던 동네 형님과 핸드폰으로 통화를 하며 만나 빵과 곶감을 먹고 다시 헤어졌습니다. 작년에 두릅을 많이 땄던

산 능선이 생각나 그리 가보았더니 사람들 손을 타지 않고 두릅이 온전히 있더라고요. 그 능선에서 두릅을 많이 따긴 땄는데 미안한 생각이 들었어요. 작년에도 와서 새순을 꺾고 올해 와 또 꺾으니 미안한 맘이 어찌 안 들겠어요. 두릅 따는 일은 나무에 가시가 있어 힘들기도 하지만 새순을 똑, 꺾는 일이라 잔인해 나물 뜯기 중 유일하게 여자들보단 남자들이 할 일 같더라고요. 전에요, 제가 한번 산달래, 원추리나물을 하러 집을 나서는데 동네 아주머니가 어디 가냐고 묻더라고요. 나물 캐러 간다고 하기엔 체통이 서지 않는 것 같아서 두릅 따러 간다고 거짓말을 했었죠. 거짓말하면 못쓴다고요. 작년에 어머니 찾아뵈었을 때 어머니가 거짓말 가르쳐준 거 아녀요.

애, 올해 네 나이가 몇이냐? 어머니 이렇게 이 손가락처럼 마흔여섯이요. 어휴— 애, 이젠, 틀렸다. 뭐가요. 장가들긴. 너무 많이 속이면 안 되고 한 일곱 살만 속이면…… 모를까. 아이, 어머니도. 친척 중에 누구도 속였고 동네에 누구누구도 그랬는데 잘들만 살더라. 아이, 그래도 그렇지요, 어머니. 내가 하도 답답해서 그런다. 그느뭐 시인이 뭔지 모르지만 너도 정신 바짝 차려라 애. 시 쓴다고 다 그런 거 아녀요. 술 좀 그만 마시고. 위험하니까 바다에 들어가지 말고. 저, 술 끊은 지 반년 지났어요.

두릅도 생각보다 많이 따고 해서 풍경이 트인 바위에서 쉬며 제가 살던 바닷가 마을을 한참 쳐다보았습니다. 육 년 전이었죠. 매형님 차를 타고 어머님이 제 집을 불쑥 찾아온 날 말입니다. 그날이 어머니 팔순잔치 대신 식구들끼리 모여 밥이나 한 끼 하자던 날이 었죠. 못난 저는 고향에 가지 않고 동네 친구 새우젓 배를 타고 바다에 나갔다 이틀 만에 막 들어왔을 때고요. 가지가지 챙겨온 음식을 먹는데 당신은 먼 길을 와 입맛이 없다고 하며 다 알아서 한다고 그냥 내버려두라고 해도 마당에 풀을 뽑고 부엌 청소를 하시고 수돗가 이끼를 수세미로 닦으셨죠.

　이제 거동도 못해 기저귀를 차고 누워 계시는 어머니. 못난 저는 어찌해야 할까요. 오늘은 단지, 봄볕에, 등에 진 두릅 향에, 어쩔어 쩔 발을 헛딛기도 한 날이었습니다. 어머니, 이 봄 정신만이라도 맑게 한 번만 더 피어나주세요. 네!

봉선화 감성

봉선화 삼십여 포기를 옮겨 심었다.

작년에 이웃집에서 얻어온 봉선화 두 포기를 마당가에 심었었다. 마당을 쓸 때 떨어졌던 봉선화 씨앗들이 텃밭으로 옮겨갔었나 보다. 텁수룩하게 자란 치마아욱 밭을 매주며 고욤나무 싹을 뽑아내다 보니 비슷한데 조금 다른 싹이 있었다. 기억 하나가 스르륵 자동문처럼 열렸다. 아, 작년에 내가 봉선화를 옮겨 심었었지! 까마득하게 잊고 있던 봉선화에게 미안한 마음이 들었다. 꽃이 피었을 땐 앞에 쭈그려 앉아 자세히 살펴도 보고 톡 터지는 통통한 씨앗 주머니를 만져도 보지 않았던가. 떨어진 꽃잎들을 치우지 않고 지켜보며, 초등학교 시절 대운동회가 끝난 후 운동장에 흩어져 있

던 붉은 풍선 쪼가리들을 떠올려도 보지 않았던가. 어디 그뿐이었
던가. 더운 날도 차가운 봉선화 꽃잎을 만져보며 시를 한 편 쓰기
도 했었지.

꽃이 마음을 만져주어

꽃이 마음을 만져주어
꽃이 마음을 만져주어
꽃이 마음을 만져주어

꽃에게로 다가가
꽃에게로 다가가
꽃에게로 다가가

꽃을 만져보면
빛깔도 곱다
빛깔도 곱기도 해라

꽃을 만지다가
꽃을 만지다가

빛깔을 만질 수 있다니!

꽃이 나를 만져주어
꽃이 나를 만져주어
꽃이 나를 만져주어

날이 너무 가물어 옮겨 심을 때 실뿌리가 끊긴 봉선화가 한낮이면 시들었다. 조로 통을 하나 사며 다른 물건을 살 때보다 기분이 뿌듯해졌다. 목마른 봉선화에게 물을 뿌려주며 나는 내가 마치 생명을 보살피는 신이라도 된 듯한 착각에 빠져 맘이 달뜨기도 했다. 가문 땅은 물을 쭉쭉 빨아들였다. 시든 봉선화 이파리가 곧 싱싱하게 살아날 것 같고 부적부적 자라 금방 꽃을 피울 것 같았다.

백반의 맛은 시금털털했다. 누이와 누이 친구들은 초저녁에 모여 봉선화물을 들었다. 꽃잎과 얼음 쪼가리처럼 생긴 백반을 넣고 빻았다. 꽃잎 비린내와 백반 시큼한 내가 널평상에 퍼졌다. 백반 부스러기를 얻어 혀끝으로 녹이면 입에 침이 고였다. 인상을 찌푸리며 올려다본 하늘에는 별이 시큼시큼 빛나고 내 표정이 우스꽝스러웠던지 누이들 웃음소리가 몇 됫박 쏟아졌다. 손끝에 아주까리 잎으로 봉숭아 잎을 싸맨 누이가 손가락을 곧게 펴고 조심조심 내 새끼손가락에도 봉숭아 찧은 꽃잎을 올려놓고 아주까리 잎으로 감싼 다음 광목실로 칭칭 동여매주었다. 너는 남자니까 새끼손톱만 물들이는 거라고 하며 누이는 내 손가락이 동여맨 광목실에 너무 조여지지나 않나 아주까리 잎 감은 손가락으로 슬쩍 돌려보았다. 내 손가락 끝에 전해지던 그 적당한 헐거움을 나는 지금도 잊을 수가 없다. 그러나 누이의 정성은 대부분 정성으로 끝났다. 잠에서 깨어나 봉선화물이 잘 들었나 손가락을 살펴보는 순간 나는 실망하며 내 험한 잠버릇을 원망했다. 손가락을 감싸고 있어야 할 아주까리 잎이 납작한 골무가 되어 베개맡에 놓여 있었다. 내 손가락이 아닌 베개가 봉선화에 물들어 있었다. 그때 나는 어려 첫사랑이 무엇인지는 몰랐지만, 첫눈 오는 날까지 베개에 물든 봉숭아물은 지워지지 않을 것 같았다. 베개는 첫사랑을 이룰 것 같았다. 나는 성가시게 달겨드는 파리를 쫓으며 신기 남은 손가락을 빨았다.

봉선화는 꽃잎이 봉황을 닮은 데서 유래된 이름이란다. 식물을 동물에 비교하여 표현한 봉선화에 물을 주며 나는 감성이란 무엇인가 생각해본다. 감성은 열림이며 여림이고 스밈이지 닫힘, 억셈, 반사가 아닌 것 같다. 식물의 경계를 열어 동물의 이미지를 이름으로 받아들인 봉선화. 여려서 작은 씨앗 많이 만드는 봉선화. 딱딱한 손톱에도 붉게 스며들어주던 봉선화. 손가락이 아닌 내 마음에 봉선화가 오래도록 물들어 있는 것은 이런 힘들이 아닐까. 꽃처럼 거부하지 않고 무엇이든 포용하고 끌어당기는 힘을 감성의 힘이라고 믿어보면 안 될까.

　내 주위에 나를 물들이고 싶은 사람들이 한 명이라도 있을까. 내
가 열린 만큼 내가 물들고 싶은 아름다운 사람들이 보이리라.

지하촌

"종교인들이 경전 구절을 인용하며 말하는 것처럼, 우리는 시를 공부하니까 시로 말해보면 어떨까?"

눈빛이 깊은 복학생 이규도의 제안이었다. 문청 시절에 접어든 치기 어린 우리들이 좋다고 답했다.

"거울 속의 나는 왼술잡이요."

이상의 시구절 "거울 속의 나는 왼손잡이요"를 패러디하며 내가 막걸리 잔을 들었다. 그러자 우리들 중 하나가, 사람들 마음을 빗질하며 내리는 빗줄기처럼 "오늘 나는 나의 젊음을 빗질하고 싶다"고 김광규 시인의 시구절로 받았다. "잠자리는 죽어서도 날개를 접지 않는다"는 연변 시인의 시구절을 내가 다시 읊었다. 그리고 양팔을 가슴에 접은 채 한 손으로 술잔을 들었다. 이어 몸을 뒤로 젖히며 건배 하고 외쳤다. 웃음이 이어지고 시구절이 이어진 술 취한 청춘의 어느 날이었다.

그날 주고받은 시구절들이 명확히 기억나지는 않는다. 기억을 지우며 세월이 흘러 희미해진 친구들 얼굴처럼. 해서, 까마득한 그날의 지하촌이 더 그립다.

지하촌. 지하촌은 명동성당 앞 골목에 있던 막걸리집 이름이다. 출입문 열고 들어서면 바로 주방이 나타났다. 주방은 통로를 겸하고 있었는데 거기에는 탁자 하나가 있었다. 그 외 튀김 조리대와 냉장고 한 대가 시설의 전부인 허름한 곳이었다. 채 두 평이 될까 말까 하는 주방에서 지하로 급하게 경사진 계단이 연결되어 있었다. 머리 수그리고 계단을 통해 지하로 내려가면 탁자 세 개가 놓여 있었다. 그리고 계단을 막 내려선 우측에 문 없는 조그마한 방이 하나 있었다. 말이 방이고 장판이 깔려 방이지, 그곳은 마루와 다름없었다. 그렇지만 그곳에는 앉은뱅이술상이 하나 놓여 있어, 편히 앉아서 술을 먹을 수 있었다. 그 방이 있어 지하촌은 방석집이라 격상되어 불리기도 했다.

우리들은 무엇보다도 주머니 사정 때문에 지하촌을 선호했다. 서너 명이 단돈 오천 원만 가지고 술 마실 수 있는 곳이 학교 주변이

나 명동 쪽에는 거의 없었다. 저렴한 가격 다음으로 노래를 부를 수 있다는 것이 지하촌의 매력이었다. 그 당시만 해도 학생들 술자리와 운동권 노래는 따로 떼어 생각할 수 없었다. 또 노래를 부르면 옆 좌석에서도 따라 부르면 불렀지, 노래 부른다고 탓하지도 않았다. 어쩌다 대중가요를 부르는 사람이 있으면 야유와 눈총을 보내는, 사회과학적 분위기가 지배하는 시절이었다. 늦깎이 학생이 된 나는 지하촌에서 운동권 노래를 처음 접했고 배웠다. 막 고등학교 졸업한 어린 친구들이 운동권 노래를 잘 불러 놀라기도 했다. 그들은 이미 고등학교 때 문예부 활동을 하며 선배들로부터 배웠다고 했다.

지하촌에 오는 손님들은 우리 문창과 학생들과 명동성당 청년회 사람들이 대부분이었다. 명동성당 청년회 사람들과는 반군부독재라는 정서가 서로 통해 합석을 하기도 했다. 우리들은 지하촌에서 낭만적인 시만 읊으며 술을 먹지는 않았다. 사회와 문학이 가야 할 방향에 대해 토론했고 실천적 대안을 모색하기도 했다.

한번은 셋이서 박관현 열사 영정을 놓고 약식으로 추모제를 지내기도 했다. 그날 우리는 매우 엄숙했고 술을 자제했다. 어떤 날은 시위 중 몸에 밴 최루탄 냄새를 풍기며 막걸리 한 잔에 뜨거운 눈물을 흘리기도 했다. 돌이켜보면 지하촌에서 격론도 많이 벌였고 노래도 참 많이 불렀다.

지하촌 아주머니와 아저씨는 맘이 너그러운 사람들이었다. 우리가 계란말이나 두부김치 하나 시켜놓고 계속 파인애플(단무지)만 달라며 오랫동안 술을 먹어도 크게 역정 내지 않았다. 우리들 언성이 높아지면 주인아저씨가 좀 조용히 하라는 경고를 보냈다. 그러다가 더는 못 참을 정도가 되면, 아저씨는 계단으로 된 통로에 프라이팬을 내리고 숟가락으로 두들겨댔다. 프라이팬 소리가 나면 우리는 알아서 언성을 낮추곤 했다.

가끔 돈이 없다고 솔직히 말하고 술과 파인애플만 시키면 계란말이 하나를 공짜로 주기도 했다. 그런 아저씨에게 미안한 맘이 들어, 젊은 강사 선생님을 데려와 바가지 씌우기도 했다.

술추렴을 해도 술값이 모자라거나, 돈 없이 술을 시작했을 땐 '전화위복'을 시도했다. 전화위복은 전화를 걸어 어려운 상황을 모면한다는, 우리들이 만든 말놀이다. 나도 사회생활 하는 친구들을 몇 번 불렀는데, 친구들이 술값을 치르며 돈 오천 원도 없어 불렀냐며 어이없어 하기도 했다. 친구와도 전화 연결이 안 되어 술값을 구할 수 없을 땐 아저씨에게 사정을 했다. 그러면 아저씨는 내 사정 좀 봐달라고 하면서도, 우리들 외상 부탁을 들어주는 여린 맘의 소유자였다. 간간이 옛날이 그리운지 지하촌을 찾아오는 졸업 선배들한테 공술을 얻어먹기도 했다. 선배들한테 감화를 받아서였을까. 나는 지하촌에서 두 손으로 술 따르는 후배에게 신성한 밥도 한 손으로 먹으면서 뭔 두 손이냐며 편안한 자리를 만들려고 노력도 했다.

  지하촌이 문을 닫는다고 했다. 외상값 있는 사람들의 협조 간곡
히 바란다는 주인아저씨의 말을 친구로부터 전해 들었다. 왜 갑자
기 문을 닫느냐고 친구에게 물어보았다. 우리들이 만날 안주는 안
시키고 파인애플만 시켜 문을 닫는다고 아저씨가 말했다고 했다.

  지하촌을 찾아갔다. 닫힌 문에 종이쪽지가 붙어 있었다. 다음 날
마지막으로 문을 여니, 꼭 와 외상값을 갚아달라는 내용이었다. 외
상값 갚는 일도 걱정이었지만 당장 어디서 독서토론 소모임을 가질
지 걱정되었다. 집으로 돌아오는 내내 자유스럽던 공간이 사라진다
는 섭섭함을 떨쳐버릴 수 없었다. 담배를 피우며 시도 쓰고 과제도
했었는데……

  다음 날 외상값 갚을 돈을 구해 지하촌을 향했다. 비가 내리고 있
었다. 명동 거리에 각양각색의 우산들이 흘러가고 있었다. 가판대
에서 파인애플 세 개를 샀다. 파인애플을 사본 건 난생처음이었다.
진짜 파인애플은 묵직했다.

  아저씨에게 그동안 고마웠다고 말하며 비닐봉지에 든 파인애플
을 내밀었다. 아저씨와 아주머니가 무슨 뜻인지 알겠다는 듯 고개
를 끄덕이며 웃었다. 아저씨는 내게 주방에 놓인 탁자에 앉으라고
하더니, 막걸리 한 잔을 따라주었다. 나는 막걸리 잔을 들고 불 꺼

진 지하를 내려다보았다. 우리들이 서로의 시를 비평하거나 시국을 걱정하며 격론 벌이던 소리가 들려오는 것 같았다. 격앙된 감정 실린 노랫소리도 들려오는 것 같아 눈시울이 뜨거워졌다. 나와 눈이 마주치자 아저씨가 술을 한 잔 더 따라주었다. 그리고 내 어깨를 툭 쳤다.

"야, 이사 가는 데는 지하가 아니라 이 층이다, 파인애플은 없고. 그래도 한번 놀러 와."

물고기

　석양에 물든 개울물을 차며 피라미 떼들이 희끗희끗 뛰어올랐다. 개울가 풀밭에선 긴 줄에 매여 있는 소들이 주인을 기다리며 굵직한 울음을 휘어 던졌다. 소들은 입을 크게 벌렸다가 턱을 틀며 닫아 어금니에 울음소리가 씹혔다. 일을 마치고 돌아오던 농부들이 다릿발 아래서 웃통을 벗고 손바닥 바가지를 만들어 서로 물을 끼얹어 주며 등목을 했다. 개울둑 미루나무에서 귀 먹먹하게 쏟아지던 매미 울음소리가 노을 속으로 빨려 들어가 사위가 고요했다. 소 말뚝을 뽑기 위해 주워 온 돌멩이로 쇠 말뚝을 좌우로 쳤다. 쇠 말뚝을 뽑아 올리다가 피라미들이 낙하하며 만드는 무수한 물 동그라미들을 쳐다보았다. 피라미 떼가 마치 비처럼 내렸다.

나는 지금도 물고기 꿈을 꾸면 기분이 좋다. 간혹 복권도 산다.

어린 시절 내 별명은 어부였다. 나는 맨손으로 물고기를 잘 움켰다. 맨손으로 잡기 힘든 피라미도 너끈히 잡았다.

피라미 잡기는 기습적으로 접근해, 무리에서 한 마리를 분리시키며 시작된다. 홀로 떨어져 당황한 피라미가 좌측으로 도망하면 좌측 손을 급히 내려 막으며 쐑, 우측으로 돌아서 도망치면 우측 손을 재빨리 내리며 쐑, 소리를 친다. 그러면 피라미는 좌우로 왔다 갔다 십여 분을 도망치다가 급기야 지쳐 돌 틈이나 물풀 속에 숨게 된다.

피라미들이 워낙 빨라 손동작으로 겁줄 수 있는 반경을 벗어나기 십상이라 방심은 금물이다. 피라미를 놓칠까봐 너무 근접해도 안 된다. 왜냐하면 덜 지친 피라미가 좌나 우로 도망갈 수 없다고 판단을 내리고 몸 쪽으로 파고들면 낭패이기 때문이다. 오랜 경험에서 오는 판단력과 민첩한 동작이 따라주지 않으면 엄두도 못 내는 게 피라미 몰아 잡기다. 피라미 잡기에 비하면 메기나 붕어 잡기는 식은 죽 먹기나 다름없다. 우리 면 전체에서 피라미를 몰아 잡을 수 있는 사람은 몇 명 되지 않았다.

큰물이 났을 때 강에서 올라온, 동네 앞 냇가 물고기를 다 잡고 나면 강이 가까운 마을 쪽으로 원정을 갔다. 어떤 날은 이십여 리까지 원정을 가기도 했다. 낯선 개울에 가서도 물여울의 발달 정도,

물의 깊이, 물의 혼탁도, 물고기가 숨을 수 있는 방천과 물가 풀을 보면 어떤 고기가 어디에 얼마나 살고 있는지 알 수 있었다. 맨손으로 물고기 움켜잡기는 순전히 경험과 감에 의존했다. 큰 장마가 진 다음 물이 줄어든 정도에 따라 메기는 어디에 모여 있고, 붕어나 꾸구리(망둥이와 비슷하나 미끄럽지 않은 민물고기)는 어디에 있는지 척 보면 알 수 있어야 했다. 돌 틈과 버드나무 뿌리 구멍에 손만 살짝 넣어봐도 물고기가 살고 있는 구멍인지 아닌지를 분간할 수 있었다. 미끄러운 메기는 아가미에 손가락을 넣어 끌어냈고 붕어는 왼손으로 몰아 오른손으로 대가리를 공략했다. 가끔 뱀장어를 움키면 손에서 다 미끄러져 나가기 전에 이빨로 잽싸게 물기도 했다.

나는 물고기 잡는 법을 나보다 네 살 많은 앞집 김교찬 형에게서 배웠다. 그가 물고기를 잡으러 갈 때면 따라나섰다. 그가 잡은 고기를 물 밖으로 던져주면, 밑둥치에 곁가지 하나를 남기고 잘라 껍질 벗긴 버드나무 꿰미에 꿰어 들고 다니며 물고기 잡는 법을 수년에 걸쳐 전수받았다. 내 또래에는 솟대올에 이종인, 대방골에 백성현, 입장에 김학곤이 잘 잡았는데 그들도 다 스승이 있었다. 그 친구들과 만나 한판 붙을 때는 더 열심히 잡았다. 도제로 기술을 익힌 우리는 서로의 스승 얼굴에 먹칠을 하고 싶지 않아 더 열심이었다.

나는 중학교 때 학교를 잘 빼먹었다. 학교에 내야 할 수업료가 밀리면 등교하지 않고 그냥 집을 나서서 걸었다. 한 삼십여 리 걸어 이웃 면에 있는 중앙탑까지 걷기도 했다. 그 정도 걸으면 서러움도 묽어졌고 눈물도 말랐다. 가출 길을 되짚어 집으로 돌아오다 물가에 앉아 생각에 잠겼다. 그러다가 물고기를 잡곤 했다. 그땐 물고기를 잡아 꿰미에 끼우지 않고 다 살려주었다. 물고기 무게를 손바닥으로 저울질해보다 까만 붕어 눈동자를 보고 잠시 슬퍼지기도 했으나 물고기를 잡고 있는 순간만은 아무 걱정도 들지 않았다. 나를 찾아오라는 담임선생님의 명을 받은 급우들이 "야, 어부, 너, 고기 잡고 있을 줄 알았다"고 하며 나타나기도 했었다.

한번은 물고기를 잡으러 갔다가 돼지고기를 잡아 온 적도 있었다. 물고기를 잡아 자랑스럽게 들고 돌아올 때였다. 정육점을 운영하는 친구 아버지가 불렀다. 한 꿰미만 달라고 하며 친구 아버지는 돼지고기를 한 토막 포장해주었다. 그러면서 다음에도 고기 많이 잡으면 또 들르라고 했다. 물고기 잡으러 가 돼지고기를 잡아 온 일이 있은 후 내 별명은 더 널리 알려졌다.

장터에 살 때 정육점은 우리 옆집이었다. 집을 팔고 남의 집으로 이사 간 후, 우리가 고기 사 간 적이 없다는 사실을 친구 아버지는 알고 있었다. 친구 아버지가 물고기를 달라고 하며 돼지고기를 준 것은, 내 자존심이 상하지 않게 하기 위해서였다는 것을 세월이 지난 후에야 알았다.

　라디오를 듣고 있었다. 청취자들의 편지를 소개하는 프로였다. 베트남에서 시집와 다문화가정을 이뤄 살고 있는 베트남 여인의 사연이 흘러나왔다. 땅 설고 물선 이국으로 시집을 와보니, 가난해도 너무 가난한 집이었다. 일은 고되고 말도 통하지 않아 힘든 날이었다. 거기다가 남편은 간질을 했다. 삶의 유일한 힘을 남편의 착한 마음에서 얻었다. 고향 베트남에서 강가에 살아 물고기를 많이 먹어보아 한국 음식 중에 물고기가 입맛에 맞았다. 그런 그를 위해 남편은 자주 물고기를 잡아 왔다. 그러던 어느 날 물고기를 잡다가 남편이 간질 발작을 해 죽고 말았다. 원망을 듣고 원망을 하며 하루하루를 살아내는 자신에게 분하기까지 한 날들의 연속이었다. 그러나 그녀는 자식을 위해 삶의 희망을 놓지 않고 살고 있다는 사연이었는데 진행자는 목이 메어 멈추기를 몇 번 한 끝에서야 편지를 다 읽었다.

　나는 슬픔에 잠겨 있다가 깜박 잠이 들었고 고향 개울에서 석양에 뛰어오르는 피라미가 비처럼 내리는 꿈을 꿨던 것이다.

함석 대문이 있는 풍경

고향에서 살며 여러 번 이사를 다녔다. 고향을 떠나기 전 마지막으로 살았던 집 대문은 함석으로 만든 문이었다. 나무틀에 함석판두 개를 붙이고 양쪽 흙돌담에 세운 나무기둥이 문의 전부인, 문턱도 없는, 대문이라고 하기에는 좀 초라한 문이었다. 집안 형편에 맞춰 대문도 변했다.

할머니 어디 갔니? 빨래. 엄마는? 빨래. 할아버지는? 빨래. 동네할머니들이 바깥마당에서 놀고 있던 어린 조카를 붙잡고 말을 걸었다. 늦게 말문이 트인 조카가 무조건 빨래라 답하는 게 재미난지 할머니들 웃음소리가 들렸다. 바깥마당 바로 앞, 개울에서 어머니가빨랫방망이 두드리는 소리가 들려왔다. 군부대 방위병 근무로 밤샘을 하고 와 잠을 청하다가 자리에서 일어났다. 조카가 배우는 단어를 순서대로 기록했다가 세월이 지난 다음에 선물로 주면 좋겠다는 생각이 들었다.

함석 대문은 차왕—창, 바람 소리를 들려주기도 했다. 그것은 마치 바람이 나도 담을 넘기만 하는 것이 아니라 대문을 사용하기도 한다고, 열려 있는 대문을 일부러 흔들며 소리를 들려주는 것 같았다. 문으로서 커다란 의미가 없고, 그냥 집 안에 사람이 있고 없음을 알리거나 잠에서 깨어났다는 표식으로 존재하던 그 집의 외여닫이 함석 대문. 문을 여닫는다는 말보다 밀어놓았다가 당겨놓는다는 말이 더 잘 어울리던 그 함석 대문이 새벽부터 우당탕탕 열린 일이 있다.

"애, 죽일라고 혀!" 병이 나 몇 달째 누워만 있던 칠순의 아버지가 자리에서 벌떡 일어났다. 신음 소리를 내며 앓던 조카 눈동자가 허옇게 돌아가고 있었다. 어머니는 입으로 찬물을 물었다가 발가벗긴 조카 몸에 체를 대고 푸우푸우 풍겨댔다. 집 안에 화기가 들어와 그렇다고 하며 아버지는 어머니가 안마당에 걸어놓았던 양철 화덕을 들고 대문을 열고 나가 개울로 내팽개쳤다. 그리고 방에 들어와 다시 쓰러지셨다. 동네에 홍역이 돌고 있었다.

서울서 형수가 다녀가고 조카 몸이 그럭저럭 회복되었을 때다. 어머니가 갑자기 볼일이 생겨 잠든 조카를 놔두고 바깥으로 못 나가게 대문만 닫아놓았다고 했다. 집에 가보니 약에 취한 아버지만 잠들어 있고 조카가 보이지 않았다. 조카가 대문 틈새로 빠져 나간 걸까? 성구야, 성구야! 놀라 조카를 부르며 대문을 나섰다. 대답이 없었다. 대답을 들어보려고 귀를 기울였다. 탁, 탁, 탁. 나무 두들기는 소리가 개울 쪽에서 들려왔다. 너, 거기서 뭐해. 대답도 않고. 빨래! 조카는 물에 적셔 빨던 비닐 조각과 나무작대기 방망이를 들어보이며 햇살처럼 맑게 웃었다.

고향을 떠올리다 가끔 그 함석 대문을 만난다. 우리들 마음에 마음속으로 들어가고 나오는 문들이 있다면, 그 문들 중에 대문은 혹 '고향'이 아닐까 하는 생각을 키워준 함석 대문은, 추억 속에서 나를 늘 기다리고 있다.

산소 코뚜레

"어머니 저 왔어요. 눈 한번 떠보세요."

조금 더 큰 소리로 부르며 어머니 어깨를 흔들었다.

어머니는 멍 자국에 꽂혀 있는 링거를 통해 항생제와 포도당을 천천히 빨아들일 뿐 반응이 없었다.

엄지와 검지로 집게를 만들어 눈꺼풀을 벌려보았다. 검은자위가 보이지 않았다. 침대 머리맡에 설치된 모니터에서는 혈압, 호흡, 산소포화도를 나타내주는 수치와 그래프가 바쁘게 움직였다. 그래프 모양이 흡사 파도 너울 같기도 했고, 산 모양 같기도 했다. 어머니 몸이 그리는 그림을 오래 들여다보고 있자니, 어머니 생명이 파도와 산을 넘어 서서히 떠나고 있는 것 같았다.

"저, 할머니 또 저런다!"

옆 침대에 누워 있는 할머니가 가래 끓는 소리를 내며 링거 꽂힌 손으로 가리킨 건너편 침대를 바라보았다. 할머니 한 분이 쪼그리고 앉아 한 손에 손거울을 들고 거울 속에 비친 자신의 짧은 머리카락을 빗질해주고 있었다. 치매에 걸려서 그렇다고 하며 옆 침대 할머니가 돌아누웠다. 건너편 할머니가 빗으로 거울 긁는 소리를 내면 옆 침대 할머니가 쯔쯔쯔, 혀 차는 소리로 추임새를 넣었다. 어머니의 부은 팔을 주무르다가 사람이 늙고 죽는다는 것은 무엇인가, 하는 감상이 일어 병실을 나섰다.

푸르렀음으로 붉어질 자격이 있는 나뭇잎이, 매달려 있었음으로 떨어질 자격이 있는 나뭇잎이 길바닥에 뒹굴고 있었다. 늦가을 햇살도 나뭇잎과의 추억을 접을 뿐 바람에 뒹구는 낙엽을 붙잡지는 않았다. 나는 낯선 도시, 낯선 길, 낯선 병원 앞을 천천히 오갔다.

「나의 여집합인 나」. 아버지 죽음을 겪고 썼던, 까마득히 잊고 있던 시 제목 하나가 떠올랐다. 이십 년 전에, 제목부터 너무 관념적이란 친구들 평을 받고 찢어버린 시가 어떻게 갑자기 기억을 헤집고 나온 것일까. 슬픔에 젖은 정서가 세월을 넘어 슬픔에 젖었던 세월에 구멍을 뚫어버린 것일까. 아니면 슬픔과 슬픔 사이에는 항시

맞뚜레가 존재하고 있는 것일까.

아버지가 죽고
내가 슬퍼서 운 것은
아버지 속의 내가 죽으며 운 것
내 속에 살아 있는 아버지가 운 것

4행까지 쉽게 떠오른 시는 중간 두세 줄이 생각나지 않았다. 그리고 뒤에 몇 줄은 정확하지 않게 가물가물 이어졌다.

내가 죽으면 나는 하나도 안 죽고
내 속에 살아 있던 사람들만 죽네
내 속에 나는 없네
나는 내 밖에만 있네
내가 죽으면 내 바깥의 나는 울고
내 속의 다른 사람들은 울지 못하네
나는 나의 여집합이네

병원에서 나오고 있는 할머니들을 물끄러미 쳐다보았다. 어림잡아봐도 어머니보다 나이가 많아 뵈는 할머니들이 누군가의 부축도 없이 잘 걸었다. 그 모습이 부럽기도 하고, 그간의 내 삶이 어머니를 세월 앞으로 밀었구나 싶어 부끄러워지기도 했다. 어머니는 늘 내가 되어 있었고 나는 어머니가 되어 있지 못했음에 마음이 무거워졌다. 나는 다시 병실로 올라갔다.

어머니는 삼 일 동안 의식이 없었다. 가족들이 병원 근처에 잡아놓은 여관방으로 모였다. 얼굴과 입술 빛이 새까맣게 변한 게 이번엔 돌아가실 것 같으니까 맘 준비들 하라고 매형이 말했다. 허리 뒤에 손을 넣어보았는데 침대에 착 붙은 게 틀렸다며 막내 누이가 동조했다. 척추에 금 가 애비가 병원에 입원해 있는데 몇 달만이라도……. 작은 형수가 말끝을 흐렸다. 네가 맏상주나 다름없으니까 미리 잠 좀 자두라던 둘째 누이가 흰 와이셔츠를 내밀며 사이즈가 백 호 맞느냐고 물었다.

어머니를 고향 쪽 병원으로 모시기로 결정했다. 결정에 따라 일부는 큰일 치를 준비를 하러 떠나고 일부는 남았다.

다음 날, 환자 이송 앰뷸런스가 예상보다 일찍 왔다. 나는 병원 옆 편의점에서 충전이 덜 된 휴대폰을 찾고 병원 원무과에 물어 환자 이송 허가증을 발부받았다.

둘째 누이와 내가 앰뷸런스에 동승했다. 응급구조사가 서둘러 어머니 코에 산소를 연결했다. 머릿속에서 '산소 코뚜레'라는 말이 만들어졌다. 차가 출발했다. 응급구조사가 엄밀히 따지면 혈압이 너무 낮아 이송을 할 수 없는 상태라고 하며 도중 안 좋은 상황이 올지도 모른다고 했다. 큰누이에게 출발했다고 전화를 하니, 이곳 병원에 문제가 생겨서 그렇다며 일단 집으로 오라고 했다. 누이 집 주소를 불러주자 운전자가 내비게이션에 입력했다. "가망도 없는 것 같은데, 그냥 찬송가 부르면서 어머니 편하게 모셔드리는 것도 좋지 않겠냐"는 가족 의견 중 하나가 떠올랐다. 운전석 쪽으로 난 작은 유리창을 통해 간간이 보이는 산은 단풍이 들어 피처럼 붉었다. 앰뷸런스 소리는 소리의 단풍이다, 라는 문장이 머리에 써졌다. 나는 산소가 공급되고 있는 압력 게이지를 주시했고 응급구조사는 숨을 점검하는지 어머니 코에 손가락을 가끔 갖다가 대어보았다. 더스틴 호프만이 고향으로 가는 버스에서 죽는 〈미드나잇 카우보이〉란 영화 장면이 잠시 스쳐 지나갔다.

따지고 보니 나도 산소 코뚜레를 하고 있었다. 어머니처럼 유선이 아닌 무선의 산소 코뚜레. 또 입과 내장과 항문이 맞뚫려 있고 그 사이를 음식물들이 지나간다는 사실을 감안해보면 음식물 코뚜레도 하고 있는 셈이었다. 입에서 항문으로 통과하는 음식물들 중 바로 통과하지 못한 찌꺼기들이 머물러 있는 게 육체가 아닌가. 그 육체가 산소와 음식물들의 코뚜레를 벗는 날 우린 죽음을 맞게 된다.

죽음. 그 위대한 스승. 내가 살며 받은 최고의 교육은 면전에서 아버지가 보여준 죽음이다. 그 명강의를 이수하고도 어머니의 죽음 맞기는 왜 이렇게 힘든 것일까. 이런저런 생각을 하는 사이 차는 시간 반을 달려 목적지에 다다르고 있었다.

"여기가 아닌데."

차가 비포장길로 접어들어 산 고개를 넘고 있었다. 길을 잘못 든 것 같다고 말하며 흔들리는 어머니를 붙들었다. 당황해 운전석 쪽으로 난 창을 주시하자 멀리 누이 집이 나타났다. 응급구조사가 구조 차량 내비게이션은 무조건 최단거리 길로 되어 있어서 그렇다고 했다. 차가 덜컹거리고 어머니가 인상을 쓰는 듯했다.

"아구 아구 아파!"

누이 집에 도착해 침대에 어머니를 내려놓을 때였다. 낯익은 목소리지만 낯설게 들려온 소리는 분명 어머니의 목소리였다. 그 소리에 다들 놀라고 있을 때 어머니가 눈을 슬쩍 떴다. 산길을 넘어오며 등에 난 욕창에 자극을 받아서였을까. 집에 모여 있던 가족들이 모두 어리둥절했다.

"뭐하냐. 빨리 가서 앰뷸런스 잡아. 의료원이 가까우니까 그리로 모셔. 바로 뒤따라갈게."

누이와 매형의 말을 듣는 순간 막막하던 가슴이 환하게 뚫리며 몸에 전율이 일었다.

　나는 신발을 꺾어 신은 채 앰뷸런스 쪽으로 내달렸다.

어머니는 눈은 떴으나 말을 못했다.

　백발의 이모 두 분이 문병을 오셨다.

　"내가 누구유?"

　작은 이모가 어머니 얼굴 가까이 얼굴을 갖다 대며 다시 물었다.

　"언니, 내가 누구유?"

　언니라고 이번엔 힌트까지 주었다. 반응이 없자,

　"나 주덕읍 사는 막내동상이유."

　"모르시는가?"

　작은 이모가 옆으로 비켜서고 이번엔 큰 이모가 허리를 굽혔다.

　"나 몰라유? 청주 동상."

　큰 이모의 질문은 결과로 바로 내달았다.

　"아는데 말을 못하시나, 내가 누군지 알면 눈 껌벅해봐유?"

　"사람도 몰라보시나봐!"

　이모들이 어머니를 등지고 돌아서며 눈물을 흘렸다.

　"네가 수고가 많다."

　"아녀유. 제가 잘못 모셔 이모들한테 제일 죄송해유. 그렇게 보고
싶다고 했다는데 자주 볼 수 없던 제가 이렇게 오래 같이 있으니 꿈

인가 싶어서 대답 안 하시는지도 모르지유. 꿈 깰까봐."

내 목소리가 떨리자 이모들은 눈물을 그쳤다.

다시 열흘이 흘러가고

그 사이

'내가 누구유?' 가 '제가 누구유?' 로 질문이 바뀌고

큰 형수, 작은 형수, 큰 매형, 작은 매형, 큰누나, 둘째 누나, 막내
누나, 이종사촌, 친조카, 외조카가 와서 똑같은 질문을 어머니에게
던졌다.

어머니는 늘 대답을 못했고 질문자들은 한결같이 자기가 누구라
고 문제의 정답을 밝혔다.

질문자들의 내방을 받으며 한 가지 의문이 들었다. 질문자들의
질문은 왜 똑같은 것일까. 질문자들은 어머니 속에 자신이 있나 없
나를 질문으로 던졌고 자신 속에는 분명 어머니가 있어 자신은 어
머니와 무슨 관계로 존재한다고 밝혔다.

나는 화장실에서 면도를 하다가 질문자들이 놓친 문제점 하나를
찾아냈다.

누구세유?

이렇게 질문을 던져볼 수도 있지 않았을까. 어머니가 자기 자신

이 누구인지도 모른다면 상대와의 관계를 어찌 대답할 수 있단 말인가.

나는 면도를 하다가 멈춘 거울 속의 나를 만져보며 지난번에 만났던 할머니를 거울 속으로 불러냈다. 할머니는 한 손에 손거울을 들고 거울 속에 비친 자신의 머리카락을 빗질했다. 치매에 걸려서 자신이 누군지 모른다면 거울 속에 있는 할머니는 딴 사람으로 보일 것이다. 할머니는 자신이 아니라 불쌍한 노인네를 빗질해주었던 것이다. 그렇다면 그 할머니의 행동은 지극히 정상적이지 않은가. 그 할머니가 자신을 잊어버린 게 문제가 될 뿐.

거울을 어머니에게 보여주면 어떨까. 어머니는 거울을 본 지가 너무 오래되어서 자신의 외모마저 잊어버렸을지도 모른다. 거울을 보고 어머니가 자신이 누군지 깨닫는다면 많은 내방자들에게 실망을 주지 않을지도 모른다. 가령 이렇게 말이다. 어머니 쪽으로 다가오는 내방자를 향해 검지를 입에 갖다 대며 쉬! 동생 왔구나, 나 누이여. 사위 왔구나, 나 장모네. 손주 왔구나, 나 할미다…….

어머니에게 거울을 보여드리자.

그러나 나는 어머니에게 거울을 보여드리지 않았다. 어머니가 병에 너무 쇠약해진 자신의 모습을 본다면 정신적으로 해롭기도 할 테고, 어머니 이전 한 여자에게 너무 잔인한 짓이 아닌가 싶어서였다.

물은 자가 대답하는 시립의료원 508호의 밤은 길었다. 어떤 날은 하룻밤에 509호, 510호, 511호에서 사람들이 죽어나갔다. 찬송가가 들리기도 하고 울음소리가 들리기도 했다. 나는 컵라면을 먹고 있거나, 죽었던 자가 다시 살아나 첫 출발지에서 다시 시작해 살아나가 박수를 받기도 하는 코리안시리즈를 보고 있었다. 인생도 일 회, 이 회, 저렇게 기회가 아홉 번 주어지고 경우에 따라서 연장전까지 주어진다면……,

이상하게도 이웃 방에서 사람이 죽어나갈 때마다 어머니는 진땀을 흘리며 신음을 했다. 정말 저승사자가 오고 심하게 아픈 사람 눈에는 뵈는 걸까. 그런 생각이 들면 나는 겁이 나서, 어머니는 교인이니까 찬송가를 들으며 돌아가시는 게 좋을 것 같아 티브이 채널을 돌려 기독교 방송을 틀어놓았다. 한번은 기독교 방송을 틀려고 티브이에 달라붙어 채널을 누르고 있는 중에 간호사가 들어왔다. 어머니는 아프고 옆방에서 사람이 죽어나가는데 티브이 채널이나 붙잡고 있는 나를 간호사는 어떻게 생각했을까. 밤이 길어 이런 사소한 고민도 링거처럼 천천히 맞으면 내가 처한 상황을 잠시 잊는 데 도움이 되었다.

코리안시리즈가 끝나고 재팬시리즈가 끝나도 어머니 병은 차도가 없었다.

어머니는 눈만 떴다가 감기를 반복할 뿐이었다. 욕창에 살 썩는 냄새만이 어머니 밖으로 외출을 하는 날의 연속이었다. 나는 사 층이 F로 표기되어 있는 쇠두레박을 타고, 어머니가 누워 있는 침대 곁에 서서 올라오며 꼭 살려 내려가겠다고 다짐했었다. 그것은 나의 순진한 바람에서 끝날지도 모른다. 설사 그렇게 된다 해도 나는 내 생에 가장 행복한 날들을 어머니와 단둘이서 한 달 동안이나 보냈으니 후회는 적다.

508호실에 또다시 밤이 왔고 나는 혼자 서툰 기도 혹은 혼잣말을 했다.

어머니, 소가 되셨나요. 왜 코뚜레를 하고 계세요?

어머니, 코끼리가 되셨나요. 왜 코에서 나온 호스로 미음을 드시죠?

어머니, 소처럼 벌떡 일어나세요.

어머니, 코끼리처럼 큰 소리로 저를 한 번 불러주세요.

그리고요, 이건 정말 궁금한 건데요,

"내가 누구여?"

이렇게 물었을 때 제가 "엄마" 하고 대답한 것은 몇 살 때였나요.

또 장소는 어디였죠?

저는 왠지 향나무가 있던 우물가였거나, 바깥마당에 있던 대추나무 아래였으면 좋겠어요.

제 대답을 듣고 어머니 기분은 어떠셨나요?

어머니 산소 코뚜레 빨리 풀고, 아, 호스로 된 유선 말이에요, 코끼리 코 뽑아내고, 걸어서 안 되면 제 등에라도 업혀 쇠두레박 타고 저 평지에 내려가요.

네?

그러실 거면 아무 대답도 하지 마세요.

그러자고요!

그러자고요!!

아무 말 안 하셨으니까 분명 대답한 거예요.

고맙습니다.

열쇠처럼 쪼그맣지만 내 모든 것을 열어준 어머니,

나의 어머니!

교장선생님, 멀리 날다

화창한 날씨다.

학교 운동장을 대각으로 가로지른 백 미터 직선과 둥그렇게 그려 놓은 이백 미터 곡선이 선명하다. 명지바람에 백회 가루가 살포시 날아오르기도 한다. 백회 가루 냄새에 학동들의 발뒤꿈치가 가볍게 들리고 심장박동이 빨라지며 맘도 시나브로 흥분된다. 운동복 입은 고학년들이 조별로 운동장을 이동한다. 여기저기서 선생님들의 호루라기 소리가 들리고 출발신호를 알리며 획, 아래로 내리는 깃발 소리도 들린다. 결승선에서 학동들이 맞잡고 있는 흰 광목 줄이 팽팽하다. 학교 건물 중앙에 게양된 태극기가 간간이 노래처럼 펄럭인다.

오늘은 군 대항 체육대회에 나갈 육상선수들을 선발하는 날이다. 결승 테이프 가슴에 휘감은 학동이, 달려온 여력에 결승선을 한참 지나서야 멈춰 선다. 좋은 기록이 나왔는지 스톱워치를 얼굴 높이로 들고 웃는 선생님의 배후에서 물오른 능수버들이 차르륵차르륵 흔들린다.

교실 앞 화단과 울타리에서는 봄꽃들의 계주 경기가 한창이다. 노란 개나리꽃은 민들레꽃에게 배턴을 넘겼고 개복숭아꽃은 붉은 진달래의 배턴을 넘겨받았다. 키 작은 자주색 금강제비꽃은 배턴 넘길 다음 주자를 찾지 못해 어리둥절 피어 있다.

싱싱하고 푸른 기운 가득한 교정에 햇살이 조밀하게 쏟아진다. 운동장 한 모퉁이에 몰려 있던, 물고기 비늘 같은 벚꽃잎이 약한 회오리바람을 타고 둥글게 날아오르다 산개한다. 작은 구름 그림자가 운동장 쓸며 지나가자 한 학동이 하늘을 바라본다. 그 주위에 있던 학동들도 덩달아 바라다보며 눈을 찡그린다.

학교 운동장에 뚱뚱한 그림자 하나가 나타난다. 그림자의 걸음걸이가 점점 빨라진다.

교장선생님 오신다!

각 학년과 선생님들을 배려한 것일까? 칠 단계로 이어진 철봉 앞쪽에서 학동이 외친다. 고무래로 모래밭 평평하게 고르고 있던 남선생님과 줄자 감고 있던 여선생님의 시선이 교장선생님을 향한다. 멀리뛰기장으로 다가온 교장선생님이 기록이 제일 좋은 학동을 불러오라 한다. 백 미터 달리기 하려고 대기하고 있던 학동 한 명이 달려온다.

교장선생님의 지시에 따라 불려 온 학동이 구름판 뒤쪽으로 물러서며 멀리뛰기 자세를 취한다. 학동이 모래밭을 향해 힘껏 달려온다. 교장선생님은 허리 굽히고 양손으로 무릎 짚은 채, 달려오는 학동의 동작을 뚫어져라 읽는다. 학동이 구름판 차고 솟아오를 때 교장선생님도 반사적으로 한쪽 다리 들었다 놓으며 허공을 찬다. 모래사장 양옆에 서 있던 학동들이 와! 하고 함성을 터뜨린다. 남선생님은 줄자를 구름판에 대고 여선생님은 뒷걸음쳐 학동의 착지점에 갖다 댄다. 손톱에 선홍빛 물이 들 정도로 줄자를 꼭 잡은 여선생님의 표정이 밝아진다. 아까보다 이십오 센티미터 더 뛰었다는 여선생님의 격앙된 목소리에 학동들이 탄성을 지른다.

엉덩이에 묻은 모래를 털며 빙그레 웃는 학동에게 교장선생님이 다가간다. 어깨를 툭툭 쳐주며 학동을 칭찬한다. 교장선생님은 하나, 둘, 셋 손가락 펼치며 학동의 자세에 나타난 문제점을 지적한다. 학동이 자세만 고치면 더 좋은 기록 낼 수 있다고 말하며 힘차게 악수를 나눈다. 악수 풀며 파이팅을 외친다.

교장선생님이 캐주얼 양복 윗도리를 벗는다. 얼른 여선생님이 받아 든다. 몸소 시범을 보일 태세다. 교장선생님은 왕년에 좀 뛰었었다고 하며 구두도 벗는다. 바짓가랑이를 착착 접어 양말 속에 집어 넣는다. 그 모습을 보고 학동들이 다시 박수를 보낸다. 양팔 돌려 어깨를 풀고 발뒤꿈치 들어 발목을 푼다.

구름판을 향해 교장선생님이 달려온다. 학동들이 와! 와! 하고 함성을 지른다. 경중경중 뛰어오며 아니라고 손사래 친다. 학동들의 얼굴에 의아함이 인다. 교장선생님은 구름판에서 가볍게 뛰어오르는 포즈만 잡아본다.

그런 다음 구름판부터 걸음을 세며 다시 도움닫기 출발점에 가 선다. 교장선생님의 철저한 준비 자세에 감명 받은 학동들이 우레와 같은 박수를 보낸다. 이에 답하여 교장선생님도 박수를 친다. 박수 치던 손을 올렸다 내렸다 하며 박자에 맞게 박수를 유도한다. 마치 티브이에서 멀리뛰기나 높이뛰기 선수가 보여주던 동작을 보는 듯하다. 다리에 힘을 빼고 몇 번 사뿐사뿐 제자리 뛰기를 반복한다. 준비가 다 된 듯 상체를 뒤로 젖히며 크게 호흡 들이마신 교장선생님이 힘차게 출발한다. 교장선생님의 발놀림 속도에 맞춰 학동들의 박수 소리가 빨라진다.

교장선생님의 몸속에 분산되어 있던 힘들이 출렁출렁 자유로워 졌다가 강하게 휘젓는 발과 다리로 이동한다. 구름판에 가까워지며 다리와 팔에 모였던 힘 중 일부가 복근 쪽으로 방향을 잡는다. 붉게 상기되던 교장선생님의 얼굴이 붉음을 넘어 하얗게 변한다. 구름판에 다다라 도약하는 순간 힘은 급히 오른쪽 발끝과 뒤로 젖혀진 양손 끝을 향한다. 학동들의 함성 소리와 박수 소리도 점층법처럼 커지다가 공중으로 날아오른다. 교장선생님이 날아오른다.

허공에서 뒤로 젖혔던 상체를 앞으로 튕겨 접으며 교장선생님이 뚝, 떨어진다. 달려온 속도에 비해 건너 뛴 모래판의 거리가 짧다.

모래판에 착지한 교장선생님이 쪼그려 앉은 채 일어서지 않는다. 뭔가 이상함을 눈치챈 학동의 눈빛 하나가 불안해진다. 불안한 눈빛이 빠르게 옮아가고 여선생님이 손에서 줄자를 놓친다. 남선생님이 다가가 어깨를 짚는 순간 힘없이 푹 쓰러진다. 놀란 아이들이 다른 곳에 있는 선생님들을 부르러 내달린다. 남선생님이 교장선생님을 모래밭에 눕힌다. 떨리는 손으로 가슴을 마사지한다. 앰뷸런스 소리가 들린다.

학동들 위해 최선을 다했던 교장선생님이 심장마비로 돌아가셨다. 그는 정말 최선을 다했다. 있는 힘을 다했던 것이다. 학동들 위해 살아온 날들을 발바닥에 집약해 마지막 족적 남기고 날아올랐던 것이다.

학동들을 사랑하는 만큼 높이, 멀리 날아오른 그가 세운 기록은 영원할 것이다. 그가 날아 뛴 거리는 줄자로 잴 수 없다. 단지 마음의 자로만 그의 사랑을 읽을 수 있을 뿐이다.

학동들을 사랑하는 마음으로, 살아 있는 세계에서 죽음의 세계까지, 멀리 뛴 그의 기록은 영원히 깨지지 않을 것이다.

* 위의 글은 한 지인의 아래와 같은 이야기를 듣고 떠올린 상상들입니다. 이 글이 고인에게 누를 끼쳤다면 용서바랍니다.

'잘 알고 있는 훌륭한 교장선생님이 계셨는데요, 학생들에게 멀리뛰기 시범을 보여주시다 돌아가셨어요. 멀리 뛴 그 자리에서. 참 성실하고 열심이셨는데.'

1997, 양화대교
—사소한 것들에 대하여 혹은, 이상한 공무도하가

십이 년 전이다. 공무도하가公無渡河歌의 배경지 근처인 양화대교
에서 있었던 일이다. 그날의 일은 현실이 아닌 꿈만 같기도 하다.

무엇이 그리 막막했던가. 나는 차라리 끝내자는 결심을 했다.

신촌 로터리에서 한강을 향해 무조건 걸었다. 삼십육 년간 이어
온 호흡의 길이를 물리적으로 이어보니 짧지만은 않았다.

걸음을 내딛었다.

공중전화 부스에 들러 호출기에 녹음되어 있는 음성들과 호출번
호를 지웠다(내 다시는 지상의 호출에 응하지 않으리라).

죽음 이후, 괜한 오해로 내 죽음이 잘못 해석되지 않길 바라는 마

음에서였다. 내 죽음을 지키려는 나의 의지에 손목을 잠시 잡아주었다.

죄송합니다. 막상 죽음을 기정사실화시키자, 가족들에 대한 미안한 맘은 뭉뚱그려져 짧게 정리되었다. 죽어버릴까 망설일 때와는 너무나도 차이가 컸다. 그건 나만의 특징이었을지도 모르지만, 오히려 사소한 것들이 떠올랐다. 가령, 돈도 없는 친구에게 빌린 돈 십만 원, 누구누구는 참 잘해줬는데 밥 한 끼 못 샀네, 같은 것들이.

지인처럼 이정표들이 나타났다. 천천히 걸었다. 워낙 단호하게 맘을 먹어서인지 맘에 흔들림이 없었다.

양화대교가 나타나자 무슨 큰일을 이뤄낸 것 같은 맘이 들고 맘 한쪽이 이완되며 편안해짐을 느꼈다.

어떻게 오셨습니까?

?

어딜 가냐고!

죽으러 왔는데요.

잡아.

다리 입구에서 날렵하게 생긴 사내 둘이 나타나 앞을 가로막았다.

당신, 직업이 뭐야?

직업은 없고 그냥 글 쓰며 살아왔어요.

예술가를 다 잡아보네.

야, 너 기왕 죽을 거면 우릴 위해 사람 한 명만 죽여주고 죽으면 안 되냐?

싫어요. 곧 죽을 사람이 왜 죄를 짓고 죽어요.

그렇게 부정적으로 듣지 말고 우릴 위해 좋은 일 한 번 해주고 죽는다고 생각하면 되잖아.

사람을 죽일 만큼 배짱이 있었으면 내가 왜 죽으러 왔겠어요. 살지요.

사내들에 의해 내 죽음이 잠시 지연되고 있을 뿐, 사내들은 겁나지 않았다.

나, 가게 내비려둬요.

그런데, 이 새끼 되게 이상하네. 너는 왜 꼬박꼬박 존댓말을 써. 기분 나쁘게. 우리가 분명, 너보다 어려 보이잖아.

그렇게 살아온 걸 어떡해요. 처음 보는 사람인데, 어떻게 반말을 해요.

지랄하네. 너 반말 한 번만 하면 살려줄게.

싫어요. 전 살기 싫어 죽으러 온 건데요.

이 새끼, 말 안 되니까 그냥 저 아래로 끌고 가.

그렇게 말을 맺은, 사내 둘 중 우두머리 같은 친구가 어둠 뒤쪽으로 사라졌을 때다.

당신 진짜 죽어. 내 말만 들어. 내가 뛰자고 그럴 때 뛰어. 잡히면 진짜 죽는단 말이여.

낮게 속삭이던 사내가 내 손목을 낚아채고 강변로 갓길을 내달렸다. 나도 얼떨결에 따라 뛰었다. 뛰어서는 안 되는데 생각하며. 그 사내의 목소리에 담겨 있는 나를 위한 마음만을 위하여 따라 뛰었다. 결단코 내가 살려고 뛰지는 않았다. 그러나 얼마 가지 못해, 등 뒤에서 오토바이 소리가 들리는가 싶었고 나는 목덜미를 세차게 얻어맞으며 나가떨어졌다.

너 이 새끼, 차렷해. 너 애 데리고 저 아래로 내려가라고 했는데. 뭐, 도망을 쳐.

나는 처박힌 상태에서 멍한 눈을 들었다. 사내 하나가 사내 하나를 주먹과 발로 가격했다. 동작이 날렵했다.

그냥 살려주고 싶었어요. 이상하게.

한참 후에야 구타가 멎었다. 때린 사내가 맞은 사내의 어깨를 부축하고 널브러져 있는 내게로 다가왔다. 나는 곧 죽을 거였으므로 통증도 느낄 수 없었다.

애가 너를 살리고 싶단다. 씨팔.

너도 살고 싶냐?

안 돼요. 난 죽어야 돼요.

아저씨, 제발 반말 한 번만 해봐라. 살려준대잖아.

싫어요. 내가 뭐가 무서워서요.

야, 너도 무릎 꿇어. 우리가 이렇게 빌게.

제발 반말 한 번만 해줘라.

싫어요. 난 죽을 건데요, 뭘. 세상 살면서 지킨 것도 없는데, 그거라도 지켜야지요, 뭘.

안 되겠다. 그냥 내버려두면 죽겠다. 살려주자. 너 가서 차 잡아.

안 돼요. 나는 저기 다리까지만 가면 돼요.

한참의 실랑이질 끝에 차가 한 대 섰다.

아저씨 이 사람 내리면 죽으니까 시내 한복판에 내려주세요. 꼭!

사내들이 선불로 돈을 지불하고 나는 신촌 로터리에서 내렸다.

그날

나는 신촌 연립주택 골목에서 알 수 없는 눈물을 흘렸고,

추웠다.

오이냉국

그해 여름 친구 박과 나는 글공부를 하며 직장에 다니던 친구 채와 조의 집에 갔다. 친구 채와 조는 같은 직장에 다니며 자취를 하고 있었다. 친구들은 양옥집 이 층에 살고 있었는데 옥상 빈터에 널평상이 하나 놓여 있었다. 친구들이 낮에 평상에서 책 읽으며 쉬라고 우리들을 위해 그늘막을 쳐주었다. 소설 공부를 하는 친구 박은 귄터 그라스의 『넙치』를 읽으며 감탄했고 그 곁에서 나는 시를 끼적이며 낮 시간을 보냈다. 친구들이 직장에서 돌아오면 우리들은 방에서 틀어놓은 음악을 평상에 나앉아 듣다가 기타를 치며 노래를 부르기도 했다. 밤이 깊어 별을 보고 누울 시간이면 친구들이 우리들이 낮에 무엇을 했나 점검했다. 술을 좋아하는 우리가 아침 일찍 술을 먹고 퇴근 시간 즈음이면 깨어 있는 것 아닌가 걱정된다고 했다. 우리가 낮에 읽은 책과 쓴 글을 이야기해주면 친구들은 좋아했고 그런 다음 날은 용돈을 놓고 가기도 했다. 그와 반대로 생판 논날은 아무 말 없이 그냥 출근해버렸다.

우리가 몰래 낮술을 먹고 며칠을 논 어느 날이었다. 친구 박이 데모를 하자고 했다. 해서 우리는 그릇이란 그릇을 죄다 엎어놓고 '부엌데기 투쟁 선언문'이란 문건을 작성하고 집을 비웠다. 먹을 것이 없어 아사한 파리라고 파리 몇 마리를 잡아 선언문 위에 올려놓았다. 우리들의 데모는 먹혀들었다. 친구들이 삼겹살과 술을 사 왔다. 친구 박과 나는 신나서 술을 먹었다. 다음 날, 일요일이라 출근하지 않은 친구를 위해 박이 도마 소리를 내며 음식을 준비했다. 취기 덜가신 친구들을 평상으로 불러냈다. 오이냉국과 국수 사리를 내왔다. 역시 오이냉국은 조선 오이에 조선 간장으로 간을 해야 한다며 농담을 하기도 했다. 우리는 국수를 말아 먹으며 논다랑이 하나 건너에 나 있는 길을 쳐다보고 있었다.

그날이 그곳 면의 장날이라 장 보러 가는 사람들이 많았다. 노인들을 태운 경운기들이 연신 지나갔고 걸어서 장에 가는 노인들도 있었다. 경운기 한 대가 섰다. 경운기를 세운 노인이 걸어가고 있던 노인에게 타라고 손짓을 건네자 걷고 있던 노인이 길을 가로질렀다. 그 순간 차 한 대가 노인을 들이받았다. 노인이 허공으로 날아올랐다. 우리들은 어, 어 소리를 내며 오이냉국 그릇을 평상에 내려 놓았다. 평화로운 시골의 풍경이 깨지는 순간이었다. 며칠 후 친구 박은 친척집 공장에 취직을 하고 나는 며칠 더 시를 써 문단에 등단을 했다.

친구 박은 몇 년 전 세상을 떠났다. 그해 여름 친구 박이 만들어 줬던 오이냉국은 기억에 남아 있건만 친구 박은 없다. 친구 박의 오이채 써는 서투른 도마 소리가 들릴 것 같은 여름밤이면, 먼 별에도 찝찌름하게 간이 밴다.

나는 내 맘만 믿고

집 근처에 라일락꽃 핀 골목길이 하나 있어요. '골목길 마중 나오고 골목길 배웅 나오는 예의 바른 꽃' 이란 시구절이 며칠 전 그 골목길에서 떠오르는 거예요. 그 시구절로 시 한 편 써보려고 골목길을 몇 번 더 갔지요. 한번은 라일락 가지에 비둘기 두 마리가 앉아 있더라고요. 벽에 바짝 붙어 몸 숨기고 비둘기들을 관찰했지요. 라일락꽃에 모여든 벌들을 비둘기들이 잡으러 온 것 같았거든요. 알낳을 때가 되어 단백질을 섭취하려고 하는 걸까. 아니면 새끼가 부화되어 먹이를 잡으러 온 걸까. 비둘기들이 뭔가를 먹는 것 같은데 안경을 안 쓰고 나와 자세히 볼 수 없었어요. 얼핏 보기에는 벌을 잡아먹는 것도 같았어요. 비둘기들이 화사하게 핀 꽃 위에서 벌들을 잡아먹는 풍경은 상상만으로도 좀 잔인하다는 느낌이 왔어요. 그때 문득 라일락꽃 향기에 취해서, 환각 상태의 힘 빌려 벌을 잡고 있는 게 아닌가, 하는 생각이 들었어요. 그 후에 비둘기들이 정말 벌을 잡아먹나 확인하려고 몇 번 안경을 쓰고 나갔지만 결국, 비둘기들을 만나지 못했어요.

그런데요, 큰일 날 뻔했지 뭐예요. 알아보니까요, 비둘기들은 평생 씨앗만 먹고 산대요. 새끼들에게는 깃털이 나기 시작할 무렵까지 젖을 먹인대요. 비둘기들은 암수 다 피전밀크pigeon's milk라는, 두유 성분 비슷한 식물성 젖을 만드는데 새끼들이 어미 입속으로 부리를 집어넣어 먹는다 하네요. 비둘기들이, 예의 바른 라일락꽃 위에서 제정신엔 미안한지 꽃향기에 취해 새끼들 위해 벌을 잡는다고 썼더라면 큰 망신당할 뻔했지 뭐예요.

지금까지 내가 시 쓰며 사는 얘기를 해봤는데 어렵죠?

어머니, 그때 내가 몇 살이었나요? 젖 뗄 때 말입니다. 평소와 달리 빨간 어머니 젖을 물었다가, 써서 입 떼고 울던 기억이 납니다. 지금 생각해보면 아까징끼라는 약을 발랐던 것 같아요. 다 말린 담뱃잎을 골라 포장하는, 담배조리하고 있던 동네 아주머니들이, 우는 내 모습 보고 깔깔 웃던 소리도 들릴 듯하네요. 지금도 기억나는 것 보면 꽤 늦게까지 젖을 먹었던 것 같아요.

언젠가, 어머니 등에 업혀 큰 물가를 지나는데 비가 내렸던 그 물가가 어디냐고 물었지요. 그랬더니 갓난아기였던 네가 그걸 어떻게 기억하냐며, 큰누이 데리러 제천 의림지를 지나는 거였다고 말해주었죠. 그때 어머니한테 궁금했던 것들을 다 물어볼 걸 그랬어요. 참, 나도. 물어보지 못해 영원히 알 수 없게 된 것들이나 생각하고 참, 한심하지요.

이젠 043으로 시작하는 고향 쪽 전화번호가 찍혀도 크게 놀라지도 않는걸요. 왠지 아세요? 축이 없어진걸요. 운동기구 역기 아시죠. 손잡이 없는 역기를 한번 떠올려보세요. 그리움과 슬픔 두 바퀴가 아직 있기는 한데, 손잡이가 되는 축이 없어진 것 같아요. 허공을 움켜잡고 들었다 놓는 것처럼 허전하기만 해요. 이제는 어떻게 해결할 수 없는 두 바퀴만 덩그렇게 남았으니 말이죠. 이제 나는 죄를 짓지도 못하잖아요. 제일 큰 죄 지을 수 있던 대상이 없어졌으니까요. 팽팽하던 낙하산 줄 하나가 팅 끊어진 것도 같고 내 삶을 늘 달아주던 오래된 앉은뱅이저울이 고장 난 것도 같아요.

어머니가 누워 있는 그곳도 복숭아꽃은 벌써 피었다 졌겠지요. 복숭아꽃 필 무렵 찾아간다고 해놓고 또 약속을 어겼네요. 언제 철들지, 내 자신이 심히 미워지네요. 과수원 일이 본격적으로 시작되어 사촌형이 복숭아밭에 더 오래 머물죠. 아무래도 사촌형과 같이 오래 있으니까 덜 심심하겠네요. 평소에도, 그곳에서 기르고 있는 사슴 먹이 주러 적어도 하루에 한 번씩은 형이 들른다고 해 그래도 맘이 조금 놓이기는 했어요. 어머니 누워 있는 그 너머에 우리 밭이 있어 오르내리던 옛일이 생각나요.

산길가에서 따 먹던 뱀딸기는 싱거웠고 옹달샘 가에 있던 찔레 숲 찔렁(찔레순)은 상큼했었지요. 시엉(싱아)은 시고 서리 맞은 아그배는 달고 아버지가 구워주던 산마는 분이 났었지요. 옹달샘 아래 도랑에서 잡은 가재를 모닥불에 구우면 빨갛게 색이 변하던 것도 떠오르고요. 왜 이렇게 뭐, 먹던 일만 생각이 나죠?

먹는 것 외에 기억나는 게 있기는 한데 그건 내가 더 어렸을 때의 일이네요. 그곳 산에 불을 지르고 따비밭을 만들 때지요. 형과 누이도 일을 하고 어린 나는 다 만들어놓은 밭 가에서 혼자 놀았지요. 그때 나는 무슨 조그만 항아리를 흙 속에서 파내며 놀았어요. 여린 손으로 흙을 파고 조심조심 꺼내도 항아리가 자꾸 폭삭폭삭 깨졌어요. 깨지지 않게 하나만이라도 꺼내보려고 무진 애를 썼었는데 끝내 온전하게는 하나도 못 캤었지요. 그게 무슨 항아리였는지 지금도 궁금하네요. 또 어머니가 똬리 끈을 입에 물고 그 위에 얹은 대광주리에 밥 내오던 풍경도 떠오르고요.

어머니, '마이' 라는 옷 알아요. 모르시죠. 편한 양복 같은 거예요.

양복이라고 봐도 돼요. 내일모레 내가 그 마이 입고 찾아갈게요. 결혼식장에서 축시 읽어줬더니 고맙다고, 이곳 강화도에 사는 잘 아는 이가 좋은 걸로 사줬어요. 그날 신부는 우리 함씨였어요. 하여간요, 비싼 거예요.

어머니 돌아가셨을 때 내가 영정 앞에 서서 환하게 웃는 모습 보셨어요. 왜 그랬는지 아세요? 전에 명절날 고향에 가면 네 친구 누구는 양복을 쫙 빼입고 왔다고 하시며 부러워하셨잖아요. 그런데 살아생전에 양복 입은 모습 한 번 보여드리지 못한 일이 생각나서였어요. 상조회에서 빌려 입은 양복이었는데요, 그 모습이라도 보여드리고 싶었어요. 그래서 문상객 없는 새벽에 제가 어머니 앞에 서서 기왕이면 웃는 모습을 보여드리려고 환하게 웃었던 거예요. 머리가 좀 희끗희끗해서 그렇지, 근사하지는 못해도 그래도 볼만은 했지요?

내일모레 카네이션이라는 꽃도 사가지고 찾아뵐게요. 꽃을 사들고 찾아뵙는 것도 난생처음이네요. 꽃을 달아드릴 기회가 있기는 있었는데 그때는 산속에서 형과 돼지 기르며 살 때라 조카들이 달아드렸고 상계동 살 때는 누이가 달아드렸었지요.

어머니, 그런데 어머니 앞에는 왜 이렇게 난생처음인 것들이 많은 것이죠?

내가 알고 있는 새 중에는 부엉이가 제일 이른 봄에 알을 낳았어요. 봄눈이 하얗게 내린 산. 부엉이가 날아간 곳으로 다가가 보았지요. 흙에서 조금 돌출된 바위 위에만 눈이 쌓여 있지 않아 금방 눈에 들어왔지요. 집이래야 약간 움푹한 게 전부였는데, 그곳에 부엉이가 품고 있던 알이 있었어요. 부엉이 알은 따뜻했어요. 부엉이는 수풀이 우거지기 전에 일찍 알을 낳았던 거지요. 그래야 새끼들에게 줄 먹이, 설치류나 몸집 작은 포유류를 많이 잡을 수 있기 때문인 것 같았어요.

친구들과 공동으로 그 부엉이 집을 맡았어요. 그때만 해도 봄이면 새집을 맡아놓던 시절이었죠. 어느 산 어디쯤 있는 무슨 나무에 무슨 새집을 맡아놓았다고 하면, 그 새집을 친구들은 서로 인정해줬지요. 그때 본 꾀꼬리 집과 비둘기 집은 다른 새집보다 더 선명한 기억으로 남아 있어요. 비둘기들은 대부분 소나무에 집을 짓지요. 삭정이 몇 개 걸쳐놓은 비둘기 집은 짓다가 만 것처럼 엉성했어요. 꾀꼬리는 큰 참나무의 옆으로 길게 뻗은 가지에 집을 매달아 찾기도 접근하기도 힘들었지요. 양다리로 가는 가지를 감고 거꾸로 매달려야 다가갈 수 있었으니까요. 따가새(때까치), 꾀꼬리, 새매는 사나웠어요. 집에 접근하면 암수 두 마리가 양쪽에서 날아들며 날개로 어깨나 머리를 공격해왔지요. 그래서 가는 갈참나무 가지를 꺾어 등에 꽂고 올라갔지요. 그렇게 하면 새들이 등에 꽂은 나뭇가지만 치고 머리는 공격하지 않았으니까요. 새끼를 내려오거나 내려와도 될 만큼 적당히 컸나 보려고 나무에 오르내리며 새들을 심하게 괴롭혔던 거죠. 그때는 이상하게 별 죄의식도 못 느꼈지요. 왜 그렇게 새 새끼를 내려다가 힘들게 먹이 잡아주며 길렀는지 모르겠어요. 부엉이도 내려다가 길러보고 물총새까지 잡아보았지만 비둘기는 한 번도 못 잡아보았어요. 비둘기 알을 맡아놓고 이제 부화해 새끼 몸에 솜털이 났겠구나 하고 가보면 이미 새끼를 쳐 나간 후였으니까요. 지금 와서 생각하면 새끼를 빨리 쳐 나가 죄를 짓지 않게 해준 비둘기가 고맙기만 할 따름이지요. 비둘기가 젖을 먹여 새끼가 빨리 성장했던 것은 아닐까도 싶네요.

내가 몸이 아파 약 먹을 때면 어머니는 이렇게 말했었지요. 네가 어려서 산짐승과 물고기를 많이 잡아서 몸이 아픈 것 같다고. 그럴 때마다 산새 어미들 맘 아프게 한 것만으로도 충분히 내 몸이 아플 수도 있다고 수긍이 되더라고요.

어머니 묘 앞쪽으로 고가 길 떠받칠 다릿발이 여러 개 세워졌어요. 콘크리트 배합 공장도 생겼고요. 모래, 자갈, 시멘트를 배합하며 콘크리트 만드는 소리가 시끄러워서인지 새들이 잘 뵈지 않더라고요. 어머니 있는 곳에 인터체인지가 생긴다네요. 높은 다리 길이 과수원 앞을 돌아 넘나봐요.

다리. 다리라 하면 물을 건넌다는 느낌이 강해, 허공을 건너는 다리가 있다는 사실이 새삼스럽더라고요. 저 고가 다리는 농토를 건너고 그 아래 오가는 사람을 건너는 것이구나, 차가 사람을 건너가는 것이구나, 내 유년의 추억을 건너는 길이구나 하는 생각이 들었어요.

봉분에서 꿀풀과 쑥을 뽑아내며 인터체인지에 대해 상념에 들기도 했었지요. 어머니와 나 사이의 인터체인지는 무엇이었을까, 삶과 죽음 길의 인터체인지는 무엇인가, 생성과 소멸의 인터체인지는 또 무엇인가 빠르게 질문들이 만들어지더라고요. 사랑과 그리움, 여한과 정리, 한 호흡지간이라는 사고력 얕은 단답을 해보았었지요. 그리고 나니까 이런저런 생각이 꼬리를 물었어요.

어머니에게서 나에게로 건너온 것은 무엇이고 나에게서 어머니에게로 건너간 것들은 무엇일까. 어머니는 내 육체의 전생이고, 나는 어머니 육체의 내생이다. 그러니까 어머니도 살아 있고 나도 살아 있다. 어머니가 죽어 나로 부활해 나는 어머니가 된 게 아닐까? 뭐, 이런 생각들이 머릿속을 엉클어놓더라고요.

뽑은 풀들을 한쪽에 버리고 무덤 전체를 내려다보았지요. 그랬더니 머리 같은 봉분과 양팔 같은 봉분의 퇴성이, 한평생 산 세상에 절하고 있는 모습 같아 보였어요. 살아 있는 제게 먼저 절하고 있는 것도 같았지요. 저는 얼른 무릎을 꿇었지요. 내 손에 끊긴 쑥의 향이 코끝에 묻어났지요.

어머니 묘 밑, 형의 묘 앞에서 음복을 한 잔 했습니다. 어머니 잘 모시라는 부탁도 하면서 말입니다. 그리고 고가 길 다릿발 사이로 펼쳐진 들판을 바라다보았지요. 농사꾼들이 곡식을 두고 하던 말이 머리를 스쳐 지나가더라고요. 고추가 한창 커야 할 시기에 가뭄이 들었는데 물을 제대로 못 줘 시원찮다는, 벼이삭 거름을 너무 적게 줘 소출이 줄었다는, 욕심이 과해 밑거름을 너무 많이 줘 잎만 성하고 고구마는 들지 않았다는 말도 그중에는 있었지요.

어머니도 우리들 생각하며 농사꾼처럼 복기를 했었잖아요. 큰애는 똑똑했는데 가르치지 못해, 작은애는 살림을 제대로 못 내줘 술에 타락되었고, 누이들은 어린 나이에 사회에 내보내, 너는 제일 힘들 때라 제대로 먹이지도 못해 이런 식으로 말입니다. 그러면서 우리가 잘 안 풀린 것을 모두 어머니 탓으로 돌렸지요. 늘 안타까워하던 어머니 모습을 생각하니 '자식 농사'란 말에서 슬픈 냄새가 났어요. 나름대로 최선을 다해놓고도 안타까운 게 부모 심정인가봐요.

나는 밥 먹을 때 가끔 스티로폼 도시락이 떠올라요. 지퍼 달린 비닐 가방에 밥그릇을 담을 수 있는 스티로폼이 담겨 있던 보온 도시락 말이에요. 네모반듯한 양은 도시락과 스티로폼 도시락에 들어 있던 스테인리스 밥그릇은 보기에도 차이가 많이 났죠. 나는 잘사는 친구들보다 그 도시락을 먼저 가지고 다녔지요. 그 밥의 미지근한 온기는 지금도 식지 않고 손에 전해질 때가 있어요.

"나는 내 맘만 믿고 열심히 살았는데 뭐, 제대로 해준 게 하나 없구나." 메론 껍질처럼 튼 손으로 가슴을 잡고 말하던 어머니 모습 떠올라 가족묘 있는 곳에서 자리를 떴지요.

카네이션 꽃바구니에 신경 쓰다 보니 사촌형 차에서 가방을 깜박 잊고 내렸지 뭐예요. 나를 내려준 형은 과수원 아래 있는 가축 우리로 내려갔고요. 가방 속에는 찬송가 책이 들어 있었어요. 나는 교회도 안 다녔고 노래도 부를 줄 몰라, 어머니가 제일 좋아하던 찬송가를 읽어라도 드리려고 했는데.

"고인이 제일 좋아하고 즐겨 부르던 찬송가"라고 하며, 장례예식장에서 어머니가 다니던 교회 목사님이 찬송을 부를 때, 따라 부르자 목이 메었지요. 눈이 심장보다 더 뜨거워졌고요.

돌아오는 길에 어머니가 다니던 교회를 달리는 차에서 보았어요. 십수 년 동안 어머니가 드렸을 간절한 기도가 교회에 꽉 차 있을 것 같아 가슴이 먹먹해지더라고요.

어머니, 이제 나는 달이 떠도 마중도 못 나가겠네요.

어머니가 마중 나와 있던 달로 찾아갈 수밖에 없겠지요. 항상 먼저 나와 계신 곳으로 제가 찾아갈 수밖에 없게 되었는걸요. 그렇게,

그렇게 그리움을 지워가며, 어머니 곁으로 다가가겠지요. 그래도
달로 마음 마중 나갈 수 있던 시절을 그리워하며.

저 달장아찌 누가 박아놓았나

맘 마중 나오는 달정거장
길이 있어
어머니도 혼자 살고 나도 혼자 산다
혼자 사는 달
시린 바다
저 달장아찌 누가 박아놓았나

2부

—

전등사에서 길을 생각하다

함씨

꽃들에게 부끄러운 밤이었다.

꽃들에게 용서 받는 밤이었다.

봄은 색들의 잔치다. 붉은 진달래, 노란 민들레, 연분홍 살구, 흰 벚꽃……. 흙 속에, 풀 속에, 나무 속에 이리 아름다운 색들이 숨어 있었다니. 색깔의 방천이 터져, 온 누리 만화방창. 색깔 손님 맞기에 바쁜 눈동자의 날들. 알베르 카뮈의 '색은 희망이다' 는 글귀를 빌려, '봄은 희망이다' 라고 말해보고 싶어 입술이 가벼워진 봄.

어제 강화읍 북문에서 시 낭송의 밤 행사가 있었다. 작년부터 강화문학회에 들어간 나도 낭송요원으로 참가했다. 길이 경사져 밑으로 몰렸는지 들목 쪽은 꽃향기 밀도가 높아 진입하기가 만만치 않았다. 진즉 이런 상황에 맞부딪칠 것을 예측했었더라면 벌 선생을 모시거나 나비를 벗 삼아놓아 조언을 들었어도 좋았으련만.

북문까지 이어지는 벚꽃 터널을 오르며, '사쿠라 꽃 피면 계집 생각난다'는 소설가 김훈의 문장을 떠올렸다. 또 호흡을 가쁘게 만들어놓아 꽃향기를 콧구멍으로 빨리 내왕시켜주는 쇠약해진 몸에 감사했다.

풍물패들의 길놀이가 끝나고 시 낭송이 시작되었다. 내빈들이 축사를 하며 민망스럽게 다음 포털에도 산문을 연재한다고 내 칭찬을 했다. 쑥스러워 자리를 뜨고 싶었다. 그런데 다행스럽게도 그분들이 내 이름을 틀리게 소개해줘, 꽃들에게 덜 부끄러웠다. 꽃 속에서 시를 낭송하는 일은 시 속에서 시를 낭송하는 일과 같아, 꽃 구경꾼들에게 빈축을 살 만도 했다. 그러나 시의 자궁인 꽃이, 옹알이 수준의 시를 쓰는 우리들을 용서해주는 것도 같았고, 꽃 본 구경꾼들도 마음이 고와져 귓바퀴를 꽃송이처럼 열어주기도 하는 것 같아 다행이었다.

함씨.

나는 동네 형님들이 나를 부르는 칭호 중에 '함씨'가 제일 좋다. 형들이 더러 '함 시인'이라고 부를 때도 있는데 그 소리를 들으면 나는 얼른 그냥 함씨라고 불러달라고 부탁했다. 나를 부르는 칭호 중에 제일 난감한 것이 '선생'이다. 강사 생활 몇 년 한 것을 어떻게 알았는지 동네 할머니들은 나를 꼭 선생이라 부른다. 동네 할머니들에게는 무슨 말을 하기도 그렇고 해서 머리를 긁적거리며 어색한 웃음으로 격에 맞지 않는 선생이란 칭호를 견뎠다.

국어사전을 찾아보니 함씨는 남을 높이어 그의 '조카'를 이르는 말이라고 나와 있다. 내가 성에 좀 집착을 하는 것은 아마 함씨가 희귀 성이기 때문일 것이다.

나는 중학교 때 국사책을 읽으며 우리 조상들에게 실망했다. 반만년 역사에 한 번도 등장을 못하다니, 이 어찌 된 일인가 싶었다. 급기야 어린 마음에 화랑 '사다함'은 '함다사'를 잘못 기록한 것인지도 모른다는 희망을 갖기도 했다. 그러던 내게 반가움으로 다가선 것은 체육책이었다. 제54회 보스턴 마라톤 대회 우승자로 함기용 선수가 실려 있었다. 그때의 반가움이 후에 내가 마라톤 선수가 되겠다는 꿈을 꾸게 된 동기가 되었는지도 모른다. 체육책에서 희망을 얻은 나는 세계사책에서 함무라비 대왕을 만나 외국에는 유명한 함씨가 있구나 하고 맘이 고무되기도 했었다.

나는 함씨가 좋은 일로 매스컴에 나오면 마치 내가 좋은 일을 해낸 것처럼 기분이 좋다. 반대로 범죄를 저질러 나올 때는 내가 죄를 지은 양 부끄러워지기도 한다. 아마 종씨가 많은 사람들은 이런 기분을 느끼기 힘들 것이다.

직장에서 외국인들과 같이 근무한 적이 있다. 그때 외국인들은 나를 미스터 햄Mr. Ham이라고 불러놓고 난감해했다. 그들은 웃음을 참고 있는 게 역력했다. 그도 그럴 것이 성이 ham, 돼지 허벅다리 부위의 고기라니. 그들 중에 웃음을 참지 못한 친구도 있었다. 그 친구 이름은 리 쿡(?)이었다.

어디 가서 내 이름을 불러주면 한씨로 성을 잘못 받아 적을 때가 종종 있다. 그래서 나는 한이 아니라 함임을 강조하며 발음에 신경을 썼다. 한번은 함박꽃 할 때 함, 민들레꽃 할 때 민, 복숭아꽃 할 때 복이라고 내 이름을 소개하기도 했다. 성을 잘못 불려본 적이 많은 나는, 채충석 시인의 시구 '5학년 1학기도 한 달을 더 끌다/끝났다, 자, 가야지 내일은/경제학사 학위를 받으러/성이 최씨로 바뀐 무거운 앨범도 찾고'를 읽으며 지독한 리얼리티를 느끼기도 했다.

성이 희귀 성이라 살며 유리한 점도 있다. 사람들이 성이 특이한 내 이름을 쉽게 기억해준다.

또 나는 내 성을 팔기도 했다. 나는 술을 먹으면 말을 잘하는 축에 속한다. 친구들 결혼식 때 함을 팔러 가면 나는 말잡이를 했다. 부여와 논산 중간쯤으로 친구 함을 팔러 갔을 때다. 그날 우리는 좀 세게 놀기로 하고 공수부대 출신 친구에게 함을 짊어지라고 했다. 내가 말잡이로 나섰다. 소쩍새 울음소리가 들려오는 산골 마을이었다. 마을 입구에서 기마전 놀이 할 때처럼 기마를 만들어 함진아비를 태웠다. 그리고 공수부대 노래를 부르며 신부네 집을 향했다. 신부 측 대표가 술상을 들고 나와 협상을 청했다. 나는 주민등록증을 까 보이며 말했다.

"오죽하면 성마저 함씨겠유. 우선 동네 스피커로 우리가 걸어 들어가기 편하게 백 음악 먼저 틀어주시유. 음악은 요새 인기 상한가 연속극인 〈모래시계〉 주제가가 좋겠시유."

나는 자신만만하게 회심의 일타를 날렸다. 그런데 예상과 달리 찬물 끼얹는 소리가 들렸다.

"〈모래시계〉가 뭔데유?"

"?"

아차 싶었다. 서울방송을 지방에서 볼 수 없다는 것을 동시에 깨달은 우리는 웃다가 싱겁게 끌려 들어가고 말았다. 함씨 성을 가진 말잡이로서 친구들 앞에서 체면을 구긴 일전이었다.

시 낭송을 마치고 북문에서 내려오는 길이었다. 나는 함을 팔러 다니던 한때의 내 청춘을 떠올리며 나직이 읊조려보았다.

꽃들의 함을 지고 달빛 속을 가는 향기들아.

침묵으로 침묵으로 함 사라고 외치는 꽃향기들아.

너희들은 함씨냐? 향씨냐?

농심弄心도 얇게 나풀거리는 밤이었다.

집에 대한 단상들

*

'집'이라는 글자를 읽어보면 발음 속에 공간이 생긴다.

*

집이 없이 '떠난다'는 말이 가능할까.

*

집 속에 살던 내가 집을 떠나면 집이 내 속에 들어와 산다.

*

'집이 기우니까 처마 밑 제비집도 기운다'는 손상렬 시인의 시구절을 읊조리며 처마 밑에 붙어 있는 제비집을 본다. 저 제비집 속엔 딱새 곯은 알이 있을 것이다. 작년에 비가 새는 처마 밑 외등 전구를 깔고 앉은 묵은 제비집에 딱새가 알을 품었다. 몇 번 차단기가 떨어져 제비집을 살펴보니 젖어 있었다. 나처럼 남이 살던 빈집을 터로 잡은 딱새의 노란 부리 새끼들 울음소리 끝내 들을 수 없었다.

*

파란 양철 대문에 사자 머리 문고리 장식이 붙어 있다. 어느 날 손잡이인 코뚜레를 망치와 펜치로 끊어 던졌다. 문득 코뚜레한 사자를 잡귀들이 무서워할까 하는 생각이 들어서였다. 다음 날 풀숲을 헤쳤다. 다시 코뚜레 손잡이를 찾아 사자 콧구멍을 뚫었다. 장식의 의미가, 이 집에는 사자도 코뚜레 뚫을 만큼 용감한 사람이 산다는 뜻일 것 같아서였다.

*

중방이 샌 빗물에 삭으며 내려앉아 미닫이 유리문을 여닫기 힘들었다. 사람들이 문이 잘 열리지 않는다고 하면, '허리 살 빼는 다이어트 문'이라고, 일부러 그렇게 만들었다고, 특허를 낸다고 우스갯

소리했다. 그런 날엔 집 안을 둘러보았다. 집아, 끼기익—뻑, 네가 아파 내는 소리 내 모르겠는감, 속말을 하며.

*

집은 유리창처럼 성격이 급하기도 하고 양철 지붕처럼 수다스럽기도 하다. 그러나 그런 집을 떠받치고 있는 것은 주춧돌 같은 슬픔이다. 모든 집에서는 슬픈 냄새가 난다.

*

사방에서 내가 살고 있는 집을 향해 기별이 온다. 집이 내 움직임에 합산점인가보다.

*

이번엔 대통령이 누가 될 것 같나? 마실 온 이웃집 할아버지가 또 정치 이야기를 시작한다. 내 반응이 시큰둥하자 화제를 바꾼다. 여보게, 나는 아직도 꿈을 꾸면 이 집 꿈을 꿔. 내가 이 집에서 환갑해 먹고 이사를 간 거잖아. 여기도 내가 늘렸고. 이 축대 쌓을 땐 힘깨나 썼지. 저도 이 집이 제일 오래 살아본 집이에요. 혼자 십 년을 넘게 집을 지키며 사니까요, 어두운 밤에 민감해져서인지 귀가 밝아져요. 뭐라고? 반문하며 귀가 어두운 이웃집 할아버지가 사랑채

기둥을 만져본다. "미래, 그리고 가장 멀리 떨어져 있는 것이 오늘 그대의 존재 이유가 되길. 말하자면…… 나는 그대들에게 이웃 사랑을 권하지 않는다. 다만 그대들에게 가장 멀리 있는 자들을 사랑하라고 권한다"라는 자라투스트라의 말은 실천하기 힘들다.

*

어디가 또 고장 났을까. 한겨울 보일러실에서 귀뚜라미 울음소리가 난다. 사십이 되자 들리기 시작하던 귀뚜라미 울음소리. 기계 귀뚜라미 울음소리에 놀라, 나는 또 한 살을 먹는구나 생각하며 반사적으로 내 나이를 만져본다. 내일 아침 나는 비누에서 살구 냄새를 맡으며 머리를 감지 못하리라. 집의 혈관이 식어가는지 방바닥이 차가워진다.

*

한 달에 집세는 보증금 없이 십만 원. 담뱃값은 십오만 원. 집아, 미안하다. 고맙다.

*

천장에서 쥐가 뛰어간다. 소리를 들어보면 공중에 떠 있는 시간이 더 긴 것 같다. 쥐야, 너의 판단은 옳지 않았다. 혼자 사는 사람

집에 뭐 먹을 게 있다고 겨울에 찾아들었니. 너의 천국일 지상에서 한밤 김치찌개 냄새 풍기는 나만 미안하게. 아니 나만 잔인하게. '쥐싹'을 놓았다. 비타민을 파괴하여 눈먼 쥐가 밝은 곳에 나와 죽게 만들었다는 쥐약. 쥐야, 그 비타민 파괴제 내가 마실 물에 풀어 내 눈을 멀게 해다오. 나는 이 집에 너와 같이 살 수 없는 겁쟁이다. 들쥐병을 무서워하는.

*

집은 기다림이다.

*

집은 힘이 세다.

*

집은 내 비밀을 알고 있다. 한밤 화장실을 가며 갑자기 밭둑에 쓰러지면 어쩌지 싶어 핸드폰을 챙겨드는 나약한 나의 심리를. 염치없고 창피해 불 끄고 이불 푹 뒤집어쓰고 수음하는 사십 대 사내의 성생활을. 눈물에 게을러 배 나온 시인의 새벽을.

＊

동떨어진 화장실. 하루만 외박을 하고 와도 못 박아 걸어둔 화장지에 새가 앉아 잠을 청한다. 집 뒤 느티나무에서 울고 있는 소쩍새한테 잡혀 먹을까 걱정되어 참다 새벽에 어쩔 수 없이 새를 날린다. 집에서 내가 부재했었음을 직방으로 증명해주는 새야, 빨리 집을 구하렴. 나 변비에 들라.

＊

장마철 앞두고 고욤나무 아래서 사랑방 굴뚝 쪽으로 개미들이 새까맣게 줄지어 이사를 갔다. 그걸 보고 '개미들이 새까맣게 줄지어 이사를 간다./거기서는 잘 살아라!' 라고 짧은 시를 쓰려다가 원고 마감시간에 쫓겨 산문 한 줄로 쓰고 후회막급하여 굵은 소금으로 이빨을 닦으며 소금 한 움큼을 몸에 뿌렸었다. 시詩에 대한 편애가 내게 아직 남아 있단 말인가.

＊

사랑방에 오랫동안 불을 넣지 않으니까 구들장이 내려앉는다. 기다림에 지친 것이냐.

욕망에 들떠 집을 오랫동안 비운 적이 있다. 오랫동안 집에 돌아오지 못할 것 같아 사료 한 포를 쏟아놓고 개 멱살이를 풀어주었다. 발바리라 대문 아래로 출입이 가능하니까 굶어 죽지는 않겠지. 달포가 지나서야 돼지고기 두 근, 우유 일 리터를 사들고 집으로 돌아왔다. 개가 나를 기다리다가 죽어 있으면, 내 그 곁에서 죽어버리리라 맘 다짐하며. 개는 집을 떠나고 없었다. 안마당에 수북이 쌓인 느티나무 낙엽 위에 뼈다귀들이 보였다. 다행히, 아니 불행하게도 커다란 소뼈들이었다. 개를 수소문했다. 다들 모른다고 했다. 발바리만 보면 다 그 개 같았다. 나의 잔인함에 대한 집의 노여움은 오래갔다. 집은 가위눌리는 나를 보호해주지 않았다. 나는 고맙게 많이 아팠다. 나는 언젠가 나의 반성문을 써 그 개의 영혼 앞에 올릴 것을 집에 맹세했다. 그해 나는 집 주위에 꽃을 많이 심었다.

거미집이란 시를 한 편 써봐야지. 우선 거미를 잘 관찰하자. 이런저런 생각을 하며 집에서 끙끙 앓는 내게 집은 거미집 기둥 하나가 되어주며 나를 깨우쳤다. 내가 교만한 마음으로, 거미를 관찰한다고 발버둥 친 생각 전체가 담긴 집이 거미집 기둥 하나로 쓰이다니. 기접하여 쓴 시가 거미이다. 아니 집이 내 손을 잡고 써준 시가 거미다.

거미

불빛 나가는 창가에 줄을 쳐놓았다

새소리와 꽃향기를 가로막고

내 집을 기둥 하나로 삼아

농부가 논두렁에 쪼그려 앉아 있다

길거리에서 핀 매화

식목일 날 태극기를 다는 것은 어떨까?

내가 꽃집이나 조경 사업을 했다면 식목일 날 태극기를 달았을
것이다. 식목일 날 태극기 다는 것이 크게 법에 저촉될 것 같지는
않다. 나무 사업으로 밥 먹고사는 사람이 나무 심는 날이 기뻐서 태
극기 다는데 그게 뭐 그리 큰 죄가 되겠는가. 설사 법에 위반된다
해도, 나는 태극기를 달고 딱 일 년에 한 번씩만 봐달라며 애교를
부렸을 것이다. 생각해보면 국토에 나무 심는 날인 식목일은 태극
기를 달 만한 충분한 가치가 있는 날이기도 하다.

식목일은 참 미래지향적인 날이다. 나무 심으며 공간의 미래를
그려보는 날이다. 나무가 커서 공간을 어떻게 변화시켜줄 것인가.

계절마다 순환하며 나무들이 꽃을 피울 수 있을까. 산사태나 수해는 잘 막아줄 수 있을까. 여름날 그늘은 한 가족이 쉴 만큼 충분할까. 아이들에게 따줄 열매들은 햇볕을 잘 받아 옹골지게 여물까. 새들의 노랫소리와 바람이 지나는 소리는 제대로 들을 수 있을까.

이런저런 생각을 하며 나무를 심다가 자신의 훗날을 그려보며 어떻게 살아가야 할까 설계해보기도 하는 날이 식목일 같다.

온수철물점 앞을 지나는데 꽃향기가 발목을 잡았다. 대나무 빗자루, 물푸레나무 도낏자루, 각종 연장 손잡이 등의 나무만 있는 철물점에서 난데없는 달콤한 꽃향기라니. 꽃향기의 진원지를 단박에 찾았다. 철물점 물건들을 가게 문밖에 진열해놓은 한쪽에 어른 키만 한 묘목들이 서 있었다. 묘목들은 마대 자루에 몇 그루씩 담겨 있기도 했고 낱개로 서 있기도 했다. 낱개로 서 있는 묘목들은 분을 뜬 뿌리가 검은 비닐봉지에 담겨 있었다.

코로 꽃향기를 당겨, 폐에 사려 말며 꽃 핀 묘목 쪽으로 다가갔다. 홍매화. 꽃 핀 묘목은 회포대 종이 이름표를 달고 있었다. 몸의 부위 중 코끝을 맨 앞에 세워 나무에 접했다. 꽃향기는 독할 정도로 간절했고 빛깔은 불안했다. 불안한 꽃. 불안하기는 홍매화 옆 청매화도, 보리수나무의 연둣빛 새순도 마찬가지였다.

나무장수에게 물어보니 충청도에서 온 묘목들이라고 했다. 트럭에 누운 채 실려 오며 묘목들은 얼마나 불안했을까. 편안하게 서 있지 못하고 불안하게 누워야 했던 묘목들의 기구한 운명에 심적으로나마 위로를 전했다.

"이 대추나무는 얼마요?"

"오천 원인데요."

봉고차 한 대가 서고 나무처럼 군살이 없는 아저씨가 내려 나무를 골랐다. 아저씨는 대추나무 세 그루와 단감나무 두 그루를 샀다. 이어 이름표를 보며 밤나무와 보리수나무도 샀다.

"우리는 보리수나무를 파리똥나무라고 하는데."

"형씨 고향이 전라도죠."

"경기도인데."

나무 사는 것을 보고 구경 온 내 또래 남자와 말을 나누며 나름대로 흥정 분위기를 돋우었다.

"아저씨, 조율이시(대추·밤·배·감)인데 배나무도 한 그루 사요. 그러면 차례 지낼 때 걱정 없잖아요."

나는 나무들이 빨리 팔려가 평생 살 땅에 자리 잡기를 바라며 나무 사러 온 아저씨를 부추기었다.

내 또래 구경꾼도 배꽃만 한 꽃도 없다며 거들었다. 나무 사러 온 아저씨는 내친김에 다 사자며 배나무도 샀다. 나무장수는 묘목들을 적당한 크기로 자르며 접붙인 밑부분까지만 땅에 묻는 거라고 나무 심는 법을 일러주었다.

나는 뿌리 뽑힌 채 거리에서 꽃 핀 매화나무가 불쌍해, 향기 하면 매화인데 한 그루 사라고 마치 내가 나무장수나 되는 듯이 아저씨를 꼬드겼다.

"덤으로 하나 더 주소."

"우리나라 사람은 하나 더 주면 꼭 한 개 더 달라고 한다니까요."

"그럼 외국인들한테만 팔면 되겠네."

십여만 원어치 나무를 사고 덤으로 묘목 두 개를 얻은 아저씨가 봉고차에 올랐다. 심을 곳이 있다면 내가 당장 사고 싶은, 꽃 핀 매화나무를 아저씨는 끝내 사지 않았다.

꽃 핀 매화나무가 팔리지 않아 아쉬워하며 자리를 떴다. 코끝에 매달리는 매화 향을 뿌리치며 담배를 물었다. 나무에 대한 기억들이 떠올랐다.

"잘못 본 것 아니냐. 사각기둥 가지에 꽃이 피었다니."

고등학생들에게 시를 가르칠 때였다. 한 학생이 개나리에 대해 시를 써 왔는데 '사각기둥 가지'란 시구절이 있었다. 내가 각진 나무가 어디 있냐며 의문을 제기하자 학생은 분명 보았다고 했다. 퇴근길에 교정에 핀 개나리를 살펴보았다. 놀랍게도 꽃 핀 가지들은 다 사각기둥이었다. 각진 나뭇가지가 있음을 어린 학생의 눈을 통하여 그때 처음 알았다.

나는 꽃 핀 매화나무를 보며 느꼈던 연민을 애써 지워보려고 했다. 그러자 나무에 대한 유쾌한 기억이 하나 떠올랐다.

"대학 갔더니 영어로 수업을 하는데요, 외국인 교수가 장미rose가 뭐냐고 물어보는데 제가 영어 실력이 없어서 코nose로 알아듣고 코를 가리켰더니 학생들이 다 웃고, 그날 망신 톡톡히 당했어요."

"웃다니, 너는 시 잘 써 특기생으로 들어갔는데, 장미는 코라고 대답했으니, 장미는 향기라니, 그게 얼마나 시적인 대답이냐!"

모교를 찾아온 졸업생의 말과 담임을 맡았던 선생님의 명해석을 떠올리자 기분이 조금은 환기되었다.

집으로 돌아와 소사나무 분재 두 주와 제라늄 화분에 물을 주었다. 제라늄은 겨울을 잘 견뎌 싱싱했다. 소사나무 분재는 한 주는 죽고 한 주는 절반 정도만 살아 있는 상태였다.

작년 가을. 나는 어머니 병구완을 하며 병원에서 보냈다. 정신없이 병원 생활을 하다가 깜빡 분재를 잊었다. 가을에 단풍 들 기회를 나무들에게 주지 못했다. 소사나무는 가을에 단풍 들고 겨울에 성장을 멈춰야 한다. 그런데 방 안의 온도가 내려가지 않아 소사나무는 낙엽을 떨어뜨리지 못했다.

후에 집으로 돌아와 그때까지 푸른 나무를 보고 잘못되었음을 알았지만 어쩔 수 없었다. 한겨울에 갑자기 추운 곳에 내놓아 나무를 얼릴 수도 없고 난감해하는 사이 나무들은 죽어갔다. 나는 나무들이 살아난다면 산에 옮겨주거나 전문가에게 치료를 부탁하기로 맘먹으며 물을 주었다.

책상에 앉아 철물점 앞에서 만났던 매화나무에 대해 글을 쓰는데 자판을 두드릴 때마다 종잇장 부딪치는 소리가 났다. 컴퓨터 모니터에 부착된 서류 걸이대에 걸어놓은 나무 십자가가 내는 소리였다. 나무 십자가가 흔들리며 서류 걸이대에 집어놓은 메모장을 쳤다.

어머니가 운명할 때 몸에 지니고 있었던 나무 십자가가 글자를 칠 때마다 소리를 냈다. 신경이 쓰여 메모장에 종이 몇 장을 포개 집어놓자 나무 십자가는 흔들리지 않고 소리도 내지 않았다.

나는 인생도 길거리에서 핀 매화처럼 쓸쓸히 지나가는 것일지도 모른다는 문장을 쳤다. 그러자, 태어나 금줄에 솔가지를 달고, 나무들이 만들어주는 산소로 호흡을 하며 살다가, 나무옷을 입고 땅속에 묻히는 우리는 나무 없이 살 수 없는 존재란 생각이 밀려왔다.

길상이 가라사대

사오 년 전이었다. 산자락에 붙어 있는 집 중 개를 기르고 있는 집들만 골라서 너구리가 내려왔다. 너구리들은 털이 거지반 뽑혀 있었고 등짝과 배 여기저기에 부스럼이 나 징그러웠다. 병을 앓고 있는 상태가 비슷비슷한 것을 미루어보아 큰 전염병이 돌고 있음을 알 수 있었다.

너구리들은 왜 개장 근처로 내려와 죽어갔을까. 병이 들어 정신이 혼미해지자 같은 과인 개 냄새를 동료 냄새로 착각한 것일까. 먹이 사냥할 힘이 떨어지자 사촌 격인 개에게 도움을 청하러 내려왔던 것일까.

그 일이 있은 후 동네에 너구리가 나타나지 않았다. 바닷가 갈대

숲에 발자국을 남기지 않았고 산길에서 배설물을 볼 수도 없었다. 너구리가 좋아한다는 고욤나무 열매가 떨어져도 울음소리가 들리지 않았다. 너구리들이 전염병에 거의 몰살당한 것 같았다.

사람들이 자연을 너무 대책 없이 과보호한 결과로 너구리들이 전멸한 것은 아닐까. 제한된 공간에 숫자는 늘어나고 먹을 것은 한정되어 있고 해서, 너구리들 몸이 약해진 틈에 전염병이 창궐했던 것은 아닐까. 생존조건이 좋아져 역설적으로 생존조건이 나빠진 것은 아닐까. 무조건 보호만 하면 된다고 생각한 자연보호의 폐해가 보호가 아닌 전멸이라는 충격적인 현상으로 나타나기 시작한 것은 아닐까.

길상아, 가만히 있어!

개가 벼룩이 많은지 뒷발로 목덜미를 긁적긁적거리고 입으로 꼬리를 물어 자근자근 씹기를 자주해 목욕을 시켜주고 있자니 개과인 너구리가 떠올랐다.

내가 기르고 있는 발바리 개 길상이는 유난히 물을 싫어한다. 오징어 다리로 달래도 보고 목덜미를 쓰다듬어주며 안심도 시켜보지만 도통 소용이 없다. 수돗가와 무조건 멀어지려고 뒷다리로 앙버티며 힘을 막무가내로 쓴다. 작은 체구에서 어찌나 그리 센 힘이 나오던지 감탄할 정도다.

비누칠을 다 끝내고 바가지로 물을 퍼붓자 개가 필사적으로 몸을 뒤틀었다. 한 손으로 거머쥐고 있던 개 목줄띠를 더 바투 잡았다. 개 심장이 두근두근 뛰고 있었다. 목욕을 서둘러 끝내고 수건으로 물기를 닦아주었다. 개는 추워서 떠는 건지 놀라서 떠는 건지 몸을 벌벌 떨었다. 눈빛에 불안함이 역력한 개를 양지 쪽으로 끌고 가 털을 말려주며 바라다보고 있자니, 방에서 기르지도 않는 개를 목욕까지 시키고 내가 너무 극성이 아닌가 하는 생각이 들었다.

바람이 불자 시원해졌던지 개가 목을 빼고 혀로 코끝을 핥았다.

정말 개 팔자가 상팔자네. 목욕도 시켜주고. 네 팔자가 내 팔자보다 낫다. 네가 내 상전이다.

당분간이라도 벼룩 걱정 안 하고 편히 자게 물 호스 끌어 개장을 청소해주었다. 청소하는 나를 개가 뭐하는 짓이냐는 듯 고개를 갸웃거리며 쳐다보았다.

야, 길상이 너는 왜 한 귀는 세우고 한 귀는 세우지 않았냐. 뭐라고, 내가 말하는 것 반만 듣고 반은 안 들으려고. 응, 세상 소리 반만 들으며 살라고 한다고. 예끼 이놈! 아니면 뭐라고, 뭐, 응, 내 말을 한 귀로 듣고 한 귀로 흘려보내지 않으려고 한 귀는 닫고 한 귀는 세웠다고. 바람 소리 새소리 세상 모든 소리 잘 새기어들으려고 그런다고. 음, 착하고만.

혼자 미친 사람처럼 개한테 말을 걸다가 개밥을 챙기려고 대문을 들어섰다. 특별히 날계란 하나를 풀고 밥을 비볐다. 간을 생각해 김치찌개 국물도 댓 숟가락 퍼 넣었다.

개밥을 주려고 바깥마당으로 다시 나갔다. 개가 제 집에서 뛰쳐나왔다. 나는 개 밥그릇에 밥을 담아주고 개집을 들여다보며 잔소리를 했다.

야, 금방 엉망이 되었잖아. 물청소를 했는데 발자국 도장 천지네. 집에 들어갈 때는 신발을 벗고 들어가야지. 응. 그렇게 신발도 벗지 않고 들어가니까 집이 엉망이지.

혼자 떠드는 나를 개는 본 체도 않고 밥을 먹었다. 밥그릇까지 싹싹 핥아 먹고 나더니 그제야 고개를 멈추고 나를 쳐다보았다. 개는 말간 눈동자를 굴리며 혀로 콧잔등을 핥았다.

내 집은 넓어서 나는 아예 신발을 벗고 살아요. 세상이 다 내 집인걸요. 꼭 잠자는 곳만이 내 집인가요. 밧줄에 묶여 있어도 나는 그렇게 생각해요. 지금 신발을 벗어야 할 사람이 누군데요?

개가 침묵으로 자기중심적인 나를 후려쳤다.

막걸리 안주는 인절미가 최고인데

"벽에다가 고무줄을 하나 걸었지. 그리고 벽에다가 금을 그었어. 주모가 막걸리 주전자를 가지고 들어오면 고무줄에 거는 거야. 두 되짜리 주전자에 한 되를 가지고 들어올 때나 한 되짜리 주전자에 반 되만 시킬 때, 고무줄로 막걸리 양을 가늠했지."

"고무줄 저울을 쓴 거네요. 막걸리 양을 달아본 걸 보면 인심이 야박했었다고 봐야겠는데, 탄력 있는 고무줄 저울을 썼다니 후했던 것도 같고……, 헷갈리네요."

"이 사람이, 자, 술이나 들어, 술자리에서 웃자고 한 짓이지 뭐."

"그래요, 막걸리나 들자고요. '공술래공술거' 지유. 빈 술로 왔다가 빈 술로 가는 거지, 뭐 죽을 때 술 싸가지고 가나유."

막걸리를 먹다 보면 유난히 지난 이야기를 많이 나누게 된다. 물론 다른 술을 마실 때도 그렇지만 막걸리 마실 때 더 그런 것 같다. 아마, 막걸리가 예전에 많이 먹던 술이고 지금은 아쉬운 청춘을 함께한 친구라서 그런 것 같다. 막걸리가 과거로 돌아가는 타임머신의 연료라도 되는 걸까.

"형이 술을 좋아했거든요. 술이 덜 깨서, 새벽에 아랫집에 왔더래요. 막걸리가 남았다는 걸 알고 찾아온 것 같은데, 술 덜 깬 사람한테 식전부터 술을 줄 수도 없고 해서, 아랫집 아줌마가 인절미를 줬대요. 그랬더니 형이 하는 말이, 막걸리 안주는 인절미가 최고인데 하더래요."

"막걸리가 뭔 안주가 필요 있나. 술로서 완벽하지 못하고 부족한 술에나 안주를 곁들이는 것이지."

"그렇지요, 형님. 이 마지막 남은 풋고추는 제가 안주 할게요."

"어, 이 사람 보게. 막걸리는 무거워서 아랫사람한테 따를 때도 두 손으로 따라야 하는 술이여. 예의 바른 아니, 예의 가르치는 막걸리 앞에서 이게 뭐하는 짓이여."

음식과 술의 경계를 넘는, 우리 연배들에게는 술의 첫 경험을 허락해주었던, 막걸리를 먹으면 대화도 덩달아 털털해지고 순해진다. 나는 그게 좋다.

열쇠

자물쇠 만지는 소리가 났다. 귀를 기울여보았다. 분명 자물쇠 만지는 소리였다. 방에 누워 있다 일어나 출입문 쪽으로 다가갔다. 유리창에 검은색 코팅비닐을 붙여놓아 밖이 잘 보이지 않았다. 내가 다가선 것을 눈치채지 못했는지 계속 자물쇠 만지는 소리가 났다. 출입문 유리에 붙여놓은 코팅비닐 틈새로 밖을 내다보았다. 갓 초등학생이 되었을 법한 꼬마가 자물쇠 번호판을 누르고 있었다.

몇 번 열쇠를 잃어버렸다. 그때마다 쇠톱으로 자물쇠 고리를 잘랐다. 고민 끝에 번호 자물쇠를 샀다. 번호 자물쇠는 기억력이 열쇠와 같아, 열쇠를 분실할 우려가 없어 좋았다.

사실, 시골에 살며 별 볼일 없는 방을 잠그고 다니는 것이 부끄럽기도 했다. 그렇지만 써놓은 글들은 잃어버리면 어디 가서 살 수도 없는 것이기에 할 수 없었다.

좁은 틈새로 보이는 꼬마의 표정은 너무도 진지했다. 꼬마는 마치 오락게임이라도 하듯 번호를 눌러보고 자물쇠를 당겨보며 고개를 갸웃거렸다. 어찌할까. 꼬마는 왜 문을 열어보려고 하는 걸까. 꼬마의 표정을 보아 문을 열어보려고 하는 것이 아니라 자물쇠만 열어보려고 하는 것 같았다. 꼬마는 다른 의도는 없고 오직 열림과 닫힘의 게임을 즐기고 있는 듯했다.

스르륵. 문을 열었다. 문 따라 움직인 자물쇠를 놓지 않아 꼬마의 상체가 옆으로 기울었다. 우두망찰하여 서 있던 꼬마가 정신을 차리고 흘끔흘끔 뒤를 돌아보며 도망쳤다. 왜 자물쇠를 열려고 했을까. 내 궁금증을 풀어줄 열쇠가 도망가버렸다. 아니 내 궁금증을 품고 있는 자물쇠가 도망갔다.

나는 자물쇠를 문밖에다 그냥 매달아둔다. 자물쇠가 잠겨 있으니까 꼬마는 집에 아무도 없을 거라고 생각했었던 것 같다. 꼬마가 너무 놀라지 않았을까. 미안한 맘이 든 것은 꼬마가 내 시계에서 사라진 후였다.

80년대 초다. 멀리 바닷가에서 직장에 다닐 때다. 직장 동료들이 모여 술을 먹고 있었다. 웬 술판이냐고 물었더니 ○○형이 주택복

권에 삼 등으로 당첨되어 한턱내는 거라고 했다. 그 자리에 행운의 ○○형은 없었다. 그 형은 어디 갔냐고 물어보았다. 술이 너무 취해 사원 아파트에 바래다주고 왔다고 했다. '이번에 안타를 쳤으니까 다음에는 홈런을 칠 거'라며 술을 과하게 마셨다고 했다.

다음 날 출근해 ○○형이 죽었다는 말을 들었다.

'아파트 꼭대기 층에 사는 그는 현관문 앞에 다다라서야 열쇠가 없음을 알았다. 식구들이 처가에 가 집은 비어 있었다. 평소 성격이 대담한 데다가 운동을 많이 한 그는 자신의 발달된 운동신경을 믿고 아파트 옥상으로 올라갔다. 티브이 안테나 줄을 타고 베란다로 내려가려고 시도했다. 티브이 줄이 끊어지고 그는 추락사했다.'

그의 죽음에 대해 사람들은 위와 같이 추론했다. 그 추론에는 일리가 있었다.

전날, 일행 중 하나가 술 취한 형을 바래다주고 그의 오토바이를 타고 다시 술자리로 돌아왔었다. 문제의 아파트 열쇠는 오토바이 열쇠와 함께 열쇠 꾸러미에 묶여 있었다고 했다.

열쇠에 관련된 슬픈 기억이 떠올라 바람도 쐴 겸 방을 나섰다. 경첩 암놈과 수놈 사이에 뚫린 구멍에 못을 찔러 박고 자물쇠를 채웠다. 음악 소리가 들려왔다. 온수리 장날이었다. 음악 테이프 파는 좌판과 튀김 파는 포장 트럭을 지나 길을 건넜다. 좌우로 천막들이 설치되어 있었다. 과일 파는 트럭 앞에서 옛날에 살던 동네에서 자주 뵙던 아저씨를 만났다.

"이보게, 저기 이불 파는 데는 겨울이고, 여기 과일 파는 데는 가을이고, 또 저기 야채 파는 데는 봄일세."

"네. 정말 그러네요. 어디 모종이나 씨앗 파는 데가 있으면 여름일 텐데요."

나는 아저씨의 재담에 박수를 치며 한참 웃고 나서 '열쇠왕' 할아버지가 요즘 안 보인다고 말을 건넸다. 그러자 아저씨는 그 할아버지 안 보인 지 오래되었다고 했다.

강화읍 장에서 '열쇠왕' 할아버지를 처음 보았었다. 그 할아버지는 노란 금박지로 왕관을 만들어 쓰고 있었다. 왕관에는 열쇠왕이란 글씨가 써 있었다. 나는 왕관 쓴 할아버지를 보고, 사람의 몸이 열쇠를 닮았다는 생각을 했었다. 그 후 나는 그 할아버지를 온수리 장이나 강화읍 장에서 간간이 만났다. 그러던 중 어느 겨울에는, 온수리 장에서 그 할아버지를 만났고 시 한 편을 썼었다.

열쇠왕

머리에 종이 금관
금관에 열쇠왕이란 글자

주먹코안경

열쇠 자물쇠 주렁주렁 달린 조끼 벗고

겨울바람 피해 농협현금자동지급기 코너에서

콜라에 빵을 먹고 있는 할아버지

온수리 장날은 헐겁고

할아버지는 수많은 열쇠를 깎아 무엇을 열었을까

현금지급기 거울 속을 들여다보다

압축된 내 삶 같은 직불카드를 들이밀면

내 몸뚱이는 무슨 열쇠일까

무엇을 열겠다고 세상을 떠돌아왔는가

하 많은 자물쇠를 만났는가

혼자여서 쩔렁거리지도 못하는

울며 웃는

내 몸은 무슨 열쇠인가

꿈에는 가끔 무엇을 열어보았던가

탈칵 열리는 게 뭐 있었던가

열리지 않음만 실컷 열다가

상처로 패인 열쇠가 되어

결국

이 악물고 호흡 끊으며

죽음만 비틀어 열고 말 존재인가

찌개용 돼지고기를 사려고 돈을 찾고 있는

잔금에 신경 쓰는

나는

아직 내 몸이 무거운, 열쇠가 되지 못한

철편 하나

　장터의 한편에서, 연탄 화덕을 놓고 수수부꾸미를 만들고 있는, 바지락을 까 대접에 담아놓은, 시금치 몇 단만 쌓아놓고 있는 할머니들을 보며 맘이 무거워졌다. 그런데 내 맘과는 달리 할머니들의 표정은 담대하게 밝았다. 무슨 말인가를 주고받으며 박장대소를 하기도 했다.

　나는 그 할머니들의 웃음소리를 들으며 무엇인가를 깨닫고 있었다.

　그것은, 열쇠와 자물쇠가 자웅동체인 마음이었다.

　마음의 자물쇠와 열쇠는 둘 다 신축성이 좋아, 마음먹기에 따라 열리고 닫힐 수 있다는 것을, 나는 수업 받았다.

보문사 가는 길

석모도 보문사 가는 길에 민예총 강화지부에서 전화가 왔다. '밴댕이축제'를 하는데 시화전에 쓸 시를 한 편 보내달라는 전화였다. 그렇지 않아도 지금 외포리 선착장에서 석모도 가는 배를 기다리며 밴댕이 젓갈을 구경하고 있는데, 밴댕이도 양반 되기는 다 틀렸다고 농담하며 전화를 받았다. 머릿속에 밴댕이에 대해 쓴 짧은 시 한 편이 떠올랐다.

밴댕이

팥알만 한 속으로도

바다를 이해하고 사셨으니

자, 인사 드려야지

이분이
우리 선생님이셔!

　몇 년 전에 쓴 위의 시는 출판사에서 있었던 한 선배와 후배의 대화에 많이 영향을 받았다.
　"그래요, 난 밴댕이 소갈딱지예요."
　나이가 나보다 많이 든 여자 선배가 화가 나 토라졌다. 그러자 남자 후배가 바로 답했다.
　"역시 선배님은 선배님이십니다."
　"뭐가요?"
　"저는 오늘 아침에도 어머니한테 소갈머리 없는 놈이라고 혼났는데, 선배님은 밴댕이 속만 한 속이라도 갖고 있으니 역시 선배님이십니다."
　후배 말에 웃음을 터뜨리던 선배 모습이 떠올라 실없이 혼자 웃었다.
　차와 승객을 다 싣고 배가 머리를 돌렸다. 갈매기 떼가 배 꽁무니에 따라붙었다. 젊은 연인들이 준비한 새우깡을 뿌려주자 갈매기가 곤두박질치며 낚아챘다. 새우깡에 길든 갈매기와 길들이고 있는 연인들을 씁쓸한 마음으로 쳐다보다 시선이 멎었다. 연인들 반대편에서 배낭을 멘 할머니 한 분이 새우깡을 던져주고 주름이 쪼글쪼글한 손을 모아 갈매기들에게 합장을 했다. 기력이 쇠해 새우깡을 멀리 던지지 못하는 할머니가 서 있는 뱃전으로 갈매기들이 모여들어 공중 날갯짓을 했다. 할머니에겐 갈매기들도 부처로 보였나보다.

보문사 눈썹바위 마애불 보러 가는 사백여 계단은 가팔랐다. 동해 낙산사 홍련암, 남해 보리암과 더불어 우리나라 삼대 관음도량이라는 명성에 걸맞게 보문사는 평일인데도 신도들과 관광객들로 붐볐다. 거대한 바위산에 눈썹처럼 생긴 바위가 거짓말처럼 융기되어 있고 그 밑에 영험해 보이는 부처님이 계셨다. 공양미를 탁발하러 왔는가 산비둘기 몇 마리가 부처님 머리 위에 앉아 봄을 울고 있었다. 향 내음에 젖은 비둘기 울음소리를 듣다가 문득 머리를 스치는 깨달음에 눈을 감았다.

눈썹바위 밑은 눈동자바위일 것이다. 눈동자바위에 부처님을 조상해놓은 뜻을 알 듯싶어졌다. 눈부처가 아닐까. 상대방 눈동자에 상이 맺힌 내 모습이란 뜻의 눈부처. 내가 바라다보는 눈동자바위에 내가 아닌 부처님 상을 맺히게 해놓았다니! 사람이 바라다보아도 부처님 형상으로 상이 맺히는 눈동자바위는, 부처님을 바라다보고 있는 일체중생이, 허공을 지나는 새 울음소리가, 옅은 초록잎 토하는 잡목들이 다 부처로 비친다는, 부처라는 깊은 뜻이 아닐까.

밴댕이 소갈딱지만 한 속으로, 소갈딱지 없는 속으로 세상을 살아가는 우리 모두가 부처라는 말 없는 커다란 말씀에 고개가 절로 숙여졌다.

허리

발목을 다쳤다. 걷기가 힘들어 택시를 탔다. 엑스레이 사진 판독 결과 뼈는 이상 없고 인대가 늘어난 것 같다고 했다. 의사는 친절하게도 모형 발을 움직여가며 통증의 원인을 설명해주었다. 의사가 모형 발목을 비틀 때마다 마치 내 발목이 비틀리기라도 하는 듯 다리가 찌릿찌릿 저려왔다. 의사는 컴퓨터 화면에 뜬 사진을 보여주며 발 상태를 설명해주고 나서, 한 이틀 두고 보았다가 다친 부위가 더 부으면 깁스를 하자고 했다.

병원을 나와 다시 택시를 타고 용정리 한방병원에 갔다. 깁스를 하기 전에 침을 맞아두자는 계산이었다. 한방병원은 평소보다 한가했다.

"노인들은 일이 없는 겨울이나 장마철에 많이 아파요. 농번기에는 아파도 안 아픈 거죠."

병원에 환자가 많다고 말을 건넸을 때 매일 그렇지는 않다며 한 의사가 했던 말이 떠올랐다. 노인들의 통증이 들판으로 흩어지는 봄이 왔음을 절감하며 침을 맞았다.

하룻밤을 지내고 나니 진통제 주사와 침을 맞아서 그런지 다리가 좀 부드러워졌다. 등산용 지팡이를 짚고 집을 나섰다. 지팡이를 짚어보며 지팡이 짚는 데도 요령이 있음을 깨달았다. 처음엔 오른발 쪽에 실리는 하중을 줄이려고 오른손으로 지팡이를 짚었다. 그렇게 하자 오른발의 통증은 줄일 수 있었는데 다치지 않은 왼발도 뻗정다리로 걸어야 하는 불편함이 있었다. 담뱃불을 붙이려고 지팡이를 왼손으로 잡고 있다가 깜박 잊고 걸음을 옮겨놓았다. 아차, 싶어 지팡이를 옮겨 잡으려고 하는데 왠지 발이 편하다는 느낌이 들었다. 다친 오른발과 왼손으로 짚은 지팡이를 나란히 앞에 두고 왼발을 내딛으니까 뻗정다리로 걷지 않아도 되었다. 오른손에 지팡이를 짚고 걸을 때는 두 발로 걷는 거와 마찬가지였는데 왼손에 지팡이를 짚으니 세 발로 걷는 격이 되었고 힘이 자연스럽게 분산되어 걸음걸이가 편했다.

"노후를 위해 하나 장만해놓았지, 세 발로 걸을 때를 위해서."

동네 형님네 간이 창고에 모여 술을 한잔하고 있었다. 집주인인 엄익선 형이 선반에서 꾸불꾸불한 도사 지팡이를 내려 보여주며 농을 던졌다. 그러자 김정만 형이 세 발은 이제 건너뛰고 네 발로 직접 넘어가는 시대에, 쓸데없는 짓했다며 농으로 말을 받았다. 그러면서 유모차 한 대 갖다가 줄 테니 걱정 말라고 했다. 나도 끼어들어 유모차 말고 바퀴 네 개 달린 지팡이를 세련된 제품으로 만들어보면 어떨까 물어보았다. 밤에 켤 수 있는 작은 경광등과 백미러를 달고 간편하게 접을 수 있게 지팡이를 만들어 특허를 내보자고 했다. 그러자 가만히 듣고 있던 한주 아빠가 비싸서 그걸 노인들이 사겠냐고 했다. 청와대에서 백수白壽를 한 노인들에게는 지팡이를 선물한다는데, 정부지원사업으로 하면 안 될까? 이런저런 말들이 더 오가던 끝에, 사람은 태어나 네 발로 기다가 허리 펴고 두 발로 걷지만, 결국은 짐승들처럼 다시 네 발로 기어 다니다가 죽고 만다는 말이 나왔고, 그 대목에서 묵언의 건배를 들었었다.

침을 맞고 강화읍내에 나온 김에 가보고 싶은 절이 있어 남산을 향했다. 길을 오르며 홍매화도 보았고 담장 아래 제비보다 빨리 온 제비꽃도 만났다. 쉬엄쉬엄 절에 올라 읍내를 한참 내려다보았다. 절 마당에서 할렐루야 할렐루야 외치며 장난치는 아이들을 보고 혼자 미소를 짓기도 했다.

서투른 방심으로 시간을 보내며 다리를 쉬었다가 내려오는 길이었다. 멀리 내려다보이는 길에 아저씨 한 분이 갑자기 벌러덩 드러누웠다. 술이 많이 취했나보다 하고 내려오는데 아저씨 옆에 있던 할머니가 발음이 좋지 않은 목소리로 불렀다. 무슨 일이 있나 싶어 걸음을 조금 빨리해 다가갔다. 길에 누워 있던 아저씨가 고개를 들더니 아니라고 손사래를 쳤다. 할머니는 손가락으로 시멘트 부대를 가리키며 좀 도와달라고 했다. 누워 있던 아저씨가 상체를 일으켰다. 아저씨는 할머니에게 내가 등산객이 아니라 다리를 다쳐 지팡이를 짚고 있는 거라고 말 반 손짓 반으로 설명을 했다. 내가 괜찮다고 고개를 끄덕끄덕 흔들자 아저씨는 길에서 일어나 시멘트 부대에 등을 갖다 댔다. 시멘트 부대를 들어 올려주자 아저씨가 힘겹게 일어나 언덕 위 슬레이트집을 향해 힘들게 걸음을 옮겼다. 할머니는 고갯짓으로 아저씨를 가리키며 고모부인데 허리가 아파서 그런다고 했다. 말귀가 어두운 할머니는 혼자 산다며 묻지 않는 말들을 했다. 자세히 보니 할머니라 부르기에는 좀 뭣한, 겉늙은 아주머니는 약간 정신이 불편해 보였다. 시멘트 한 부대를 더 들어주자 아저씨는 아픈 허리에 짐을 진 채 고맙다고 자꾸 무거운 인사를 했다.

산에는 진달래가 활짝 피어 있었다. 산에 핀 진달래도 볼 겸 강화

산성을 넘어 버스 터미널에 가려고 골목길로 접어들었다. 야트막한 산허리를 잡아 산길을 올랐다. 진달래와 생강나무꽃이 만개해 있었다.

꽃들아, 너희들이 봄의 지팡이냐, 봄은 너희들을 짚고 오는 것이냐, 물어보자 꽃들이 아니요, 봄이 우리들의 지팡이에요, 라고 겸손을 떨었다. 꽃의 빛깔이 한층 더 곱게 다가왔다. 봄은 어린데, 지팡이는 무슨 지팡이야! 헛소리하는 당신이나 넘어지지 않으려면 지팡이 잘 짚으소. 혼잣말을 하며, 산허리 가로지르는 길을 넘었다.

'산허리에는 가로지르는 길이 있다', '사람의 허리에도 길이 있다' 중얼중얼 시구절을 만들어보며 길을 내려섰다. 역기, 철봉, 평행봉 등의 체육 시설과 족구장, 배드민턴장을 갖추어놓은 장소가 나타났다. 어린 남녀 학생이 긴 나무의자에 앉아 까르르까르르 웃음을 날렸고 씩씩하게 팔을 저으며 걷기 운동을 하는 아저씨를 위해 산새들이 울음소리로 구령을 붙여주고 있었다.

체육 시설을 지나자, 옛 시골 풍경이 그대로인 마을로 뻗어내린 길이 펼쳐졌다. 봄엔 자연을 옮겨 적으면, 다 시가 될 것 같다는 생각을 하며 길을 내려오고 있었다.

거짓말 같았다. 밭에서 일을 하던 할머니가 밭고랑에 드러눕는 거였다. 머리에 모자를 쓴 할머니가 밭고랑에 누워 다리를 가지런히 하며 허리를 쭉 폈다. 할머니 손에는 호미가 들려져 있었다.

하루에 아니, 한 시간 사이에 땅에 허리 펴고 눕는 사람 두 명을 만나다니! 따스한 봄볕이여, 너의 연출은 너무 평화롭고 울렁울렁 깊기도 하구나.

허리를 휘게 한, 허리를 아프게 한, 허리를 아프게 하여준, 밭이 할머니 몸을 받아주는 침묵의 소리에 냉큼 지팡이 소리를 거두었다.

봄이 허리 펴는 소리에 꽃들이 피어난 봄날이었다.

우스갯소리

유난히 우스갯소리를 잘하는 친구들이 있다. 그 친구들과 대화를 나누다 보면 울적했던 마음도 가벼워진다. 내 주위에는 말재주가 뛰어난 친구들이 많다. 나는 그들에게 늘 감사하며 산다.

친구 '최'로부터 전화가 왔다.

너 유럽 쪽에 아는 사람 없냐?

왜, 갑자기 유럽이냐.

안, 안 씨 같던데.

무슨 뚱딴지같은 소리야.

상, 얘기를 하더라고.

뭐, 상?

내가 요즘 단편소설 한 편 썼잖아. 그걸 어떻게 알고, 뭐래더라. 아, 안, 안종이라고 하던가? 응, 그래, 안종문학상이라는 걸 나보고 받아 가래.

안종문학상?

번역하면 노벨문학상이라던가!

오랜만에 전화를 건 친구 최가 농담을 했다. 친구의 말장난에 된통 속았던 나는 그 일이 있은 후 친구 최를 안종이라 불렀다.

친구 안종과 대화하다 보면 정말 시간 가는 줄 모를 때가 많다. 그의 입에서 튀어나오는 말들은 재치를 담고 있어 늘 싱싱했다. 거기다가 그는 재미있는 상황을 포착하는 탁월한 안목과 말의 맛을 감별하는 능력까지 겸비하고 있었다. 그의 말솜씨에 비하면 내 말솜씨는 연필 아래 종잇장에 불과했다.

내가 들은 안종의 이야기 중 압권인 것은 DGM이란 문신 이야기다.

친구가 DGM을 만난 것은 동해 바닷가 포장마차에서다. 옆자리에 앉은 사내의 팔뚝에 새겨진 문신이 친구의 눈에 들어왔다. DMZ도 아니고 난데없는 DGM이라니. 혹 사내가 사랑한 여인의 이니셜은 아닐까. 아니면 어떤 비밀조직의 결연한 맹세라도 될까. 친구는 자꾸 사내에게 신경이 쓰였다. 사내는 일행과 말을 나누다가 "떡봉

산에 목마른 사슴이 물을 찾듯, 자, 술 들어"를 외치곤 했다.

사내가 '떡봉산'을 힘주어 외칠 때마다 술이 거나하게 된 친구 일행도 낄낄대며 건배를 따라 했다. 친구 일행의 시선이 자신에게 집중되자 사내는 힘이 나는지 더 크게 너스레를 떨었다. 그렇게 시간이 한참 흐른 후에 친구는 용기를 내어 사내에게 DGM의 의미를 물어보았다. 순박해 보이던 사내의 얼굴에 잠시 긴장감이 감돌았다. 사내는 문신이 새겨진 왼 팔뚝을 들여다보며 오른손으로 몇 번 쓸어내렸다. 포장마차 안은 고자누룩했다. 잠시 후 침묵을 깬 건 사내였다. 사내는 자신의 덩치에 비해 너무도 작아 보이는 소주잔을 소리 나게 털어 넣었다.

"독거미, 독거미 약자유. 시골이라 독거미 그려줄 친구가 없어서 할 수 없이 약자를 택했유. 조금 아쉬운 감이 있지유."

사내 어투를 흉내 낸 안종이 목소리 낮추며 한마디 더 보탰다.

"아마, 상대 조직이 호랑나비파라도 되었었나봐."

나를 즐겁게 하는 또 한 명의 이빨꾼은 소설가 박성원이다.

어느 날 그는 장가가기 전 젊었을 때라는 단서를 달고 다음과 같은 이야기를 들려주었다.

그는 자타가 공인하는 재담꾼이다. 그가 낀 술자리는 늘 알코올 도수보다 그의 개그 도수가 높았다. 그래서 술보다 웃음에 취하기 십상이었다. 주벽에 앉아 술자리를 좌지우지하던 그가 어느 날 문득 고민에 든다.

"나는 왜 여자친구가 없을까? 여자들은 웃기는 남자를 좋아한다는데 나는 왜 아직 혼자인가. 분명, 내 개그에 여자들이 자지러지며 웃지 않았던가. 도대체 무슨 문제란 말인가. 막상 술자리가 끝나고 나면 치솟았던 인기가 바닥을 치는 까닭은 뭘까. 한 친구 말마따나 내가 술을 너무 많이 먹어서일까."

그는 자신이 너무 술을 많이 먹어서라고 결론을 내린다. 그래서 술을 먹지 않아보기로 결심한다. 다른 때와 달리 핑계 대며 술을 사양한다. 그가 점찍어둔 여자가 술자리를 뜬다. 시계를 보고 무슨 일이 생각났다는 듯 그도 급히 자리에서 일어선다. 걸음을 재촉한다. 여자와 나란히 걷는다. 시간 있으면 커피라도 한 잔 더 하고 가자고 말을 건넨다. 여자는 손을 들어 사양한다. 골목길을 빠져나와 택시를 잡으려고 한다. 그가 다가가 행선지를 묻는다. 그는 무조건 자기도 같은 곳이라고 말한다. 그때 마침 택시 한 대가 그들 앞에 와 선다.

그녀가 아무 말 없이 택시에 오르자 그는 몹시 당황해하며 같이 타고 가자고 한다. 그녀는 됐다고 짧게 답하며 문을 닫으려고 한다. 그는 문을 붙잡으며 그러면 로터리까지만 같이 가자고 한다. 그녀는 됐다며 다시 문을 닫으려고 하고 그는 문을 열려고 한다. 빈 택시가 많은 곳까지만이라도, 좀. 탁. 안 돼요. 탁. 문을 잡고 실랑이질이 잠시 벌어진다. 그러다가 그녀 실은 택시는 떠나간다. 그는 멀어져 가는 택시를 보며, 자신은 술을 안 먹어도 별수 없다고 낙담한다. 기대에 들떴던 맘이 처참히 무너지자 그는 허탈감에 사로잡힌다.

그러자 잊고 있던 요의가 살아난다. 그는 천천히 걸어 어느 빌딩 화장실로 간다. 심각한 그를 비웃듯 소변 따라 방귀 한 방이 비움의 시간에 합승을 한다. 그가 화장실 벽면에 걸려 있는 거울로 다가간다. 그의 고향 왜관에서는 미남으로 통하던 얼굴을 들여다본다. 문이 없어 좋은 세상, 거울 속으로 들어간 그가 깜짝 놀란다.

"이마에 무슨 글씨가 흐릿하게 있는 거 있죠. 내가 술도 안 먹었는데 미쳤나 싶데요. 머리를 세차게 흔들고 정신 차려 들여다보니까, '문 살짝!'이란 글씨가 희미하게 박혀 있더라고요. 나는 문을 열려고 하고 그 여자는 안 열어주려고 하다가 택시 문에 이마를 몇 번 부딪혔잖아요. 그때 찍혔던 것 같아요."

안종과 소설가 박성원은 내게 늘 웃음을 주는 친구다. 나는 그 친구들이 있어 행복하다.

그 친구들을 떠올리며 나는 웃음에 대해 생각해본다.

웃음. 웃음은 무엇인가? 무엇을 '알았다'는 즉답인가? 피의 홀

연한 휘발 순간인가? 간지러움, 그 강제의 웃음은 또 왜 필요한 것인가.

세월. 토라져 있는 나를 간지럼 태워 웃겨놓던 어린 누이들의 가녀린 손가락들은 어디로 떠나갔는가. 눈으로는 보이지 않으나 내 옆구리에 새겨진 감각의 문신을 나는 천천히 만져본다.

인터넷에도 없는 낙지 잡는 법

작년 가을 나는 아무것도 하지 않고 낙지만 잡았다. 대단한 집착 혹은 열정의 날들이었다. 낮에는 뻘밭에서, 저녁 술자리에선 낙지 잡이꾼들의 경험 밭에서, 밤엔 꿈 밭에서 땀 흘리며 낙지를 잡았다. 한번 빠지면 된통 빠지는 성격이라 꿈을 꿔도 낚지 잡는 꿈만 꿨다. 시 쓰는 놈이 시 쓰는 꿈을 꿔야지 이게 아닌데 하면서도 멈출 수가 없었다. 낙지 잡기에는 묘한 매력이 있었고 나는 그 매력에 독하게 중독되었다.

"뻘이 뻔드름한 데 가봐! 낙지 구멍 있는 데는 낙지가 칠게(몸이 직사각형이고 일회용 라이터 반만 한 게)를 다 잡아먹어 뻘이 좀 반들반들하다니까." 삼 년 농사 도와줘야 가르쳐주지 절대 안 가르쳐준다

161

는 낙지 잡는 비법을 취중인 동네 형님한테 듣고 이제 됐구나! 무릎을 치며 얼마나 기뻐했던가. 밤을 설친 그다음 날 낙지 담을 통을 좀 더 큰 스티로폼으로 바꿔 들고 뻘길을 나섰다. 배를 타고 나가는 사람들 말고도 뻘길로 걸어 나가는 낙지꾼들이 사십 명은 족히 되었다. 뻘길을 한 삼십여 분 걸어가 중뻘에 이르자 낙지꾼들이 사방으로 흩어졌다. 낙지 잡기를 시작한 지 칠 년밖에 안 되는 초보자인 나는 예의상 제일 나중에서야 뻘 방향을 잡고 낙지를 찾아나갔다. 드넓은 뻘 중에 '뻘이 뻔드름한 데'가 잘 분별되어 보이지 않았다. 멀리서 보면 좀 반들반들하게 보이는 곳이 있어 무릎까지 빠지는 뻘를 가로질러 가보면 어찌 된 일인지 뻘들이 똑같아 매번 허탕을 쳤다. 어려서 산골에 살 때 일이 떠올랐다. 산에 나무를 하러 가 억새밭을 만나는 날은 다른 때보다 나뭇짐이 작아졌다. 멀리 있는 억새들이 더 크고 빽빽하게 서 있는 것 같은 유혹에 빠져 이리 왔다 저리 갔다 하다가 시간을 다 보내서였다. 그때처럼 욕심에 빠져 쉽게 잡을 수 있는 낙지가 많을 것만 같은 곳을 찾아 뻘밭을 헤매다 보니 힘만 더 들었다. 동네 형님한테 설 배운 비법이 역효과를 냈다.

"이 사람아, 어제 거기선 뻔드름한 데를 찾으면 안 되지. 거긴 낙지가 막 새로 앉은 데니까, 칠게 구멍이 무조건 많은 데로 가야지. 그래야 닉지 구멍도 멀지 않고 잡기도 쉽지. 자네 같으면 먹고살기 힘든 곳에 새 터전을 잡겠나. 낙지들 머리가 보통 좋은 게 아닌데."

네, 낙지 떼가 새로 자리 잡고 앉은 곳을 알 수가 있어요? 물때에 따라 매일 다르다고요. 아하, 그랬으니…… 결국 나는 헤맬 수밖에 없었구나. 아직 나는 손쉬운 비법으로 낙지 잡기에는 멀기만 하구나. 낙지가 들어간 구멍을 쉽게 찾는 법을 배우는 것도 힘이 드니 땅속에 들어앉은 낙지 쉽게 잡아내는 방법을 배우는 것은 얼마나 더 힘들까.

"내가 낙지 잡는 거 배울 때, 그러니까 육십 년 전만 해도 장화가 어디 있었나. 한겨울에 언 뻘밭을 맨발로 들어갔어. 발이 시린 거야 참지만 손이 시려 낙지를 잡을 수가 있어야지. 뻘 속에서 낙지를 움켜쥔 건지 아닌지 이건 뭐, 감각이 있어야지. 그래서 한 사람이 오줌 마렵다고 하면 우르르 몰려 오줌발에 손가락을 녹이고 낙지 구멍을 쑤셨어. 추우면 오줌 자주 마렵잖아." 동네 친구 아버지 이야기를 들은 후 나는 낙지 쉽게 잡는 법을 아예 포기했다. 낙지 잡는 법이라 해서 어디 지름길이 있겠는가 하는 깨달음이 왔기 때문이다. 그 후 바다에 나가 낙지를 잡지 못해도 속상해하지 않았다. 낙지 잡는 법을 스스로 하나하나 힘겹게 터득할 때마다 신이 났다. 땅속 낙지 구멍은 참으로 다양했다. 백 개면 백 개 낙지 구멍의 길이가 다르고 구멍에서 가닥을 친 구멍 수와 모양이 달랐다. 삽으로 파고 손으로 쑤셔들어가면 낙지들이 숨어드는 곳도 다 달랐다. 몸소 체험하지 않고 그 많은 경우의 수를 어찌 다 배울 수가 있단 말인가.

뻘 속에 박혀 있는 죽은 조개껍질에 벤 손등의 상처가 손바닥 손금보다 더 깊고 많이 파이고 나서야 나는 처음으로 낙지 한 코(스무 마리)를 잡았다. 한번 한 코를 넘긴 후론 바다에 나갈 때마다 이십에서 삼십여 마리를 잡게 되었다. 작년 가을 나는, 쉬운 지름길을 버리고 온몸으로 밀고 나가면 힘든 일도 해낼 수 있다는 고귀한 선물을 낙지 잡기를 통해 수확한 셈이다.

산초

'냉장고가 녹아내리고 있다.'

'북극'이 아닌 냉장고가 녹아내리고 있다는 티브이 다큐멘터리 프로나 신문 기사를 본다면 기분이 얼마나 좋을까.

냉장고가 생기고 음식을 나눠 먹는 인심이 사라졌다고 한다. 냉장고 발달사는 맘을 편치 않게 한다. 초대형 냉장고가 아닌 개인이 소유할 수 있는 작은 냉장고는, 미국이 덥고 습한 월남 땅에서 전쟁을 치르며 급속히 발달했다. 전쟁 때문에 발달한 생활용품이 어디 냉장고뿐일까. 그렇지만 냉장고는 좀 다른 의미로 다가온다.

하루 세 끼, 끼니때마다 문안을 올려야 하는 분이 냉장고다. "덥지는 않으셨는지요?" 냉장고는 방에 모시고 살 정도로 우리 생활과

밀접하다. 먹는 것만 따진다면, 냉장고는 가족 구성원인지도 모른다. 이제 냉장고 없이 살 수 없는 세상이 되었다. 우리 삶에 깊이 뿌리박혀 김치 전용이라고 갈래를 치기도 하는 냉장고에서는 전쟁의 냄새가 가시지 않는다. 냉장고는 지금도 전쟁 중이다. 봄, 여름, 가을, 겨울, 사계절과 교전 중이다. 냉장고의 수뇌부는 한겨울이고 전선을 형성하고 있는 말단은 늦가을이나 초겨울이다. 냉장고는 미니 영안실이다. 냉장고 자체가 부패를 지연시키는 방부제 공화국이다. 냉장고 속에는 부패할 권리를 박탈당한 동식물들의 비명이 신선하게 안치되어 있다.

그러나 우리는 냉장고에게 감사해하며 살아갈 수밖에 없는 현실에 당면해 있다. 식물들을 수직으로 키워 올리던 흙이, 아파트 하중을 받아 수직의 힘에 짓눌리고 있는 이 터전에서의 삶. 그러한 삶을 감내할 수밖에 없는 우리들에게 냉장고는 유용한 문명의 이기적 산물이기도 하다. 냉장고 덕에 자주 시장을 보러가지 않아 시간을 벌 수 있고 음식물 낭비를 막을 수 있어 경제적이기도 하다. 더운 여름날 갈증을 풀어주는 차가운 음료수들. 한마디로 우리는 냉장고 덕분에 그 계절 플러스, 겨울을 살 수 있는 게 아닌가. 냉장고들이 갑자기 파업을 한다면, 우리 삶은 상상만 해보아도 끔찍해진다.

그렇다고 무턱대고 냉장고를 고마워해서만도 안 된다. 왜냐하면 냉장고는 보다 큰 의미의 냉장고인 지구, 그 지구의 질서를 어지럽

히고 있는 현행범이기 때문이다.

냉장고가 필요 없는 세상이 되려면 음식물 공급이 수월해야 하는데, 요즘 우리 입장에 그게 어디 가당키나 한가. 옛날처럼 집집마다 텃밭이 있다면 야채나 과일을 필요에 따라 즉시 해결할 수도 있을 것이다. 그러나 작금의 상황으로는 어림없는 일이다. 또 우리 욕망은 계절을 넘어서 앞으로 달려가고 있다. 한겨울에 딸기를 구해다 주고 효자가 되긴 다 틀려먹은 세상이다.

냉장고에 들어 있는 산초기름이 생각났다.

인삼 장사하며 시 쓰는 종정순 선생이 갖다 준 손두부를 놓고 어떻게 먹을까 궁리 중이었다. 두부와 함께 가져온 음식이 많았다. 만두도 끓여 먹고 잡채와 전도 먹다 보니 냉장고에 넣어둔 두부를 깜박 잊고 있었다. 두부는 간수 담긴 비닐봉지에 들어 있었다. 두부는 표면이 매끌매끌한 게 상하기 직전 같았다. 서둘러 두부를 맑은 물에 씻고 냄새를 맡아보았다. 다행히도 상하지는 않았다. 두부의 삼분지 일을 잘라 더운 물에 데쳤다. 나머지는 물 채운 그릇에 담아 냉장고에 넣었다.

김치에 싸 먹는 두부는 옛 맛 그대로 고소하고 담백했다. 이리 맛있는 두부를 썩혀버릴 뻔했다니. 특별히 생각하고 두부를 준 이에게 미안한 맘이 들었다. 나머지 두부는 어떻게 먹을까. 두부 넣고 돼지고깃국을 끓여볼까. 두부를 골패 모양으로 썰어 넣고 무와 대파 그리고 고춧가루를 왕창 넣고 벌겋게 끓이면 되는데. 아니면 며칠은 두고 먹어도 되게 간장에 조려놓는 것은 어떨까. 두부를 얇게 썰어 냉동보관 해놓고 오래 두고 먹을까. 냉동했다가 먹으면 수분이 빠져나가 유부처럼 되지만 쫄깃쫄깃한 독특한 맛이 나기도 하니까.

두부를 어떻게 먹을까 궁리하다 심하게 기침을 했고 그러다가 냉장고에 넣어둔 산초기름을 떠올렸다. 지난 가을 강화풍물시장에서 산초기름을 샀다. 이 홉, 한 병에 사만 원이었다. 참기름 두 배 가격도 넘었다. 시장에 갈 때마다 없을 것이라고 생각하면서도 산초기름 없냐고 습관적으로 물어보았다. 참기름, 들기름 대여섯 병 놓고 좌판을 벌인 할머니들이 손사래를 치며 그런 거 요새는 없다고 했다. 냄새가 나 기름집에서 아마, 짜주지도 않을 거라고 설명을 덧붙이는 할머니도 있었다. 그날도 기름집을 지나며 빈말로 산초기름 없냐고 물어보았었는데 의외로 있다는 답을 들었다. 기름집 주인은 그것도 국산이고, 향이 진하다고 했다. 소 지라나 두부를 튀겨 먹으면 해수에 좋다고 하며 한 달에 한 병씩 사 가는 단골도 있다고 기름 자랑을 늘어놓았다.

산초기름 냄새가 난다. 두부 튀겨지는 소리가 빗소리처럼 쏟아진다. 두부를 뒤집개로 누른다. 두부를 뒤집는다. 노릇노릇 익은 두부가 미각을 자극한다.

어려서 산초기름을 참 많이 먹었다. 아버지는 해수기침이 심했다. 한번 기침이 시작되면 아버지가 온통 다 기침으로 쏟아져 나오는 것 같았다. 불이 관 화로에 삼발이가 자리를 잡고 그 위에 무쇠 프라이팬이 올려지고 산초기름이 둘려졌다. 두부 익는 냄새가 방 안에 진동을 했다. 아버지는 어린 나를 불러 앉히고 두부를 먹어보라 했다. 뜨끈뜨끈한 두부에 배어 있는 알싸한 향이 나는 싫지 않았다.

가을이면 산초를 따 멍석에 널어 말렸다. 덜 익어 붉은빛을 띠던 산초도 익으며 검은빛으로 변했다. 산초 열매는 햇볕에 마르며 반들반들 윤이 나 빛났다. 마당 가득 산초향이 괴어 있다 바람에 날렸다. 산초기름을 짜, 됫병에 담아 팔거나 겨우내 먹었다.

산초기름에 튀긴 두부를 민간장에 찍어 먹는다. 산초기름 향이 예전 기억에 못 미친다. 톡 쏘는 맛이 싱겁다. 콩기름이 섞이지나 않았나 의심이 갈 정도다. 그래도 혀를 자극하는 알싸한 맛이 살아 있긴 살아 있다.

방에 외풍이 있어 비닐로 유리창을 가리고 겨울을 났다. 담배를 많이 피우고 환기가 잘 되지 않는 방에 살다 보니 기침이 심했다. 한밤중에 멈추지 않는 기침을 하다 보면 이웃집에 미안한 맘이 들었다. 가끔 이웃집 아저씨도 기침을 하는데 그 소리가 반갑게 들렸다. 결핵이 아닐까 싶어 병원에 가 엑스레이도 찍어보았다. 기관지에 염증이 생겼다고 했다.

기침이 멎기를 바라며 두부를 천천히 먹는다. 가끔 산초가루를 추어탕집에서 먹어보기는 했으나 기름을 먹어보는 것은 정말 오랜만이다. 산초는 위하수, 해수, 치통, 설사, 회충 구제 등에 민간요법으로 쓰여왔다. 나는 민간요법을 크게 신뢰하는 축에 속한다. 약초꾼 최진규는 민간요법의 소중함을 설하며 다음과 같은 글을 썼다.

"수천 년 전부터 내려오던 전통적인 치료법인 약초요법, 뜸, 기공요법이 어째서 대체의학이 되었단 말인가. 수천 년 전부터 내려오던 전통의학을 대체한 서양 현대의학이 대체의학이고 약초요법이나 기공, 침, 뜸 같은 것이 정통의학이다. ……옛날부터 전해 내려오는 전통의학을 본의학이라고 부르고, 생긴 지 얼마 안 된 서양 현대의학을 대체의학이라고 불러야 마땅할 것이다."

산초나무 비슷한 나무로는 초피(젠피, 제피)나무가 있다. 초피나무는 봄에 꽃을 피우고 열매가 붉은빛을 띠며 익는 점이 산초나무와 다르다. 일본 사람들이 초피나무를 산초라 부르면서 초피나무나 산초나무나 다 산초라 부르게 되었다고 한다. 산초나무는 너덜경이나 산 계곡에 많다. 나무가 단단해 도낏자루나 쌍망이 자루로 썼다.

산초나무로 자치기 대를 만들면 다른 나무에 비해 멀리 나가고 쪼개지지 않아 좋았다.

아주 오래전에 부처님 복장식腹藏式을 취재한 적이 있다. 복장식은 부처님을 새로 모실 때 행하는 의식이다. 부처님 배 속은 비어 있지 않고 여러 가지 상징물들이 들어 있다. 그 상징물들을 모시는 의식이 복장식이다.

"복장불사는 모시는 부처님에 대한 중생의 지극한 예경입니다. 가장 신성스럽고 귀한 물건들을 부처님 배 부분에 넣음으로서 그 부처님은 많은 중생들이 우러러 의지하는 색신불이 된다는 뜻입니다. 그러나 요즘은 그런 엄격한 절차를 거쳐 부처님을 조성하는 경우가 드물어 안타깝습니다."

태고종 복장 의식의 대를 잇고 있는 담양 용화사 수진 스님의 말이다. 태고종에서는 복장식에 들어가는 물품이 예순다섯 가지라고 한다. 그런데 태경 스님이 쓴 『조상경』에 보면 백여 가지가 넘는다.

느닷없이 복장식 이야기를 꺼낸 것은, 복장식 물품 중에 산초가 들어간다는 말을 들은 기억이 떠올라서다. 십수 년이 넘었지만 분명 기억에 있다. 취재시 스님이 오개자[시나개자(담쟁이넝쿨 씨), 적개자(?), 백개자(갓 씨), 만청개자(순무 씨), 황개자(?)] 중에 산초가 있다고 했던 것도 같고, 오보리수잎 중 어떤 나뭇잎 대용으로 들어간다고 했던 것도 같다. 혹 적개자나 황개자가 산초는 아닐까 싶었다. 그래서 산초가 복장품에 들어가나 안 들어가나를 알기 위해, 산초에 관한 초고 원고를 써놓고 발표를 미루며 한 달간 공부를 했다. 조계사 포교원, 한의사, 약초 전문가, 한문에 조예 깊은 사람, 나무 전문가 등 여러 사람들에게 물어보고 각종 서적을 뒤져보았지만 산초가 들어간다는 답을 얻을 수는 없었다.

복장식 절차를 간략하게 소개하면 다음과 같다. 복장식을 주관하는 스님이 한 분 있고 다섯 스님 앞에 복장통(보배병)이 하나씩 놓인다. 주관하는 스님이 물품을 지칭하면 다섯 스님은 지칭된 물품을 복창하며 복장통에 넣고 주관 스님이 진언을 왼다. 진언은 물품에 따라 다 다르다. 복장식에 들어가는 물품은, 불종자·법종자·지종자·보종자·금강종자를 상징하는 오곡[보리(동), 기장(남), 벼(서), 녹두(북), 삼씨(중앙)], 다섯 가지 번뇌를 막아준다는 오약, 오향, 오길상초, 오륜종자, 오개자, 오시화, 오산개 등이 있다. 이 물품들을 동·서·남·북·중앙 오방위에 맞춰 준비된 다섯 개의 복장통에 집어넣는다. 복장통에 물품 넣기가 끝나면 후령통에 복장통 다섯 개를 방위에 맞춰 집어넣는다. 몇 단계의 의식을 더 거치면 봉인된 후령통이 완성된다. 후령통을 부처님 배꼽 부위에 정확히 앉힌다. 이때 후령통의 균형을 잡기 위해 빈 공간에 경전이나 사경본 같은 것을 채워 넣는다. 복장식을 한 다음 날, 여러 스님이 거울을 들고 빛이 막히는 곳마다 서서 빛을 반사해 법당 안으로 끌어들여 빛을 부처님 눈에 비춰 점안식을 하면 부처님 모시기가 끝난다.

현대에 발견되는 문화재급 경전들은 후령통의 균형을 잡기 위해 넣었던 것이다. 문화재적 가치로 본다면, 중심이 아닌 보조가 중심이 되는, 본말전도가 된 셈이다.

위에 인용했던 민간요법과 현대의학도 주객전도가 된 것은 아닐는지. 또 계절을 지키려고 생긴 냉장고가 계절을 잃게 만들어, 싱싱한 것을 먹으려다가 오히려 싱싱한 것을 못 먹게 된 일도 같은 맥락으로 봐도 큰 무리는 아닐 것이다.

산초기름 냄새의 추억, 이런 추억은 내 삶의 중심이 아니라 변방이어서 잊혀지기도 한다. 그랬다가도 다시 떠오르는 것을 보면 보잘것없는 추억들이 내 삶을 튼튼하게 떠받치고 있는 것은 아닌가 싶다. 마치 후령통을 받치고 있던 경들이 중요한 가치로 떠오르는 것처럼. 나를 만들어온 유형무형의 것들이 모두 소중함을 깨닫는다.

오늘 산초 향이 내 몸에 또 하나의 길을 내준다.

먼 훗날 나는 이 길을 걸으며 지금의 내 삶을 추억하게 되리라.

잘 가라, 이 봄

핸드폰을 열어보니 자정을 막 넘었습니다. 초저녁잠을 잤습니다. 오랜만에 바다에 다녀와 피곤했던 것 같습니다. 쪽문을 열고 바깥 마당으로 나섭니다. 고욤나무 아래 송판 한 장으로 만들어놓은 긴 의자에 걸터앉습니다. 사위가 안개에 온통 갇혔습니다. 양철 지붕에 내린 안개가 물방울이 되어 똑똑 떨어집니다. 뒷산과 바다 쪽으로 뻗은 앞산에서 소쩍새 두 마리가 돌림으로 웁니다. 써레질하려고 물 잡아놓은 논에서 개구리 울음소리가 미끄덩미끄덩 일어났다 잦아들기를 반복합니다. 참개구리들은 청개구리와 달리 합창이 주전공인 것 같습니다. 안개에 젖은 가로등 불빛이 마당에 내려앉습니다. 아랫집 축사에서 소가 목덜미를 긁고 있는지 쇠파이프 덜컹

거리는 소리가 들려옵니다. 옆집 개가 시멘트 바닥에 쇠밧줄을 끕니다.

의자에서 일어나 보일러 기름통 쪽으로 다가갑니다. 강아지가 낑낑거리며 집에서 나오다가 굴러떨어집니다. 코와 눈 빼놓고 다 하얀, 커다란 누에 같은 강아지를 안아주려다가 멈춥니다. 미안한 마음과 웃음이 동시에 터집니다. 강아지 목테에 앞발 하나가 끼워져 있습니다. 마치 팔을 깁스한 사람이 목에 건 붕대 줄에 팔을 걸고 있는 것 같습니다. 강아지 목이 조일까 걱정에 목테를 헐렁하게 매준 게 탈이었습니다. 목테에 걸렸던 강아지 앞발을 주물러주다가 세 발로 서보려고 얼마나 안간힘 썼을까 하는 생각이 들어 나머지 발도 주물러줍니다.

보일러 돌아가는 소리가 납니다. 한겨울과 초봄에 비하면 소리의 치열성이 농후하게 묽어졌습니다. 엊그저께 봄이 왔구나, 한 것 같은데 벌써 봄의 끝자락에 서 있습니다. 참 세월이 빠르긴 빠른 것 같습니다. 세월을 지나가는 꽃나무 몇 그루 앞에 서서 마음 환해지는 빛을 좀 들이고 복사꽃 필 무렵에 제일 맛 난다는 살 붉은 숭어 회 몇 점 먹은 게 전부인 것 같은 이 봄 아쉬워 어찌 보내야 할까요.

어제는 가는 봄에 마음이 울렁거려 동네 형님 고기잡이배를 탔습니다. 이상하게도 바다에 나가면 잡념이 없어지고 마음이 잔잔해집니다. 물결의 흔들림에 마음의 흔들림이 상쇄되는 걸까요. 작은 배 곁으로 큰 배가 지나갈 때 물결이 없는 날보다 물결이 있는 날 배가 덜 흔들리는 이치를 닮는 걸까요.

그물 터에 도착해, 배 위에서 물이 빠져 뻘 그물이 드러나길 기다리며 유난히 술에 젖어 허송세월 보낸 봄을 찬찬히 면접해보았습니다. 술을 많이 마신 내가 내 앞에 앉습니다. 술을 안 마신다고 결심해놓고 또 술을 마셨군. 모르겠어, 내 말을 가장 안 듣는 게 나야. 오늘은 뭐 땜에 마셨는가. 밤을 꼬박 새워 소설책을 한 권 다 읽었어. 글쎄, 내가 몇 년 전에 모 지방신문이 주관하는 문학상을 받고 수상 소감으로 썼던 이야기가 소설을 전개하는 핵심 스토리와 같은 것 있지. 내가 부지런했다면 먼저 발표할 수도 있었던 이야기지. 그럼 어제는 왜 술을 마셨는가. 타계하서 수목장한 스승님 나무를 찾아뵙고 왔지. 투병 중인 스승을 생전에 찾아뵙지도 않은 놈이라고 고로쇠나무에 앉은 비둘기와 졸참나무에 앉은 까치가 울며 꾸짖더라고. 실리카겔처럼 목마른 스승의 뼈는 나무뿌리 밑에 묻혀 있었으나 기침처럼 푸른 스승에 시 정신은 우뚝, 소나무로 서 계셨어. 절^拜 한 채로. 글쓰기에 나태한 내가 부끄러웠지. 그럼 지난주에는 왜 마셨는가. 어머니를 뵙고 왔어. 어머니를 모시고 있는 누이 집에 갔었지. 허연 머리 인형처럼 어머니가 잠들어 있었어. 누이는 출타 중이고 낮잠에서 깬 어머니가 밥상을 차렸어. 어머니는 간장 종지 하나 드는 데도 온몸의 힘을 손끝에 다 모았어. 혈압 약을 먹으면서도 목울대에 전 힘을 집중시키더라고. 치마를 갈아입을 때도 마찬가지였고 한 손 짚고 방바닥에서 일어날 때는 기합까지 넣으시던걸. 관절 꺾이는 소리로 말이야. 어머니는 최선을 다해야 작은 동작 하나라도 해낼 수 있었지. 내 머리카락 한 올보다도 힘이 없는 노모는 숨소리만 더 커지고 거칠어졌지. 그래서 한잔 찐하게 했었지.

그물이 물 밖으로 다 나 준비해온 참을 먹고 배에서 내렸습니다. 그물에 걸린 물고기를 먹으려고 갈매기 떼가 모여들었습니다. 교미기가 끝난 갈매기들은 몸에 알을 키우기 위해 사나웠습니다. 갈매기들은 입맛이 까다로워 늘 드는 물고기가 아닌 철이 되어 새로 들기 시작하는 물고기들만 먹었습니다. 한 마리를 모조리 먹는 것도 아니고 이것저것 내장만 빼 먹어 물고기 상품 가치를 떨어뜨려놓았습니다. 수온이 올라가고 공항이 들어서면서 물살에 힘이 약해져 숭어가 잘 안 든다고 투덜대며 동네 형이 그물을 털었습니다. 숭어를 살리기 위해 망태를 물골에 매달아놓고 낙지를 잡았습니다. 낙지는 춥거나 더우면 깊은 물로 도망가 손으로는 잡을 수가 없어 뻘낙지는 거의 봄과 가을에만 잡습니다. 봄 낙지는 숨어 있는 구멍의 길이가 가을 낙지에 비해 짧아 잡기는 쉬운데 그 수가 많지 않습니다. 또 가을 낙지는 매일 새로 들어와 뻘에 앉아 매 물때마다 잡을 수가 있는데 봄 낙지는 조금 때에 앉은 것을 조금이 끝나는 세 물, 네 물때에 잡고 나면 한 사리를 기다려야 잡을 수가 있습니다. 어제는 물때가 맞지 않아 남들이 잡아 가고 남은 이삭 낙지를 잡았습니다. 낙지가 없어 몸만 잔뜩 지친 하루였습니다.

한밤중에 강아지를 붙잡고 "어이구, 많이 아팠지? 이제 괜찮을 거야. 길상아, 그래도 너는 네 집이 있잖아. 네가 나보다 부자다" 어쩌고저쩌고 애기 달래듯 하다 누가 볼까 남세스러워 주위를 둘러봅니다. 사방에 안개뿐입니다. 아직 장가도 못 간 그림자가 희미하게 몸에 매달려 있습니다. 개가 집을 지키는 것은 제 집을 지키는 걸까 주인집을 지키는 걸까, 문득 떠오른 가벼운 생각으로 머리를 환기시키며 방으로 돌아옵니다.

오늘 밤 나는 봄 편지 한 장을 써야 합니다. 그런데 봄 자체가 누가 보낸 긴 편지 한 장 같으니 큰일입니다. 부드러우면서도 톡 토라지며 시샘도 하는 바람과 화려하면서도 따뜻함을 잃지 않는 꽃과 달뜬 새소리 수놓인 봄 편지. 그 봄 편지를 누군들 안 받고 누군들 왼종일 안 읽어봤겠습니까. 하오니 나는 누구에게 어떻게 봄 편지를 써야 할까요. 스무 살 시절의 나에게 편지를 써볼까요, 떠나는 봄에게 써볼까요. 복숭아꽃들은 평화롭게 성벽을 넘었고 숭어들은 물속에서 빠르다고 써볼까요. '한 조각 꽃잎이 날려도 봄빛이 줄어

들어' 나도 술을 마셨다고 써볼까요. 읍 장날 사 온 강아지 혀는 얇
고 응석은 대단하다고 쓸까요. 참 막막합니다. 동창 중에 봄에 대
해 시를 쓰라는 입학시험 문제를 놓고 고심하다가 어 머 니, 딱 세
글자를 쓰고 합격했다는 친구가 있었습니다. 봄은 어머니처럼 너
그럽고 넓어 모든 것을 받아주고 모든 것이 되어주기도 하니 위에
늘어놓은 마음 설거지감 같은 글을 봄 편지라 해도 화는 내지 않으
시겠지요.

　나를 지나간 이 봄, 내가 지나온 이 봄, 잘 가요, 안녕.

군내 버스

버스가 멈추고 아주머니 한 분이 밭둑길을 달려온다. 차에 타고 있는 사람들 시선이 일제히 그 아주머니를 향한다. 보따리를 머리에 인 아주머니가 한 손으로 가지 말라고 손짓을 하며 필사적으로 뛴다. 마음속으로 응원의 박수를 보내며 날짜를 계산해보니 이리 차이고 저리 차여 2, 7장이라는 강화읍 장날이다. 운전기사가 아주머니가 달려오고 있는 밭둑길 끝에 차를 천천히 몰아 갖다 댄다. 버스가 서 있는 곳까지 달려온 아주머니가 버스 앞으로 길을 건너와 차에 빨리 오르지 않고 버스 뒤로 돌아 뛴다.

앞으로 가로질러 타면 빠르지 않으꺄?

그래도 아침부터 여자가 길을 가로지르면 뭐 좋을 것 있겠쓰꺄.

지금이 옛날이꺄.

운전기사와 대화를 나누며 아주머니가 보따리를 뒤적이자 개두릅 삽싸롬한 냄새가 향긋하게 차 안에 번진다. 늦어진 시간을 감안해 버스가 속도를 낸다. 길은 물을 만나고 산자락을 만나며 휜다. 휜 만큼 길은 더 길이 된다. 어쩌면 우리네 삶도 굴곡지면 굴곡진 만큼 더 깊어지는 것은 아닐까. 휜 길을 버스가 구불텅구불텅 달린다. 산자락에 일렬로 매달려 있어, 골목이 없는 해안가 마을을 지난다. 골목길을 만들 수 없어 일렬로 좌정하고 바다와 면접하고 있는, 면벽하고 있는 해안가 마을을 버스가 수도자처럼 지난다.

아저씨는 연세가 어떻게 됐쓰꺄?

남에 나이 살고 있시다.

남의 나이가 뭐꺄?

평균 나이보다 더 살았으니까 일찍 죽은 사람들 나이를 대신 살고 있는 것 아니꺄.

햐아, 이 무슨 선문답이란 말인가. 운전기사와 촌부의 대화에 교복 입은 여학생들이 웃고 나는 이 버스 길에서 만났던 한 여학생을 떠올린다.

몇 해 전이었던가. 장어 낚시에 빠졌었다. 릴낚시 서너 대를 던져 놓고 낚싯대 끝에 방울을 달아놓았다. 방울이 울리면 달려가 낚시를 잡아챘다. 장어가 아닌 작은 물고기들이 덤벼 방울이 자주 울었고 나는 방울 소리에 민감해져 이명 소리를 듣기도 했다. 급한 일이 생겨 낚시를 접고 읍내 가는 길에, 버스 안에서 방울 소리가 들렸다. 한 여고생이 등에 멘 가방에 방울을 달고 있었다. 그 여학생은 좌석에 앉을 때 치맛자락을 손바닥으로 쓸어 조신하게 앉았다. 작년 추석 때였다. 방울 소리를 울리던 여학생이 숙녀가 되어 커다란 선물 꾸러미를 들고 고향으로 돌아오고 있었다. 나도 모 고등학교에 강사로 나가고 있을 때라서 아침 첫 버스를 탔고 그때마다 그 여학생을 자주 만났었다. 그 여학생은 중학교를 가면서 집에서 멀어지고 고등학교를 가면서 집에서 더 멀어지더니 아예 고향을 떠났다가 명절이 되어서야 고향에 돌아오는 길이었다. 나는 버스에서 만난 여학생을 통해 어쩌면 인생은 부모에게서 점점 멀어져가는 연습을 해가다가 부모가 되는 게 아닌가 하는 생각이 들었었다.

멀리 보이는 연둣빛 산에 산벚꽃이 얼룩얼룩 희게 피어 있다. 연푸른 버찌가 붉은 버찌가 되고 붉은 버찌가 검은 버찌가 되어 끝내는 나무를 떠나리라. 세월은 그렇게 흘러가고 버스는 가다 서다를 반복하며 이 길을 지나리라.

낙지 잡기 패인 분석

함씨는 몇 마리나 잡았어. 열아홉 마리요. 어떻게 실력이 작년보다 늘지 않고 줄어. 난 도통 이해가 안 가지만, 실력이 줄 수 있는 실력도 대단한 거여. 그러게 만날 꼴찌네요.

나갔던 물이 밀려들어와 갯고랑에서 몸에 묻은 뻘을 씻고 배에 올라 잡은 낙지 수를 헤아려보며 대화를 나눈다. 또 실패다. 나도 다른 사람들처럼 낙지를 잘 잡을 수 없을까. 세 코, 네 코를 잡은 사람들 낙지 통을 부러운 눈으로 바라다보며 나는 낙지 잡기 패인을 분석해본다.

첫 번째 패인은 봄 낙지와 달리 가을 낙지 구멍은 복잡하고 긴 것을 빨리 인정하지 않은 데 있다. 뻘에 앉은 봄 낙지는 알을 낳으려왔기 때문에 구멍이 갈래를 치지 않아 삽으로 파 잡아도 쉽다. 그렇지만 가을 낙지는 게나 조개를 잡아먹으러 앉은 거라 주위의 먹이를 잡아먹으며 구멍을 연장해나가 구멍 구조가 복잡하고 길다. 그 긴 구멍을 삽으로 파고 손으로 쑤시며 추적해가다 보니 힘도 들고 도중에 잃어먹기도 하고 시간도 많이 걸린다. 다른 사람들처럼 구멍을 파지 말고 붙여 잡았어야 옳았다.

뻘에서 낙지 잡는 법은 크게 두 가지가 있는데 원시적인 방법은 처음부터 구멍을 파들어가는 방법이고 고수들이 주로 사용하는 방법은 낙지를 구멍 입구로 유인하는 방법이다. 이 중 두 번째 방법은 낙지가 뚫어놓은 여러 개의 구멍 중 숨 구멍이 아닌 낙지가 처음 들어간 구멍, 즉 주 통로가 되는 구멍 입구로 낙지를 유인하는 것이다. 왼 손가락들을 움켜잡기 쉽게 적당히 벌리고 구멍 입구에 갖다 대고 오른 손가락으로 물을 튕겨 게가 움직이는 것처럼 물결을 일으키거나 가만히 기다린다. 낙지가 발을 뻗어 왼 손가락을 더듬고 있을 때 움켜쥐면서 재빨리 오른손으로 구멍을 쑤셔 낙지를 잡아내는 방법이 다른 한 방법이다. 나도 붙여 잡기를 하긴 하는데 문제는 낙지가 나올 때까지 참고 기다리지 못한다. 어떤 놈은 일 분도 채 안 되어 나오기도 하지만 오 분 정도를 기다려도 나오지 않는 놈도 많다. 그러면 나는 무조건 파들어가는데 그 구멍 길이가 삼사 미터 넘는 것도 많다. 구멍을 십 분, 이십 분 파는 것보다, 한 이삼 분 더 기다리는 게 나은데 그게 잘 안 된다. 낙지를 움켜잡을 때도 발이 충분히 나올 때까지 인내심을 가지고 기다려야 하는데 너무 빨리 움켜잡아 미끄러운 발끝이 빠져나가거나 끊어지는 일이 많다.

두 번째 패인은 소라의 유혹에 넘어간 것이다. 낙지를 잡으려면 낙지만 잡아야 하는데 낙지도 잡고 소라도 잡으려고 하니까 낙지 구멍도 잘 보이지 않고 소라도 제대로 잡지 못하고 죽도 밥도 안 된 격이다.

세 번째 패인은 처음 성적이 너무 좋아서였다. 열 마리를 예상보다 빠른 시간 내에 잡았다. 애초에 목표 수를 크게 잡지 않아서 금방 두 자릿수는 잡았다는 안도감이 들었다. 이제 낙지 몇 년 잡은 초보자가 이 정도면 되었다 하는 생각이 들며 긴장감이 느슨해졌다. 역설적으로 긴장감이 느슨해지니까 욕심이 생겼다. 작년에 삼십 마리까지는 잡아보았으니까 기록을 한번 깨보고 싶은 맘이 생겼다. 나는 작년에 낙지가 많았던 곳이 떠올랐다. 숨을 헐떡거리며 뒤돌아보니 어느새 배가 가물가물 보이는 곳까지 걸어 나왔다. 낙지도 없고 물렁물렁하던 뻘이 딱딱한 모래 뻘로 바뀌어 있었다. 조기 성과에 기분이 들떠, 물이 들어올 시간을 감안해보았을 때, 더 많은 곳을 찾아 멀리 가는 게 더 효율적일까 그냥 잡던 곳에서 낙지를 잡는 게 더 나을까를 냉철하게 판단하지 못했다. 판단 실수를 인정하고 배 근처로 돌아왔을 땐 이미 나갔던 물이 거지반 다 들어왔고 힘도 빠지고 시간도 없었다.

네 번째 패인은 남을 너무 의식해서였다. 혹시 내가 잡다가 놓치고 포기하는 것을 남이 보면 어쩌나 하는 생각에 뻘 빛깔만 봐도 낙지가 많은가 그렇지 않은가를 척 알아보는 경험 많은 고수들과 다른 방향으로 뻘을 선택했다. 뭐, 초보자가 낙지를 놓칠 수도 있는 것인데 그걸 너무 창피하게 여겨 남들과 반대 방향으로 뻘을 선택한 게 큰 잘못이었다. 좀 적극적으로, 놓치면 어찌어찌해서 놓쳤는데 방법 좀 가르쳐달라고 묻기도 하고 눈동냥으로 훔쳐보며 배우기도 하고 남들이 잡아내는 속도를 보며 자극도 받았어야 했었는데…….

옛날 같으면 선가船價로 열 마리당 한 마리씩 뱃삯 내는 건데……. 함씨 힘내. 내일 많이 잡으면 되잖아. 내일도 한 시간씩 걸어나오지 말고 이 배 타. 낙지 잡는 게 그렇게 쉽게 늘겠어. 이리 와 도시락이나 먹자고. 아이, 그야 그렇지요. 저야 아직 초보자인데요. 낙지가 안 잡힐라고 얼마나 고민을 많이 했으면 머리가 다 빠졌겠어요. 세상에 힘들지 않은 일이 없네요. 형님들 위로의 말이 고마워 내 주특기인 농담을 던지자 검게 탄 사내들 웃음이 만선으로 쏟아졌다.

배를 타고 마을로 돌아오며, 낙지 잡는 일이 우리 인생살이와 별반 다르지 않다는 생각 하나를 잡아, 잡아놓은 열아홉 마리 낙지에 보태니 한 코가 채워지고 내 낙지 통도 그득해졌다.

맛

　농협 하나로 마트에 들렀다. 과일을 사 먹고 싶은데 가격이 너무
비싸 엄두가 나지 않았다. 청량고추나 좀 살까 해서 야채 코너로 갔
다. 청량고추도 열 개에 1,600원으로 두 배 이상 올랐다. 두리번거리
다가 나물 진열대로 갔다. 아니, 세상에! 이렇게 싼 게 다 있나. 눈이
번쩍 떠졌다. 돌나물 222그램 550원. 생취나물 300그램 1,500원. 냉
이 300그램 1,600원. 담배 두 갑 값으로 나물 한 보따리를 사니, 몸
에 벌써 생기가 도는 듯했다.

　고등학교에 강사로 나갔었다. 사 년간 문창과 학생들에게 시 창
작 실습을 가르쳤다. 문창과 주임 선생도 시인이었는데 성격이 화

통했고 교장선생은 자신도 예술을 사랑한다고 하며 강사들에게 자율권을 많이 줬다. 그래서 자주 야외수업을 할 수 있었다. 야외수업을 나가면 학생들은 신이 났다. 학생들이 신이 나니 나도 덩달아 신이 났다. 그때 내 학습목표 중 하나는 학생들에게 나무 이름 이십개, 곡식 이름 이십 개, 풀이름 이십 개, 도합 육십 개를 가르쳐주는 것이었다. 산과 들판을 오가며 학생들에게 식물들 이름을 가르쳐주는 일은, 무엇보다도 즐거웠다. 네 시간 동안 시 한 편만 써서 제출하라고 하고 자유를 주었다. 학생들은 삼삼오오 모여 떠들고 웃고 생기발랄했다. 계곡에서 가재를 잡아보는 남학생도 있었고 낙엽을 줍는 여학생도 있었다.

그런데 내가 마지막 수업을 나가던 해에는 교장선생님이 바뀌어 야외수업을 자주 나갈 수 없게 되었다. 창밖에 봄이 찾아왔는데 각진 교실에 학생들을 가둬놓고 시 창작 수업을 한다는 게 왠지 답답했다. 산이나 들판으로 나가 남학생들은 도롱뇽 알을 찾아보고 여학생들은 나물을 캐보라 하고 싶었다. 흙을 향해 몸을 낮추고 봄나물을 캐며 새싹들보다 더 수다스러워져보라고 숙제도 내보고 싶었다. 그게 교실에 앉아 원고지 칸에 갇혀 있는 것보다 백배 더 시 공부하는 데 도움이 될 것 같았다. 자연만 한 스승이 없다고 하지 않던가.

취나물을 다듬자 작은 방에 취나물 향이 가득 찼다. 취나물은 향기로 내게 뭐라고 하는 것 같은데, 내 코는 의미 파악은 하지 않고 흠향에만 정신을 팔았다.

몇 주 전, 서울 삼겹살집에서 이름도 모르고 먹은 나물이 생각나고 그날 있었던 일이 떠올라 혼자 웃었다. 일행 중에는 미용사가 있었다. 내가 집게로 고기를 들고 가위로 자르는 것을 보고 있던 미용사가 자기에게 달라고 했다. 상 모퉁이에 앉아 자세가 불편한데도 고기를 자르는 미용사의 가위질은 가히 환상적이었다. 그 어느 식당 종업원들보다도 화려했다.

나는 미용실에서 미용사의 가위질 솜씨를 의식하지 못했었다. 직업이니까 뭐, 다 그렇지 하는 식으로 덤덤했었다. 그러던 내가 왜 고기 자르는 솜씨를 보고 놀란 것일까. 그것은 내가 머리카락은 안 잘라보았고 고기는 잘라보았기 때문이라는 생각이 들었다. 나도 고기를 잘라보았다는 사실이 기준점이 되자, 미용사가 고기 자르는 것이 눈에 들어왔던 것이다. 내가 경험하지 못한 것보다 내가 경험했던 일에 감각이 예민하게 작동했다고나 할까. 교대로 와 밥을 먹는 다른 미용사도 삼겹살 자르는 솜씨가 신의 경지였고 예술이었다.

돌나물을 다듬고 씻은 다음 초장으로 무치고 통깨를 뿌렸다. 맛을 보니 돌나물에서 약간 비릿한 냄새가 났다. 나에게 세상에서 표현하기 힘든 일들을 대보라면, 맛을 말로 표현하는 것과 통증을 말로 설명하는 것을 들 것이다. 한번은 이런 생각을 한 적도 있다. 약사에게 몸이 어떻게 아프다고 설명하기가 힘들어서 한 생각이다. 표현력이 좋은 사람이 예문을 만들어놓으면 어떨까. 그 예문을 유리 탁자 같은 곳에 비치해놓으면 미리 그것을 읽고 내가 아픈 상태를 쉽게 표현할 수 있지 않을까.

나는 결혼한 친구들에게 몇 번 사람 젖 맛이 어떠냐고 물어보았다. 대개 친구들은 그냥 그렇다고 하며, 뭐라고 표현하기가 힘들다고 했다. 어느 날 나는 용기를 내 알고 있는 산부인과 의사 선배에게 전화를 걸었다.

"예, 뭐 부탁이 있어 전화를 했습니다. 저를 이상하게, 변태나 그런 거로 보지 마시고요. 예, 저는 너무 어려서, 어머니 젖을 먹어봐 젖 맛을 모르겠어요. 어떻게 한 방울만, 냄새만이라도 맡아볼 수는 없나요. 왜냐하면요, 제가 세상에 태어나서, 제일 처음 맛본 게 어머니 젖 맛일 텐데요, 그 젖 맛도 모르면서 무슨 맛을 논한다는 게 웃기는 일 같아서요. 제가 결혼을 못해서, 아기 입에서 나는 젖 냄새도 모르거든요. 가능할까요."

선배는 가능할 수도 있다고 했다. 전화를 걸고도 몇 해가 바뀌었지만 나는 선배를 찾아가지는 않았다.

인식론에 의하면, 사물을 인식할 수 있는 것은, 인식하고자 하는 사물과 그 주위의 사물들 사이에 상이점과 유사점이 있기에 가능하다고 한다. 그렇다면 내 미각은 어머니 젖 맛을 출발로, 기준으로 삼아, 다른 음식들을 구분 지어온 것이 아닌가. 그런데 나는 지금 어머니 젖 맛을 모르고 있으므로 지금 내가 느끼는 맛은 모두 가짜일 수 있다는 생각이 들었다.

나물들을 무쳐놓고 밥을 먹었다. 나물들은 향기로웠다. 나물을 씹다 멈췄다. 울컥 감정이 솟구쳤다.

기름과 깨소금. 고향 인근 어머니 방에 갈 때마다 어머니는 음식을 싸주셨다. 나는 먹을 게 수두룩하다고 하며 안 가져간다고 했다. 소리를 버럭 지르며 가방에서 음식물들을 꺼내놓기도 했다. 그러고 나면 맘이 아파, 가지고 오던 기름과 깨소금. 기름과 깨소금으로 무친 나물을 먹다가 어머니가 떠올라 나는 숟가락을 내려놓았다. 상에 팔꿈치를 대고 손바닥으로 이마를 짚었다.

어머니가 만들어주시던 음식의 맛을 떠올리며 만드는 음식들. 아, 내가 음식의 맛을 분석해보는 기준에 어머니의 입맛이 이미 들어 있던 것이다.

맛에도 유전인자가 있다.

전등사에서 길을 생각하다

　길은 최대한 직선을 지향한다. 그러나 굽을 수밖에 없는 것이 길의 운명이다. 가급적 평지를 택하나 경사를 품을 수밖에 없는 것도 길의 운명이다. 전등사 동문東門을 향해 오르는 길은 완만하게 몸을 틀고 그 굽이 따라 물도랑도 휘었다.

　누가 봄볕에 이리 잘 마른 길을 널어놓았을까. 가랑잎이 바스락거린다. 바람이 내는 소리의 길은 생성과 동시에 소멸한다. 길가에 멈춰 새싹 돋은 쪽싸리나무를 들여다본다. 잎의 길을 출발하는 쪽싸리나무 연둣빛이 흔들린다. 바람이 읽고 있는 연둣빛을 보며, 눈은 여림과 옅음이 선사하는 평화로움에 젖는다. 새 한 마리가 몸에서 떼어낸 그림자를 끌고 날아간다. 새 그림자는 소리도 내지 않고 딱딱한 나무를 통과한다. 한 옥타브 올라간 봄의 새소리에는 사설이 없다. 전 장르가 노래이고 연시戀詩다. 새소리의 파장은 직선으로 날아오지만 곡선으로 들리기도 한다. 몸집이 작고 비행 속도가 늦은 겁 많은 새들은 직선 길을 버리고 곡선 길로 난다. 스스로 비행길을 예측불허로 흩트려놓으며 적의 공격에 대비한다.

길을 오르는 우측 산 쪽에는 사람들이 줄 맞춰 식목한 리기다소나무가 서 있고 좌측 낭떠러지에는 바람과 태양이 키워온 적송들이 서 있다. 적송들은 굽었고 리기다소나무는 곧다. 나는 곧음과 굽음 사이에 난 길을 오르고 나무들은 길 밖에 서 있다. 늘 식물들은 멈춰 있고 동물들은 움직인다. 천동설을 믿는 동물들과 달리 식물들은 일찍이 지동설을 간파했던 게 아닐까. 식물들은 멈춰 있어도 지구의 자전 속도에 따라 하루분의 어둠과 빛의 길을 자전하며 갈 수 있다는 것과, 일 년이면 공전하며 태양을 한 바퀴 돌 수 있다는 것을 터득하고 묵묵히 한자리에 서서 움직임의 궤도를 몸속 나이테로 그려왔던 것 같다. 식물들은 움직이는 지구를 따라 움직이려고 멈춰 있고, 지구의 움직임을 못 느끼는 동물들은 움직여야만 움직일 수 있다고 생각한다. 동물들의 움직임은 자기적이고 비순응적이다. 동물들 움직임에는 욕망이 수반되어 발자국이 남고 소리가 난다.

언덕길 중턱부터 좌측에 아카시나무 가로수가 나타난다. 아카시

나무 껍질이 물기를 오래 머금고 있어서인지 나무줄기 높이까지 이끼들이 자라 있다. 나무를 만나면 물은 낮은 곳으로 흐르지 않고 나무를 타고 휘어진 길을 솟아오른다. 이때 물은 소리를 내지 않는다. 물은 뿌리에서 나무 밑동을 지나며, 어둠의 세계에서 빛의 세상으로 다리를 건너고 줄기에서 가지로 흐르며 또 한 번 다리를 건넌다. 종내는 가지에서 꽃과 잎으로 이어지는 작은 다리를 건넌다. 그렇게 흐르는 물길이 숲에는 빼곡히 서 있다. 소나무 숲의 물길은 겨울에도 끊기지 않아 푸른 잎으로 바람에 물결처럼 흔들려도 본다. 파도 소리를 내기도 한다.

아카시나무 가로수가 시작된 지점에서 길의 우측인 산 쪽은 리기다소나무 숲이 끝나고 쇠사슬나무와 갈참나무 숲이 이어진다. 이 나무들은 곧고 근육질이어서 마치 암놈이 없을 것 같다. 졸참나무 낙엽이 다급하게 바스락거린다. 바스락 소리가 휘모리장단으로 가파르게 치닫는다. 꿩이 날아오른다. 꿩의 활주로는 꿩을 하나도 돕지 않는다. 꿩에게 제 가속도를 측정해볼 기회를 줄 뿐이다. 꿩은 다리의 길을 접고 날개의 길을 편다. 딱딱하길 바라던 길에서 허탕을 치는 길로 길이 이어진다.

꿩이 내달은 길은 고라니 길이 될 수 있고 고라니 길은 사람 길이 될 수 있다. 사람이 걸어 다니던 길은 큰 차도가 될 수도 있다. 그렇다면 지금 막 꿩이 낸 길은 길의 새싹인가. 길들은 진화와 퇴화를 반복하며 서로 만난다. 길끼리 만나지 않는 길은 존재할 수 없다. 길 중에, 섬(島)인 길은 없다. 길들은 다 일가친척이다.

내가 걷고 있는 차도가 걸어서만 오갈 수 있는 길을 만난다. 가파른 계단 길이다. 무릎 관절을 닮은 계단 길에서는, 앞발과 뒷발이 서로 체중을 넘길 때 힘에 절도가 붙는다.

가로수 대신 집 몇 채가 나타난다. 의ㆍ식ㆍ주. 식으로 의식을 치러내는 사람들이 사는 곳. 식당에서 음식 냄새가 흘러나온다. 사람들 음식에서는 냄새가 난다. 음식 냄새의 길은 구멍인가. 위장에서 반응이 온다. 동문 바로 앞 우측에 작은 주차장이 나타난다. 그 주차장 주위에 몇 그루 느티나무가 있다. 절에는 구시(나무 밥통), 기둥, 불상 등 싸리나무로 만들었다는 것들이 많다. 그러나 박상진의 『역사가 새겨진 나무이야기』는 그것들이 싸리나무가 아니라 느티나무라고 추측한다. 옛날에 느티나무로 다양한 절 용품을 만들었듯, 임시 사리 보관함도 느티나무로 만들었을 가능성이 크다는 것이다. 그러면서 느티나무를 사리나무라고 부르다가 발음이 비슷한 싸리나무로 변했을 가능성을 제시한다. 그가 절에서 싸리나무라 불리는 것들을 현미경으로 살펴본 결과 대부분 느티나무 세포였다고 한다. 전해져 내려오던 이름도 이름의 길에서 탈선을 하는가.

단군의 세 아들(부소, 부우, 부여)이 쌓았다는 정족산성鼎足山城. 전등사에 들어가려면 이 산성을 통과해야 한다. 산성의 동문을 통과하려다가 물러서서 성벽 바깥에서 성벽을 본다. 수많은 돌로 쌓인 성벽. 성벽은 가장 치열한 길이다. 길을 끊으려는 자와 뚫으려는 자의 경계다. 길과 길 아님의 경계이고 공격과 방어의 경계다. 부딪힘이다. 목숨을 걸거나 바쳐야 길을 끊든, 잇든, 지키든, 허물든 할 수 있는 곳이다. 성벽, 사적인 담이 아닌 공적인 담. 담 중에 목숨 비린내가 가장 짙게 배어 있는 담. 성벽은 길을 인정하지 않으려는 길이고 길을 인정하려는 길이어서 늘 긴장감이 팽팽한 길이다. 그러나 어찌하랴. 그 길도 세월의 공격엔 어쩔 수 없는지, 허물어져 새로 개축한 흔적이 눈에 들어오는 것을.

동문을 통과하면 포장도로가 끊기고 흙길이 시작된다. 우리나라 도처에서 열세에 놓인 흙길. 지금 정족산성이 지키고 있는 것 중 하나가 흙길인가보다. 흙길과 콘크리트길의 경계에 정족산성 성벽이 있다.

성 안에서 동문을 바라보면 좌측으로 등산로가 이어진다. 달맞이고개 쪽으로 오르는 길이다. 가파르나 산이 높지 않아 그리 힘들지 않은 길이다. 달맞이고개. 부처님은 음력 4월 8일 태어났고 음력 2월 8일 출가하여 음력 12월 8일 깨달았다. 음력 8일은 반달이 뜨는 날이다. 달의 힘에 영향을 받는 물때를 따져보면 조금날이다. 조금은 물이 가장 적게 들어오고 적게 나가는 날이다. 조금은 물이 늘고 주는 경계의 날이다. 달의 입장에서 보면 반달은 커지든 작아지든 출발의 날이다. 새로운 길을 떠나는 날인 것이다. 그날 부처님은 태어나고 출가하고 깨달았다.

달맞이고개에 올라보면 광성보, 덕진진, 초지진이 내려다보이고 그 앞으로 염하강이 흐른다. 병자호란 때 강화성을 지키다가 성이 함락되자 김상용(척화파, 좌의정 김상헌의 형)과 함께 남문에서 자폭했다는 김익겸. 김익겸이 죽자 부인은 자결하려고 했으나 배 속에 유복자가 있어 차마 생명을 끊지 못하고 피란을 가던 중, 『구운몽』을 쓴 서포 김만중을 배에서 낳았다. 김만중은 피란 중에 염하강에서 태어나 아호가 선생船生이라고 한다. 김만중은 말년에 노도에 유배되어 생을 마감했으니 그의 인생길은 물길에서 시작되고 물길에 갇혀 끝난 셈이다.

달맞이고개를 지나 북문 쪽으로 오르면 강화읍 방향으로 드넓은 땅들이 보인다. 남쪽으로 마니산, 북쪽으로 진강산·덕정산·혈구산·고려산 봉우리들이 보이는데 이 산맥들은 한강 하구를 물 밑으로 건너 송악산에 닿아 마식령산맥을 이룬다고 한다. 정족산성 북문에 이르기 전 봉우리에 오르면 멀리 강화읍 갑곶진과 그 건너 문

수산까지 보인다. 갑곶진 앞 염하강에는 강화 구대교(1969년 개통)가 있다. 이 구대교와 연결된 길을 사이에 두고 천주교 성지와 역사박물관이 자리 잡고 있다. 천주교 성지에는 병인양요 때 프랑스군에 협력한 천주교 신자 이름이, 역사박물관에는 프랑스군과 격전을 치른 장수의 이름이 기록되어 있다. 종교와 역사의 중간에서 길은 슬프다.

성을 따라 북문, 서문, 남문을 지나 동문까지는 이삼 킬로미터 거리를 천천히 걸으면 한 시간 정도 걸린다. 사방 풍광이 수려한 길이다.

'양지洋紙로 피를 닦아버린 것이 거의 도로에 빈 곳이 없을 지경이었다.'

프랑스군이 패하여 강화읍으로 도주한 길 풍경을 묘사한 양헌수 장군 『병인일기』의 기록이다. 정족산성에서 양헌수 장군이 이끄는 오백여 명의 조선군이 프랑스군을 크게 물리친 다음 날의 일이었다.

정족산성 성벽 길을 따라 걷지 않고 전등사를 향해 걷다가 우측 양헌수 장군 승전비 앞에 섰다. 병인양요 때 프랑스군을 물리친 양헌수 장군의 공덕을 기리기 위한 비각 앞에 사람들이 쌓아놓은 작은 돌탑들이 수북하다. 돌탑에 쌓인 마음들을 헤아려보다 종교의 길이란 무엇인가 생각해본다.

병인양요의 원인이 되었던 프랑스 신부 학살사건만 보아도 종교의 길은 물리적 거리를 넘어서는 것 같다. 프랑스에서 조선까지 와 순교당한 프랑스 신부들도 그렇고, 진나라에서 고구려에 와 381년 (고구려 소수림왕 11년) '진종사', 지금의 전등사를 창건한 아도화상을 생각해도 그렇다.

성문까지 비탈길을 올라오며 가빠진 숨을 돌리란 배려일까. 양헌수 장군 승전 기념비를 지나면서 길은 내리막이다. 길가에 줄이 매어져 있고 그 줄에 연등들이 매달려 있다. 십자가 불빛이 수직 지향적인 것에 비해 연등들은 수평 지향적이다. 연등들은 수평으로 피어난다. 수직 성향의 불빛마저 수평으로 줄에 매단 맘엔 왠지 깊은 뜻이 있을 것 같다.

전등사에서 만나는 오래된 소나무들은 다 상처가 있다. 일제강점기, 전쟁에 쓰려고 송진을 채취한 흔적이라고 한다. 이 땅의 식물들도 혹독한 침탈을 받은 증표다. 남문과 동문에서 올라오는 길이 만나는 곳에 오백여 년 된 은행나무가 있다. 은행나무 썩은 속을 채운 시멘트를 본다. 나무들은 껍질 부분만 살아 있고, 속은 세포들이 죽은 거나 마찬가지여서 나무를 지탱하는 외에는 큰 의미가 없다고 하니 그나마 다행이다.

초지대교를 건너오면서 보는 전등사, 정족산은 명필이 쓴 뫼산 자(山)처럼 잘생겼다. 예부터 뫼산 자로 생긴 산은 명당이라고 했고 대부분 절이 자리 잡고 있다고 했다. 정족산鼎足山은 산 모양이 가마 솥을 엎어놓은 것(초지대교 위나 전등사 대웅전 앞 큰 느티나무 아래서 보면 잘 보인다)처럼 산봉우리 세 개가 다리 모양으로 우뚝하다 하여 붙여진 이름이라고 한다. 가마솥이 엎어진 모양 안에 절을 세운 의미는 무엇일까. 지구라는 가마솥에 불심을 지피라는 뜻은 아니었을는지. 지구가 자전하여 밤이 되면 정족산 솥 다리가 바로 서는 것 아닌가. 또 지구를 떠나 무한공간에서 본다면 이 솥 다리는 낮에도 바로 서 있는 것이 된다. '항시 불심을 지피기만 하면 된다. 자비로 가득 찬 세상을 열 수 있다' 는 큰 뜻을 품고 전등사가 세워진 것은 아닐까.

전등사 입구까지 연결된 연등 줄은 전등사란 사찰명이 붙어 있는 대조루對潮樓가 출발지였다. 대조루라는 누각의 이름은 멀리 염하 강 쪽으로 바닷물이 들어오고 나가고 하는 조수를 대할 수 있는 곳이라 하여 붙여졌다고 한다. '누각은 대개 일주문과 중심 법당을 잇는 일직선 상에 설치하는 사례가 많아 다락식인 경우 누각 밑을 통과하면 법당 앞마당에 진입하게 된다' 고 한다.

나는 대조루 기둥에 붙은 주련을 읽었다. 한문 실력이 바닥이라 주련 아래 번역해놓은 시구를 다시 읽었다.

'온종일 바쁜 일 없이 한가로이/향 사르며 일생 보내리라/산하는 천안天眼 속에 있고/세계는 그대로가 법신法身일세/새소리 듣고 자성自性 자리 밝히고/꽃 보고 색色과 공空을 깨치네'

오른쪽부터 왼쪽 기둥으로 자리 옮기며 주련을 읽고 계단을 통해 법당 앞마당에 올랐다. 누각 안에 들어가보려고 마당과 연결된 작은 다리를 지나려는데, 누각 안쪽 기둥에도 주련이 붙어 있었다. 눈이 나빠 시구절이 보이지 않아 다음에 보기로 하고 누각 안으로 들어갔다. 불교서적과 기념품 판매대가 있고 대조루를 노래한 목은 이색의 시와 편액들이 걸려 있었다. 유리창을 통해 보면 대조루 아래에서보다 염하강이 더 잘 보일까 확인하려다가 관리인에게 극성스럽게 비칠까 싶어 그만두었다.

우리나라에서 현존하는 절 중 최고로 오래되었다는 전등사. 전등사 대웅보전에는 전설이 전해진다. 추녀 밑에서 지붕을 받들고 있는 나부상에 대한 전설이다. 절을 짓던 도편수는 절 아랫마을 술집 아낙을 사랑하게 되었다. 그런데 절을 다 지어갈 무렵 그 아낙이 목수의 물건과 돈을 가지고 도망가버렸다. 그래서 목수는 그 아낙을 원망하며 그 여자를 나체 형상으로 만들어 무거운 추녀를 들고 있게 했다고 한다. 또 다른 설은 술집 아낙이 아니고 도편수가 사랑한 한 여인이 있었는데 도편수가 절 짓는 데 전념하고 있는 사이에 다

른 남자와 정분이 나 도망가자 복수심으로 나부상을 만들어놓았다
는 것이다.

"저것이 그것이여."

대웅보전 뒤쪽에서 나부상을 보고 있을 때였다. 정상적인 부부가
아닌 것 같은 중년의 남녀가 잡고 있던 손을 풀어 손가락으로 나부
상을 가리키며 키득키득 웃었다. 그들의 선글라스는 유독 크고 색
이 짙었다.

'목수여, 나를 사랑해주었던 사람이여/이제 나의 죄를 용서해주
게나.'

몇 해 전 신춘문예 심사를 봤었다. 예심에서 내가 뽑은 작품 중에
전등사 나부상을 노래한 시가 있었다. 시를 응모한 사람은 포항 사
람이었다. 시는 나부상이 추녀 밑에서 내려와 눈 내린 절 길을 산책
하며 목수에게 용서를 바라는, 회한이 담긴 노래였던 것 같다. 상상
력과 시의 구조가 매우 탄탄한 시였다. 당선작은 되지 못했으나 그
시는 내게 커다란 자극이 되었었다. 나부상을 지상으로 내려오게
해 절을 산책하게 할 수 있는 상상력이 내겐 없었기 때문이었다.

그 시를 본 이후 전등사에 들를 때마다 나부상을 유심히 들여다
보게 되었다.

네 귀퉁이 처마 밑에 있는 나부상들은 표정과 모습이 다 달랐다.

동쪽(여기서 방향은 정족산성 문의 위치를 기준으로 삼아 말함)에 있는 나부상은 오른손으로 처마를 들고 있고 왼손으로 무릎을 짚고 있다. 남쪽에 있는 나부상은 이와 반대로 왼손으로 처마를 받치고 있고 오른손으로 무릎을 짚고 있다. 그리고 서쪽과 북쪽에 있는 나부상은 양손으로 처마를·받쳐 들고 있다. 얼핏 보면 두 나부상은 외형이 똑같은 것 같으나 자세히 보면 차이가 있다. 서쪽에 있는 나부상은 몸통이 쪼개져 확실하지는 않으나 그냥 맨몸인 것 같다.

그러나 북쪽에 있는 나부상은 가슴께에 붉은 줄을 둘렀고 사타구니에서 옅은 남색의 천 같은 게 올라와 이 줄에 매어져 있다. 언제부턴가 이 남색의 천 같은 게 여성의 생식기로 보였다. 여성의 겉생식기를 과장되게 그려놓은 것 같았다. 그리고 이 생식기가 아래로 수축하여 정상이 되지 못하게 줄에 붙잡아 매놓은 것같이 보였다.

북쪽에 있는 나부상을 보며 엉뚱한 생각을 해보았다. 술집 아낙 또는 목수가 사랑한 여인이 도망간 길이 북쪽이 아닐까. 강화읍이나 개성 쪽 방향으로 난 길 말이다. 그 여인이 도망간 방향에 목수가 더 큰 원망의 마음을 올려놓은 것은 아닐까. 또 불가에서 따르는 방향을 생각해보면 동·남·서·북 순으로 일을 진행해오며 목수의 노여움도 점점 커져 마지막 북쪽에 다다랐을 때 여인의 성기까지 그려놓았던 것은 아닐까 하는 생각도 들었다.

『사찰장식, 그 빛나는 상징의 세계』란 책을 쓴 허균은 『사찰 100 미美 100선選』에서 여인상은 나부상이 아니고 나찰상이라고 한다. 그는 증거로 북서쪽에 있는 인물상의 파란 눈동자를 든다. 파란 눈동자는 불교의 다른 신중 계통의 인물상에서는 볼 수 없는 나찰羅刹만의 특징이라고 한다. 그리고 법당 불사에 참여했던 목수가 주막을 드나들며 여자를 사귈 수가 있겠냐고 한다. 설령 그런 일이 있었다손 치더라도 개인의 복수심을 담은 여인의 조각상을 신성한 불전 건물의 가장 중요한 위치에 올려놓을 수 있냐는 것이다.

그는 법주사 팔상전 추녀 밑의 나찰상인 난쟁이상과의 유사점을 들기도 하고, 일본과 동인도의 나찰상을 예로 들어 보이며 여인상은 나부상이 아닌 외호신 중의 하나인 나찰상으로 보는 것이 타당하다고 한다.

허균의 책을 읽지 않았더라면 나는 내 생각을 아무 검증도 없이 글로 쓸 뻔했다. 무엇인가를 안다는, 앎의 길이 얼마나 소중한가를 나는 나부상 아니 나찰상을 통해 깨우치게 된 것이다.

대웅보전 앞에서 지인을 만나 요사채에서 점심 공양을 했다. 음식을 먹으면서 '아까우니까 먹어치워야지'란 말에 대해 생각해보았다. 이 말은 언뜻 듣기에는 맞는 말 같다. 그런데 어떻게 생각해 보면 단지, 음식이 아까워서 먹는다는 좀 야박한 말로도 들린다. 음식물이 고맙고 소중해 먹어야 한다는 느낌보다 경제적 손익에 더 관심이 있는 말로 들린다. 물론 위의 두 뜻을 다 담은 중의적 말이겠지만.

절에서의 식사는 조용해서 좋다. 음식물도 살아 소리쳐본 적이 없는 식물성들이다. 음식을 먹으며 떠들면 음식에게 미안한 맘이 든다. 음식들이 내 입까지 오게 된 길에 대해 생각해볼 시간을 빼앗기기 때문이다.

점심 공양을 마치고 지인과 헤어졌다. 사고지 터가 있는 길을 잡았다. 길 왼쪽 고려 가궐지 터에서는, 시간의 길을 역추적하는 발굴 작업이 한창이었다. 서문과 북문으로 길이 갈라지는 지점에서 멈춰 섰다.

수목장 지낸 은사님 나무에 가보려고 하는 참이었다. 은사님 나무 옆 소사나무에서 딱새가 나무줄기를 쪼고 있었다. 은사님 책 제목처럼 '가슴이 붉은 딱새'였다.

수목장. 식물을 먹고사는 동물로 살다가 식물로 돌아감. 큰 틀에서 보면 동물과 식물은 한 몸이다. 움직이며 살다가 멈춰 섬. 뜨거운 몸이었다가 찬 몸이 됨. 전후로 길을 오가다가 상하로만 길을 감.

나는 은사님 나무를 보며, 길도 윤회를 하고 세상 만물이 다 윤회한다는 생각이 들었다.

내 눈길, 숨길, 마음 길도 못 다스리는 내가 무슨, 길이 어쩌구저쩌구 잡념에 들었던 것이 부끄러워져 황망히 전등사를 나섰다. 부끄러운 마음에게도 길은 길을 내줬다. 당치 않았다.

3부
—
우리 시대의 약도는 무엇일까

불꽃놀이

개를 한 마리 기르는데 어찌 된 일인지 도통 짖지 않는다. 먹을 것을 달라고 낑낑거리기도 하고 쥐를 보고 "멍!" 단발로 짖은 적이 있으니 분명 벙어리가 아닌 것은 확실하다. 그렇다면 개는 왜 짖지 않는 걸까. 무슨 도를 닦았을 리 만무한 똥개 주제에 무섭거나 수상함의 경계를 넘었을 리도 없을 텐데 말이다. 개가 어려서부터 혼자 살아 짖는 학습을 할 기회가 없었기 때문일까. 아니면 멍청해 분위기 파악을 못하는 걸까. 선천적으로 모든 것을 다 긍정적으로 받아들이는 질병 아닌 질병에 걸려 있기 때문일까. 하여간 우리 개는 꼭 짖어야 할 때를 용하게 알고 짖어주기를 바라는 내게 늘 실망을 준다.

밥값 좀 해라. 멀뚱멀뚱 쳐다만 보고 있지 말고. 이렇게 멍 멍 멍 짖어봐. 너는 저 불빛이 수상하지도 않니? 한밤중에 바깥마당으로 나와 개 짖는 소리를 시범 보여주며 잔소리 해대는 나를 개는 신경 끄고 조용히 불꽃놀이나 같이 보자는 듯 다음 불꽃이 피어나길 기다리며 어두운 하늘에 눈빛을 모두고 있다.

피웅— 뿌지지직— 펑. 이웃 민박집에서 불꽃이 솟아올라 터진다. 순간 불꽃에 어둠이 찢어지자 침묵도 찢어지며 소리를 내고 멀리 떠 있는 별빛이 움찔 놀라 흐려진다. 이를 본 사람들 환호성이 땅 위에서 터져 오르고 불꽃에 오염된 어둠이 화약 냄새를 풍기며 비틀거린다.

"아주 시끄러워 잠을 다 못 잤다니까. 여름철이라 더워서 창문을 닫고 잘 수도 없고 그냥 시도 때도 없이 노래 부르고 떠들고 총 쏘는 것처럼 팡팡 불꽃을 터뜨려대고 사람도 잠을 제대로 못 잤으니 겁 많은 소 같은 가축들이야 오죽했겠어."

읍내에 나가며 차에 동승했던 이웃 마을 할머니 말이 떠올라서인지 곤한 잠을 깬 잠결이라선지 불꽃놀이가 긍정적으로 보이지 않는다. 불꽃놀이는 불꽃이 손을 떠나는 순간 쓰레기 투척 행위가 되는 것 아닐까. 쓰레기 투척 행위가 맞다면 위법이니까 당연히 하지 말아야 할 것이고 정 불꽃놀이를 하고 싶다면 허락된 장소에서 허락된 시간에 해야 할 것이다.

지난겨울이었다. 우리 동네 해수욕장 해송 한 그루가 불탔다. 잘 못 날아간 폭죽이 터지며 언 솔잎에 불이 번져서였다. 소방차가 와 불을 끄긴 껐는데 바람이 불지 않길 다행이었지 바람만 불었다면 순식간에 수십 년 된 해송들이 다 잿더미로 변할 뻔한 끔찍한 상황이었다. 무분별한 불꽃놀이에 놀라서인지 옛 서정을 일깨워주던 부엉이 울음소리도 사람들처럼 주 오 일만 근무한 지 벌써 오래되었다.

　사람들이 하는 일을 놓고 괜히 엄한 개한테 이 멍청한 놈아 좀 짖어봐! 어쩌고저쩌고 잔소리한 게 미안해 사료를 준다. 뭘 입으로 우물거리면서 불꽃놀이를 즐기라고 밤참을 다 갖다가 준다고, 말이 안 통해도 마음을 알아주는 것 보니 주인 머리가 나쁘진 않은 것 같다고 개가 좋아서 꼬리를 흔든다. 개 눈빛이 푸르게 빛난다. 순간 사람들 욕망을 닮은 수직으로 솟아오르는 불꽃이 아닌 수평으로 수평으로 출렁출렁 날아다니던 반딧불이 푸른 불꽃이 아스라이 피어난다. 화약 냄새가 아닌 풀 냄새가 사방에서 죄처럼 짙게 피어오른다.

망원경

바닷가 사람들 집에는 대부분 망원경이 하나씩 있다.

나도 이사를 오자마자 망원경이 있으면 편리하겠다는 생각이 들었다. 바닷물이 얼마나 나가고 들어왔나 망원경으로 보면 좋을 것 같았다. 읍내 장날 만 원짜리 망원경을 구입했다. 성능이 좋지는 않았지만 그런대로 쓸 만했다. 그냥 심심할 때 거리를 당겨 보는 일도 재미있었고 어느 정도 물이 나갔을 때 소라나 모시조개를 잡으러 출발하면 중간에 멈춰 서서 물이 더 나길 기다리지 않아도 된다는 것을 알 수 있어 실용적이었다. 그런 일이야 망원경 없이 육안으로도 충분히 가능할 것 같지만 그렇지 않다. 왜냐하면 바다는 물이 있을 때도 그렇지만 물이 나가 뻘밭이 펼쳐졌을 때도 원근감이 잘 서지 않는다. 수직으로 서 있는 것들이 보여야 기준점을 잡아 거리를 어림잡아볼 수가 있는데 온통 수평뿐이어서 육안으로 거리 감 잡기가 여간 힘든 게 아니다.

이곳 사람들은 망원경을 다양한 용도로 사용한다. 뱃사람들은 출항을 할까 말까를 결정할 때 망원경의 힘을 빌리기도 한다. 앞바다에 파도가 없다고 해서 먼바다에 파도가 늘 없는 것도 아니고, 앞바다에 파도가 있다 해도 먼바다에 물너울만 크지 않으면 바다에 나가야 하기 때문에 먼바다를 살펴야 하는 뱃사람들에게 망원경은 거의 필수 장비다. 또 일이 있어 바다에 못 나갈 때 그물이 제대로 있나 살펴보거나 그물이 혹 다른 사람들의 손을 타지나 않나 감시할 때 유용하게 쓰이기도 한다. 이외에도 큰 파도에 배를 잡고 있는 닻이 끌리지나 않나 살펴볼 때, 물고기가 어디에 많이 모여 있나 탐지할 때, 밤에 뻘이 얼마나 드러났나를 살펴 그물 줄 적당한 시간을 결정할 때, 동네에서 연기가 나면 불이 난 건가 아닌가 살펴볼 때 등 망원경의 용도는 다양하다.

몇 년 전 동네 형님의 길잡이로 서울에 갔을 때였다. 동네 형님은 볼일을 보다 두 시간 정도 빈 시간이 나자 청계천 도깨비 시장에 가보자고 했다. 차량 정비에 필요한 공구를 사고 나자 망원경을 구경

하자고 했다. 나도 성능이 좀 좋은 망원경을 구할까 하던 차에 잘되었다 싶었다. 둘이 망원경을 하나씩 들고 성능을 알아보려고 조리개를 돌리며 주위를 살펴보았다.

"아, 도대체 먼 곳에 있는 게 있어야 성능을 테스트해보지. 이건 사방이 다 벽으로 가로막혀 있어 멀리 있는 것을 봐볼 수가 없으니. 사고 싶어도 살 수가 없네요."

망원경을 내려놓으며 우리 둘의 입에서 거의 동시에 같은 말이 떨어지자 노점상 주인이 "시골에서 오신 분들 맞죠?"라고 물으며 웃었다.

사고에 비약이 좀 심한 나는 그 상황이 우리가 살고 있는 현실 같다는 속단에 이르렀다. 미래를 내다보고 살아가고 싶지만 그렇게 살아갈 수가 없는 현실과 도회지 한복판에서 망원경 보기가 무엇이 다를까. 위정자들이 우리를 근시안으로 만들어놓고 있는 것은 아닐까. 미래가 불투명하다면, 저녁이 약속되지 않는다면 조삼모사의 원숭이를 누가 비웃을 수 있을까.

민들레꽃

어느 길가에서나 쉽게 눈에 띄던 민들레꽃이 잘 보이지 않는다. 조금 과장하면 민들레꽃보다 칼 들고 쭈그려 앉은 나물꾼들이 더 자주 눈에 띈다. 요즘 들어 민들레 채취꾼들이 부쩍 늘어났다. 또 티브이에서 민들레가 어디에 좋고 어디에 직방이라고 떠들었나보다.

산책길에 호기심이 발동해 길가나 밭두렁에 삼삼오오 쭈그려 앉아 있는 사람들에게 다가가보았다. 곡식도 아닌 잡풀들까지 가꿔주는 부지런한 농부들인가 아니면 꽃 관찰하는 들꽃사랑 동호회 무슨 님 무슨 님들인가. 쑥은 이미 세었고, 거지반 다 민들레를 뜯거나 캐고 있었다.

"아시겠지만 좀 솎아서 뜯어 가세요."

"우리도 잘 알고 있습니다."

"흔하디흔한 민들레 뭐, 씨 마르겠어요. 풀 뜯어주니까 오히려 우리한테 고맙다는 말을 해야죠."

민들레꽃 줄어드는 게 걱정되어 한마디 던진 말에 대답이 사뭇 달랐다. 몸이 아파 약으로 쓴다든가 입맛 돋울 나물로 적당량 뜯는다고 하면 그를 탓할 사람 누가 있겠는가. 거기는 작년에 농약 준 자리라고 알려주기도 하고 어디로 가면 더 많다고 가르쳐주기도 할 것이다. 문제는 욕심이다. 사람이 들어가도 남을 것 같은 검은 비닐봉지 아가리 쫙 벌려놓고 주위를 싹쓸이하고 있는 것을 보면 내 땅도 아닌데 괜히 부아가 난다. 잘코사니, 저리 욕심이 많으니까 병을 얻었지, 저리 뚱뚱하지 하는 나쁜 마음마저 일어나기도 한다. 동네 사람들은 객지 사람들처럼 욕심을 부리지 않는다. 언제든지 원하면 들판에서 구할 수 있어서이기도 하지만 자기가 살아가야 할 땅이라 내년을 기약해야 하기 때문이다. 동네라는 개념을 좀 더 넓혀보면 우리나라 땅 전체가 동네가 될 수도 있고 누구나 동네 사람일 텐데.

'……오늘 아침, 꽃대 끝이 허전했다…… 사방으로 뻗어나가다 멈춘 민들레 잎사귀들은 기진해 있었다 하지만 마땅히 해야 할 일을 해낸 자세였다 첫아이를 순산한 젊은 어미의 자세가 저렇지 않을까 싶었다…… 지난봄부터 민들레가 집중한 것은 오직 가벼움이었다…… 바람에 불려가는 씨앗은 물기의 끝, 무게의 끝이었다 민들레와 민들레꽃은 세상에서 가장 잘 말라 있는 이별, 그리하여 세상에서 가장 가벼운 결별이었다…… 만남과 헤어짐의 속력은 같다 씨앗 다 날려 보낸 가을 민들레가 압정처럼 박혀 있다.'

이문재 시인의 「민들레 압정」이란 시를 지면 관계상—시인에게는 너무 무례하지만—요약하여 옮겨보았다. 위의 시는 민들레를 통해 이별과 생명의 근원에 대한 질문을 그린 절창이다. 아름답지 않은가?

생명력 강하고 친근한 민들레마저 지키지 못한다면 우리는 무엇을 지킬 수 있을까. 어찌 부끄러워 봄을 기다릴 수 있을까. 노란 민들레 흰 민들레, 봄을 부르는 예쁜 초인종으로 다시 촘촘 피어나길 바라며 두 손 모아본다.

고구마 캐기 체험 나온 아이들을 보며

옆 동네를 지나오는데 고구마 캐기 체험이란 현수막을 옆구리에 매단 관광버스가 길가에 주차되어 있었다. 인솔자인 듯한 어른이 사진을 찍고 있는 고구마밭에는 목장갑을 낀 아이들이 가득했다. 고구마 덩굴을 걷어내고 있는, 호미 날에 찍힌 고구마를 들어 올리는, 비닐봉지에 고구마를 담고 있는, 서로 캔 고구마 크기를 대보다 고구마 줄기에 걸려 넘어지는, 고구마를 공처럼 던지고 받고 노는 등 아이들 모두가 즐거운지 웃음소리가 그치지 않았다.

근래 들어 아이들을 상대로 하는 각종 체험 행사를 알리는 현수막이 자주 눈에 띈다. 야콘 캐기, 알밤 줍기, 사과 따기, 감자 캐기, 땅콩 캐기, 딸기 따기 등 그 종류도 다양하다. 이런 체험 행사는 도시 아이들의 정서 함양과 농부들의 소득 증대에 도움이 된다 하여 농촌지도소가 권장하는 사업 중 하나가 되었다. 추수할 일손이 달리는 농촌은 일손을 해결할 수 있어 좋고 아이들은 흙에서 뛰어놀며 직접 농작물들을 추수해보아서 좋고, 누이 좋고 매부 좋은 격이니 점점 활성화되는 것도 어찌 보면 당연하다. 농촌에서 어린 시절을 보냈고 농촌에 살고 있는 나도 이런 행사를 적극 환영한다.

그런데 생각해보면 조금 문제가 있기도 하다. 그 문제점은 아이들이 체험하는 것이 거지반 다 추수에 국한되어 있다는 점이다. 체험 행사의 초점이 농사짓는 힘든 과정보다는 농사일의 결과인 추수하는 기쁨 쪽으로 치우쳐 있다는 사실을 우리는 놓치고 있는 것 아닐까. 물론 추수를 해보면서 노동의 힘겨움도 체험하게 되고, 농작물을 재배하면서 얼마나 수고가 많았을까를 느끼기도 할 것이다. 문제는 그 느낌이 추상적이라는 데 있다. 말 그대로 몸소 농사일을 경험해보라고 아이들을 체험 학습 시킬 목적이라면 좀 더 신경을 써 프로그램을 개발해보는 것은 어떨까.

예를 들면 감자 캐기 체험을 와 팥이나 대파를 심어보고 고구마를 좀 늦게 캐고 양파나 마늘을 심어보든지 고추나 깻잎을 따보는 것은 어떨까. 아니면 파밭을 매주러 와 복숭아를 따보는 것은 어떨까. 농촌지도소가 중심이 되어 각 체험장을 연결해주면 그렇게 어렵지는 않을 것이다. 결단코 아이들의 노동력을 착취하자는 얘기는 아니다. 그렇지 않아도 결과지상주의가 만연한 사회 풍조에 노출되어 있는 아이들에게, 체험 행사가 자칫 소득의 결과만을 만끽하게 해 나쁜 영향을 끼치는 것은 아닐까 하는 단순한 노파심의 발로로 봐주길 바란다.

아이들이 이 글을 읽는다면 혹 이런 이야기를 하지 않을까.

어른들이 더 걱정되는걸요. 어떻게 하든 대통령이 되겠다는 결과지상주의에 사로잡혀 자기모순에 빠지기도 하잖아요. 서로 경제 전문가라고 나서고 자기가 경제활동 경험이 제일 많다고 내세우며, 경험이 없는 사람은 안 된다고 하잖아요. 그런데요 대통령이 되면 국민들을 위해, 나라를 위해 헌신하겠다고 말하는데요, 경제는 경험이 있어야 되고 국민들을 위하는 것은, 사회봉사활동 같은 실천 경험이 없었어도 되는 건가요. 어떤 게 더 소중한 경험인가 물어보고 싶네요. 너무 자기중심적이고 결과지상주의에 빠져 있는 것 아닌가요. 어른들 대표로 나온 대통령 후보님들마저도 그러시니, 슬퍼요.

태풍이여 제발 진로를

바닷가에 매어놓은 그물을 털러 가다가 아랫집 동생을 만났다. 바람이 불고 비가 와서 걱정이라며 논에 나가는 중이라고 했다. 물이 빠져 그물이 다 나려면 조금 더 기다려야 할 것 같아 시간도 보낼 겸 동생 차에 올랐다. 농로로 접어들자 차는 속도를 줄였다. 황금들판이 비바람에 무겁게 일렁였다. 새를 쫓는 공갈 대포 소리가 멀리서 들려왔다. 농사들은 다 잘되었는데 벼가 쓰러져 걱정이라며 아랫집 동생이 담배를 물었다. 어떤 집 논은 벼들이 장판지처럼 바닥에 쫙 깔려 있었다. 쯔쯔, 혀 차는 소리로 짧게 마음을 표현한 동생이 차를 세웠다. "이삭 거름을 적게 뿌렸어야 했는데…… 내년에는 거름을 주지 말든지 해야지 원……." 말을 흐리며 차에서 내려 논을 살피는 젊은 농사꾼의 뒷모습이 마냥 쓸쓸해 보였다. 차를 다시 몰며 벼를 쓰러뜨리지 않으려면 내년엔 이삭 거름을 좀 적게 줘야지 결심하면서도 그게 잘되지 않는 게 농부 마음이라고 했다. 비바람이 불지, 안 불지 알 수 없고 거름에 따라 소득이 확 차이가 나기 때문에 거름 줄 때면 마음이 흔들린다고 했다. 낟알이 많이 열려 쓰러진 벼들은 새 떼들이 까먹어 이삭이 적게 나온 벼만도 못한 것을 알면서도 어쩔 수 없다고 했다.

바람이 불고 파도가 나 고기가 생각보다 많이 들었다. 가져올 고기와 살려줄 고기를 선별하며 농사짓는 동생에게 죄지은 것처럼 미안한 맘이 들었다. 그물에 걸린 세숫대야만 한 해파리 백여 마리를 털어내고 파도에 풀린 그물 끈을 말뚝에 붙잡아 맸다. 물손(이곳 사람들은 쳐놓은 그물에서 물고기를 털고 그물 손질하는 일을 '물손' 본다고 한다. 물손 본다는 말의 내력은 잘 모르겠으나 그 어감이 참 좋다) 다 봤는데 망둥이, 전어, 장대, 부세가 먹을 만큼 들었다고 먹을 거냐고 동생에게 전화를 걸었다. 물고기는 잘 얼려놓았다가 추석에 고향 갈 때 가져가고 빈대떡이나 먹으러 오라고 했다.

풀 깎는 예초기 한 대에 얼마나 하지? 왜요, 사려고요. 아니, 고향 사촌형이 가지고 있긴 한데 아버지 산소 벌초도 해주고 하니까 미안해서, 예초기가 비싸면 날이라도 좋은 것 사다 드릴까 해서. 점점 세차지는 비바람을 걱정하며 티브이 앞에서 태풍 진로 뉴스를 기다리는 아랫집 동생을 보자 사촌형의 말이 떠올랐다.

"남의 논농사도 짓고 과수원도 하고 개소주 내리는 기계를 사 호박이나 과일을 내려 팔기도 하니까 그냥 애들 가르치며 간신히 먹고살아가는 데는 지장이 없는데 농가 부채가 걱정이여."

"형님, 고향엔 바다 없잖아요. 그러니까 고향 갈 때, 물고기 많이 잡아가서 그 사촌형님한테 갖다가 드려요. 낙지도 잡아 가고. 내가 차로 형님 차 타는 데까지 짐 실어다 주고 아이스박스하고 얼음 팩도 빌려줄 테니까. 그리고 망둥이 말릴 때 식초 약하게 탄 물에 살짝 절였다가 말리면 파리가 안 덤빈다니까 한번 해봐요."

"그게 파리의 사랑 아닐까? 산성에 알카리성인 알 녹을까봐 알 슬지 않는. 마치 농사꾼이 농작물을 걱정하는 것처럼."

내 말에 잠시 시름을 접고 젊은 농부가 해맑게 웃는다.

태풍이여, 제발 진로를!

수자기帥字旗를 아시나요?

　

어재연 장군(魚在淵, 1823~1871년) 수자기를 보러 국립고궁박물관에 가는 내내 마음이 떨렸다. 그 떨림은 136년 만에 우리나라로 돌아온 깃발을 직접 대할 수 있다는 단순한 문화적 호기심의 발동만은 아니었다.

전시되어 있는 수자기(430×413cm, 재질은 면과 마)는 상상보다 컸다. 나는 숙연한 마음이 들었고 수자기 앞에 고개가 절로 숙여졌다. 1871년 신미양요 때 강화도 광성보 전투에서 죽은 조선군 350여 명의 명복을 빌었다.

기록에 의하면, 미군은 1871년 6월 10일 12시에 함대 포격을 시작하고, 2시에 상륙작전을 시도해, 4시에 초지진草芝鎭을 점령했다. 이날은 음력으로 4월 23일이다. 조금(음력 8일, 23일은 반달이 뜨는 날로 물이 가장 적게 들어오고 적게 나가는데, 바닷가 사람들은 이 물때를 조금이라 부른다)날 미국 군함은 초지진을 공격하였다. 김포와 강화 사이를 통과하는 염하(강화해협)의 물살은 세고 간만의 차가 크다. 물이 천천히 들고 나는 날을 미군들은 선택했던 것이다. 4월 조금날 물때로 보아, 미군들이 공격을 시작한 12시는 썰물이 두 시간 반 정도 진행된 시간이고, 상륙작전을 전개한 오후 2시는 물이 최대로 빠져 수심이 가장 낮을 때다. 진陣이나 보堡 앞에는 여(물이 밀려오는 만조 때는 물에 잠기는 바위)가 잘 발달되어 있어 배들의 접근을 막기에 용이한데, 미군들이 초지진을 공격하였을 때는 물이 다 빠져나갔을 때라 여의 쓰임이 무용지물이었을 것이다. 아니, 오히려 적병들의 엄폐물이 되었고 뻘에 빠지지 않고 뭍으로 오를 수 있는 통로가 되었으리라.

몇 년 전 염하를 거슬러 초지진까지 가는 배를 탈 기회가 있었다. 뱃놈도 아닌 나는 말할 것도 없었고, 배를 모는 선장도 초행길이라서인지 얼굴에 겁먹은 기색이 역력했다. 그도 그럴 것이 초지진 근처는 여가 많고 물살이 세다. 겁이 나면서도 배를 탄 것은 프랑스, 미국, 일본이 침탈해 들어온 염하를 뱃길로 들어오며 꼭 한 번 강화도 해안선을 보고 싶어서였다. 선장은 물살이 느리고 약한 조금 근처 날의 밀물 때를 선택했고 배를 천천히 몰았다. 선장이 밀물 때를 택한 까닭은 말을 안 해도 알 수 있었다. 기름을 절약할 목적도 있었겠지만 배가 물속 여에 혹시 걸려 움직이지 못할 경우를 대비해야 했기 때문일 거였다. 배가 여에 걸려 움직이지 못하다가도 밀물 때는 물이 차면 배가 다시 떠올라 움직일 수 있으나, 썰물 때는 물이 나며 배가 전복될 수도 있다. 동검도 앞 선상 검문소를 지나고 황산도 앞을 지나자 멀리 초지대교가 보였다. 몇 번째 다릿발 사이를 통과해야 여를 피할 수 있을까 걱정하고 있을 때 대명리 포구에서 출발한 배가 초지대교 아래로 달려오고 있었다. 배 뒤에는 그물 놓은 자리를 표시할 작은 깃발들이 펄럭이고 있었다.

초지진에 이어 덕진진을 함락한 미군들은 6월 11일 광성보를 공격했다. 강화도를 지키는 진무중군鎭撫中軍 어재연 장군이 광성보 정상에 있는 손돌목돈대에 수자기를 내걸고 이들과 맞섰다. 미군은 함대 포격과 함께 이미 초지진을 통해 상륙한 병사들을 침투시키는 수륙 양동작전을 펼쳤다. 조선의 병사들은 결사적으로 막아섰으나 끝내, 남북전쟁을 치른 미 정예부대의 전투 경험과 화력의 열세를 극복하지 못하고 대 참패를 당했다. 어재연 장군과 조선군 350여 명이 순국했다. 그러나 미군 사망자는 겨우 세 명뿐이었다.

'충장공 어재연 장군 수자기 귀환 학술대회'에서 김재승 박사는 사상자 수가 현격하게 차이 난 원인을 『조선정감』의 실증 기사에서 찾아 제시해보였다.

"면포가 총탄을 막을 수 있다고 말하는 자가 있으므로 실험하도록 하였다. 면포에 솜을 넣어두어 겹으로 만들었으나 탄환을 쏘니 모두 관통되었고, 열두 겹을 쌓으니 이에 뚫고 나가지 못했다. 드디어 면포 열세 겹에다 솜을 넣어서 배갑背甲을 만들고 머리에는 등 넝쿨로 만든 투구를 쓰도록 하여 포군을 훈련시키니 한여름에는 군사가 더위를 견디지 못해 코피를 흘렸다."

이는 신미양요 때 조선군들이 '솜 아홉 겹 놓은 핫옷'을 입고 있었다는 미군의 기록과 거의 일치한다. 조선군의 피해가 컸던 원인을 김재승 박사는 이 배갑에 있다고 보았다. 총탄과 포탄에 맞아 불이 붙어 몸이 뜨거워 100여 명의 조선군이 염하로 뛰어들 수밖에 없었다는 추론이 그것이다. 미군 기록에도 엄청난 수의 조선군이 물로 뛰어들어 염하가 피로 물들었다고 되어 있다. 조선군과의 싸움에서 이긴 미군은 철수하며 각종 무기와 수자기를 포함한 깃발 50여 기를 전리품으로 탈취해갔다.

그렇게 고국을 떠났던 수자기가 우여곡절 끝에 귀환해 전시되어 있었다. 우리 조상이 남긴 것이나, 우리 것이 아닌 미국의 것으로.

미군이 200년 동안 세계 각지에서 빼앗은 깃발 250여 점 중 가장 큰 기인 수자기가, 미국 해군사관학교 박물관에서 장기 대여되어 와, 눈앞에 전시되어 있었다.

"강화도에서도 전시 계획이 있습니까?"

"네?"

"광성보에 가지고 가 어재연 장군과 350여 명의 조선군 영혼을 위로해주고 한을 풀어줄 해한제 계획은 있나요?"

"아직은, 강화도에 갈 계획이 없는 거로 알고 있습니다."

강화도에 사는 주민이라고 소개하고 고궁박물관 안내소 직원과 대화를 나누는 내 목소리는 격앙되어 있었다.

2009년 1월. 광성보의 바람은 매섭고 찼다. 광성보 안해루와 용두 돈대 보수공사를 알리는 현수막이 왜바람에 들썩였다. 광성보 정문 안해루를 지나 '중군 어재연 외 51명의 순절비'와 '신미순의총'이 있는 산 언덕길을 올랐다. 길가에는 뿌리를 드러낸 소나무들이 우악스럽게 대지를 움켜쥐고 있었다. 간혹, 복토覆土를 해줘야 하지 않겠냐는 문의가 들어오는지, 복토를 잘못하면 소나무가 죽는다는 안내 글이 박혀 있었다. 침엽수를 지나는 바람 소리가 머리로 파고들었다.

51인의 합동묘인 신미순의총 봉분 일곱 개가 먼저 눈에 들어왔다. 봉분의 크기들은 작은 편이었고 애써, 좋은 쪽으로 형상을 만들어보면 북두칠성 모양을 하고 있는 것도 같았다. 무덤가에는, 꽃 필

때 방아깨비 비린내를 풍기는 배롱나무 세 그루가 쓸쓸히 서 있었다. 어재연 장군 쌍충비에 참배하고 손돌목돈대에 올라보았다. 돈대 성벽에는 염하를 향해 대포 구멍 세 개가 나 있고 그 구멍으로 내다보이는 풍경에는 잡목들이 끼어들어 있었다.

"조선군은 근대적 무기를 한 자루도 보유하지 못한 채 노후한 전근대적 무기를 가지고서 근대적 화기로 무장한 미군에 대항하여 용감히 싸웠다. 조선군은 그들의 진지를 사수하기 위하여 용맹스럽게 싸우다가 모두 전사했다. 아마도 우리는 가족과 국가를 위해 그토록 강력하게 싸우다가 죽은 국민을 다시는 볼 수 없을 것이다." —슐레이, 『기함에서의 45년』(1904년) 중에서

신미양요 참전 미군의 기록을 떠올려보며 한동안 나는 찬 돌성벽을 더듬어보았다. 맹폭격을 당해 포연에 뒤덮인 돈대 안에서 조선 병사들이 움직이는 듯도 했고 화약이 폭발하는 열에 돌성벽이 뜨거워지는 듯도 했다.

인터넷으로 수자기를 검색하다가 2008년 4월 24일, 제137주년 광성제 날 쌍충비 앞에 수자기를 게양한 기사를 볼 수 있었다. 반갑고 고마웠다. 행사는 함종 어씨와 강화군이 주관했다. 지난번 국립

고궁박물관을 다녀와서 수자기를 강화도에 전시할 계획이 없다고
해서 섭섭하다고 강화문화원 지인에게 말도 했었는데……. 수자
기를 게양해 조선 병사들의 영혼을 위로해주고 싶은 사람들이 많
았다는 사실이 감동으로 다가왔다. 수자기가 진품이 아니었던 게
조금 섭섭했지만 국립고궁박물관의 고증을 받아 제작했다니 그래
도 다행이었다. 기사는, 수자기를 장기 대여하여 와 강화 역사박물
관이 완공되는 2009년부터 강화도에 상시 전시할 거라고도 전하고
있었다.

손돌목돈대를 나와 용머리처럼 해협으로 뻗은 용두돈대로 발길
을 옮겼다. 돈대 입구는 보수 중이라는 안내판을 단, 임시로 설치된
문이 굳게 닫혀 있었다. 돈대 양옆 해안가 절벽에서 일꾼들이 잡목
을 베어내고 있었다. 돈대 옆으로 내려가는 논길을 택해 제방에 올
라서서 보았다.

2005년 가을 염하를 통과하는 거북선을 보았던 일이 떠올랐다.
광복 60주년 기념행사의 하나로 서울시가 한강 이촌 나루터에 전시
하고 있던 거북선을 한산대첩의 고장인 경남 통영시에 기증했고 그
거북선이 염하를 통과한다는 소식을 들었었다. 마침 동네 친한 형
이 거북선 보러 갈 생각 없냐고 전화를 해와 길을 나섰다. 분단 후
끊겼던 강화 북단 비무장지대 옛 뱃길을 뚫고 내려오는 거북선을

만나기 위해 해안선도로를 달렸다. 유도가 보이는 연미정 근처에서 거북선을 기다렸다. 예정 시간을 넘어 두 시간을 더 기다려도 거북선은 나타나지 않았다. 군청에 알아보니 수심이 얕은 곳에서 배가 걸려 시간이 지체되어 비무장지대 통과 문제로 다음 날이나 온다고 했다. 허탕을 치고 돌아오는 길이었으나 마음은 들떠 있었다. 한일 불평등늑약을 맺은 강화를 이순신 장군의 거북선이 통과한다는 사실이 의미롭게 다가왔다. 또 무게 180톤, 전장 34미터, 폭 10미터, 높이 6.3미터, 제작비 22억 원을 들였다는 거북선이 강화 갑곶진, 지금은 통행이 금지되어 있고 수돗물만 건너오는 구 다리 밑을 잘 통과할 수 있을까? 궁금하기도 했다.

이튿날 자라 머리를 닮았다는 오두돈대 쪽에서 거북선을 만났다. 거북선은 '수군조련도 중 삼도수군통제사'에서처럼 수자기를 달고 있지는 않았다. 180톤이란 크기에 비해 거북선은 작게 보였다. 광성보 쪽으로 내달리던 거북선이 멈추고 닻을 내렸다. 선원들이 바빠지고 해안선을 따라 거북선을 쫓던 사람들이 웅성거렸다. 동네 형이 망원경으로 한참 살피더니, 거북선은 괜찮은데 앞에서 유도하던 선외기 한 대의 추진날개가 물 밑 폐그물에 걸려서 그렇다고 했다. 잠수부들이 물속을 들락거리기를 두 시간 정도 지나서야 거북선이 닻을 올리고 움직이기 시작했다.

광성보 앞을 지날 때는 이미 석양이 지고 땅거미가 내리고 있었다. 어두워진 수면 위를 달리는 거북선은 무서웠다. 거북선은 배가 아니라 실재하는 거대한 거북이로 다가왔다. 그것은 귀면鬼面의 형상 같기도 했다. 배가 아닌 동물이라는 이물성과 의외성이 주는 위압감은 섬뜩했다. 임진왜란 때 왜구들이 느꼈을 공포심을 상상해볼 수 있었다. 병인양요, 신미양요를 치른 대원군이 거북선을 만들라고 해 만들었으나 물에 뜨지 않았다던 기록을 본 일이 떠올랐다.

어둠이 내린 광성보를 나오며 E. H. 카의 '역사란 역사가와 사실 사이의 부단한 상호작용의 과정이며, 현재와 과거 사이의 끊임없는 대화다' 라는 말을 곱씹어보았다.

그리고 지금 나는 무슨 깃발을 달고 있는가? 우리는, 우리 시대는 무슨 깃발로 살아가고 있는가를 생각했다.

아파트 수십 평을 위해 한평생을 걸고 살아가고 또는 싸우고 있는 것은 아닌가? 강남 8학군에 편입하기 위해 모든 것을 버리고 살아가고 있는 것은 아닌가? 내 깃발은 무엇인가, 무엇이어야 하는가? 강화도 관광 순회 버스를 시간 반 기다리며 어둠 속에 깃발 하나를 호명해놓고 묻고 또 물어보았다.

저수지 가는 길

나비야, 나비야 하고 불러본다. 기다려도 대답이 없다. "나 요즘 바쁜 줄 알면서 왜 부르세요." 나비 대신 내가 답해본다. 나 지금 소풍 간다고 자랑하려다가 그만둔다. 그래도 같은 나그네라고 잠시 말이나 들어주려는 듯, 나비가 꽃도 아닌 마늘밭 마늘 대에 앉는다. 예년에 비해 꽃 작황과 꿀의 당도는 어떤가 물어볼까 망설이고 있던 중, "신접은 차렸느냐?"라는 엉뚱한 말이 입에서 튀어나온다. 별 싱거운 소리 다 듣는다는 듯 나비가 심드렁해져서 날아간다. 나비 얼굴이 작아 홍조를 띠었는지 안 띠었는지 보이지 않는다. 나비에게 잘 가라고 빈손을 몇 번 흔들어준다.

소풍消風 · 逍風. 소풍이 뭐 별건가. 바람 쐬며 거닐거나, 바람처럼 거닐면 되는 것 아닌가.

새벽에 밥하려고 쌀을 펐다. 며칠 사이에 쌀벌레 수가 부쩍 늘었다. 손가락이 무뎌 쌀벌레만 잡히지 않았다. 쌀 몇 톨과 함께 쌀벌레를 손바닥에 올려놓았다. 입에 긴 집게가 달린 쌀벌레가 쌀 톨 틈을 비집고 빠르게 기어 나왔다. 쌀벌레는 손가락을 대자 죽은 체했다. 목숨 지키려는 작은 생명체의 모습이 안쓰럽게 다가왔다. 너무 작아 손가락 끝으로도 잡을 수 없는 생명. 쌀벌레야, 너는 어쩌자고 흰 쌀에 살며 몸이 검은 것이냐? 쌀벌레 이십여 마리를 골라냈다. 나와 같이 쌀을 주식으로 삼는 식객들이 이렇게 많이 나와 동거를 하고 있었으니, 내가 만날 독상을 대한 게 아니었구나, 하는 생각이 들었다. 그러자 쌀벌레가 고마워지기도 했다.

멀리 김제평야에서 쌀을 보내준 농부 시인 김유석 형과 유기농 봉지쌀을 보내준 김민정 시인의 고마운 맘을 내 마음에 안친 새벽. 남에게 도움을 주지 못하고 받기만 하는 나의 생활이, 쌀만 축내고 있는 쌀벌레 같은 내가 한없이 미워졌다. 반성 끝에, 앞으로 매일 저수지 길이라도 걸으며 운동하여 뱃살도 빼고 글도 열심히 쓰자고 맘을 다졌다.

길가에 핀 애기똥풀꽃을 보고 멈춰 선다. 꽃 대궁 꺾어 손등에 봄이라고 노란 글씨를 써보고 싶어진다. 그러나 나비 곳간에 꽃벌레까지 될 수는 없어 그만둔다. 길 양쪽으로 펼쳐진 봄의 들판 풍경은 나른할 정도로 평화롭다. 이랑이랑 고랑고랑 켜 진 밭들은 정갈하고 무논에 든 산의 빛은 사철나무나 대추나무 꽃처럼 아직 비린 연둣빛이다. 비닐하우스에서는 빛을 좋아하는 고추 모종과 고구마 순이 자라고 그 이웃 밭에는 그늘 좋아하는 삼이 푸르다. 삼포 그늘막에서 아낙들의 웃음소리와 크게 틀어놓은 라디오 소리가 흘러나온다. 사람은 보이지 않고 사람의 소리만 두런두런 들리는 삼포. 삼포는 들판의 스피커다.

길가에 느티나무 잔꽃들이 쌓여 발이 푹신하다. 나는 다시 그늘에 멈춰 서서 마늘밭에 귀를 기울인다. 겨울을 잘 나 의젓하게 푸른 봄 마늘밭에 아낙이 혼자 쪼그려 앉아 밭을 매고 있다. 드걱, 드걱, 드걱, 툭, 툭, 척. 호미 날이 흙에 박히는 소리 척! 그 소리가 가슴에 숨구멍 하나를 튼다. 나는 코가 아닌 가슴으로 흙냄새를 맡아본다.

마늘밭 아래 한우농장에서 개들이 짖는다. 처음엔 길가에 멈춰 선 나를 보고 짖더니 이제 저희들끼리 서로 맞대고 짖는다. 줄에 묶여 맞닿을 수 없음을 알고 있는 개 두 마리가 최선을 다해 으르렁으르렁 컹컹 짖는다. 꼬리 곧추세운 개들은 뿔 없는 머리로 허공에 뜸베질하고 뒷다리로 땅을 찬다. 서로 맞닿을 수 없다는 개들의 믿음 간곡하니, 줄이여 견뎌라. 저러다가 줄이 뚝, 끊어지면 개들이 얼마나 당황할까. 개들은 민망해하며 조금 전 자신들의 용맹을, 하품 끝내고 입 닫듯 빠르게 접을 것이다. 그런 다음 애먼 줄을 물어뜯으리라. 줄을 원망하리라. 줄이여 견뎌라. 개들의 허세도 이 봄엔 지켜라.

"목장은 진강산과 길상산이 서로 연連한 데에 축장하였다. 둘레가 41리인데 국마 천오백 필을 놓아먹인다"라는 기록이 세종실록 지리지에 있다. 진강산과 길상산이 이어진 곳이라면 이곳 길직리 쪽일 것이다. 길직리에는 말이 물을 먹었다는 마그내란 지명도 있다. 조선왕조실록에 길상산 목장을 진강산까지 넓히라는 대목이 있다. 이에 대하여, 목장 땅이 비옥하여 풀이 충분하니 목장을 넓힐 필요 없다는 상소문도 실려 있다. 조선시대 때부터 이곳의 땅은 비옥했었나보다.

길이 갈라지고 새로 들어선 펜션 이정표가 나타난다. 펜션의 이름에는 자연을 사랑하는 마음이 가득 담겨 있다. 그러나 펜션 건물이 들어선 곳에서 붉은 황토밭은 숨을 멈춘다. 봄이면 곡식이든 잡초든 새싹을 틔우던 황토는 어리둥절 답답하다. 이 무겁고 어두운 세월이 얼마나 길게 이어질 것인가. 황토밭으로 들어가 제법 크게 자란 감자 싹을 만져본다. 겨울을 난 마늘이 어른이라면 이른 봄에 심은 감자는 청소년쯤 되지 않을까.

장석남 시인의 시에서 '뚱뚱감자꽃'이란 시어를 보고 감탄했던 일이 떠오른다. 꽃의 이미지를 뚱뚱하다고 그리다니. 그 시어를 본 후 감자꽃이 뚱뚱해 보였다. 그러다가 어느 책에서 실제 뚱뚱감자가 있다는 사실을 알았다. 나는 오해로 시어를 아름답게 해석했던 것이다. 나의 무지로 인해 시어를 의미 확대하여 해석한 시가 또 하나 있다. 오규원 시인의 '때찔레'라는 시어를 '떼찔레'라 읽었다. 해당화를 이르는 때찔레를 떼로 핀 찔레로 읽었던 것이다. 첨가된 글자 하나가 찔레 그림을 생생하게 살려주는 것 같았다.—물론, 시 전체를 봤을 땐 당연히 때찔레가 아름답다—내가 자연에 대해 무지하고, 이해력이 어려 오해로 감동을 받았던 시어들. 나는 그 시어들을 떠올리며 설 아는 것의 위험성을 생각했다.

저수지 둑 앞에서 경운기 한 대가 나를 추월한다. 경운기 짐칸 뒤에 야광 페인트가 신호등 모양으로 칠해져 있다. 빨강, 파랑, 노랑. 저렇게 신호등 불이 다 들어와 있으면 보행자나 차량 운전자는 어쩌란 말인가. 나는 혼자 키득키득 웃는다.

저수지 둑에 올라서 크게 숨을 들이켠다. 내게 푸른빛도 무서울 때가 있음을 알려준 저수지가 드넓다.

"붕어 1, 2차 산란기는 진달래꽃 따라 남쪽부터 올라온다니까. 지난번 진달래꽃 피었을 때 붕어 많이 타작했었지. 산란기라 작은 놈도 잡으면 흰 정액을 쫙쫙 뿜더라니까."

낚시꾼들 이야기를 들으며 산모퉁이 돌아, 직선으로 뻗은 저수지 본 제방에 올라선다. 높은 길. 제방의 높이가 사십여 미터는 될 것 같다. 쥐불을 놓아서인지 제방의 잔디는 이제 파릇파릇하고 쑥과 쇠뜨기 풀은 그에 비해 무성하다. 빽빽하게 난 쇠뜨기 풀들은 난쟁이 나라의 침엽수림 같다. 제방에서 골프공 톡톡 치며 다가오는 사내를 만난다. 저 아래 논밭에서 일하고 있는 농부들이 사내를 본다면……, 고수이면 저러겠는가, 이제 막 골프에 재미 붙여, 아직 골프에 봄풀처럼 어려서 저러는 게지 하며 농부들이 이해해줄 것도 같다.

저수지에 가득 찬 물이 푸르게 술렁인다. 마라톤 출발 라인의 선수들처럼 호흡을 가다듬으며 출발신호를 기다리고 있다. 저수지 제방 아래는 냇가와 도랑으로 이어진 수백만 평 논들이 펼쳐져 있다. 그 논들에게 젖을 물려주고 있는 저수지는 들판의 어미다. 곧 논으로 달려갈 생각에 저수지에 고인 물이 맘 설레는지 넘실넘실 푸른 춤을 춘다. 어미도 저리 아이들처럼 달떠 있는 것 보면 봄엔 다 어려지나보다. 봄엔 다 소풍 가고 싶어지나보다.

인터넷 시詩 변질 유감

글을 쓰다가 인터넷을 검색했다. 최승호 시인의 시 한 편을 인용해야 하는데 집에 시집이 없었다. 짧은 시라 평소 외우고 있었지만 혹 잘못 외우고 있을지도 모른다는 생각이 들었다. 예상한 대로 인터넷 카페 여러 곳에 찾고자 하는 시가 떠 있었다. 그런데 어찌 된 일인지 시들이 조금씩 변형되어 있었다. 시의 부제가 시구절이 되어 있는가 하면 시의 연이 무시되거나 잘못 나눠져 있기도 하고 조사가 틀린 곳도 있었다. 부제 포함 단 세 줄짜리 시라 토씨 하나만 틀려도 시의 맛이 치명적으로 변질될 수도 있는데, 참 난감했다.

몇 년 전 노트북을 잃어버렸었다. 성격이 꼼꼼하지 못해 원고를 미리 출력해놓지도 않아 써왔던 글 전부를 날린 셈이었다. 시집 원고를 넘기기로 한 날짜는 다가오고 여간 걱정이 되는 게 아니었다. 친구의 조언을 듣고 인터넷을 뒤졌다. 성과 이름이 특이해 검색창에 세 글자를 쓰고 치니 관련 글들이 떠올랐다. 이곳저곳에 발표는 하고 시집을 엮지 않은 시 140편을 찾을 수가 있었다. 인터넷에 시를 올린 누리꾼들이 고마웠다. 그런데 시를 정리하면서 이건 아니란 생각이 자꾸 들었다. 그 이유인즉, 일단 시들이 너무 심하게 변형되어 있었다. 시의 일부분이 시 전문이 되어 있기도 하고 어떤 시는 시를 읽은 사람의 시에 대한 평이 합쳐져 한 편의 시로 둔갑되어 있기도 했다. 시를 옮기는 과정에서 한두 군데 난 오타야 이해할 수도 있는 일이다. 하지만 딴 시인의 시가 내 시로 떠돌고 있기도 하니 어찌 놀라지 않을 수 있었겠는가.

시의 변형 외에 또 다른 문제점도 있었다. 이렇게 시들이 많이 떠돌고 있는데 시집을 엮는다는 게 과연 무슨 의미가 있을까. 더 노골적으로 말해보면 시집이 팔릴 리가 있을까 하는 걱정이 앞섰다. 물론 시집을 팔아 돈을 벌겠다는 생각도 없고 팔아 돈을 벌 수도 없음을 잘 안다. 그렇지만 시집이 어느 정도는 팔려야 출판사에서 시집도 출간해주고 출판사들은 그 작은 보람으로 문학지를 만들어 발표 지면을 제공해줄 수 있을 것이다. 시를 쓰는 사람의 마음이 너무 야박하다고만 탓하지 말아주길 바란다. 시를 쓰는 사람이야 자신의 시가 인터넷을 통해 널리 알려지는 것이 왜 기쁘지 않겠는가. 시를 옮기는 사람들의 마음이 시를 쓰는 사람들의 마음보다 아름답다는 것을 왜 모르겠는가. 시를 옮기는 아름다운 마음을 가진 사람들에게 부탁하고 싶은 말은 시를 지은 사람의 노고를 생각해, '토씨 하나를 찾아 우주를 떠도는 시인이여'라는 요절 시인 진이정의 시구절처럼 나름대로 고뇌하는 시인들의 마음을 헤아려 시를 무단으로 옮기더라도 정확하게 옮겨주길 바란다.

창밖에서 새가 운다. 나 또한 저 새 울음소리를 얼마나 활자로 잘 못 옮겨왔을까 깊이 반성해본다.

백중사리

해 뜨기 전 바닷가 산책을 나섰다. 일 년 중 물이 가장 많이 들어오는 백중사리(음력 7월 보름)라 해수욕장 모래밭이 물속에 잠겨 있다. 긴소매 옷을 입었는데도 기온이 내려가 썰렁하다. 오랜만에 피서 인파에서 해방된 바다는 잔잔하고 고요하다. 멀리 선두리 포구에서 출발한 새우 그물 매단 배 두 척이 선수 포구 쪽으로 젓새우 잡으러 가며 물살을 가른다.

그제는 모 병원에서 후원하는 보육원 초등학생들이 뻘 체험하러 해수욕장에 왔다. 친구가 학생들 인솔자로 온다며 내게 뻘 안내를 부탁했다. 학생들을 기다리며 나는 적잖은 고민을 했다. 어찌할 것인가. 뻘밭에 들어가서는 안 된다고, 이곳 뻘은 2000년 7월 천연기

넘물 419호로 지정되었으니 그냥 바깥에서 구경만 하자고 할까. 멀리서 오기도 하고 뻘을 처음 보는 학생들도 있을 텐데…… 뻘 촉감을 한번 느껴보게 하는 게 좋기도 할 것 같고 여간 고민이 되는 게 아니었다. 고민 끝에 이왕에 학생들에게 뻘을 안내할 바에 살아 있는 뻘을 느껴보게 하자는 결심이 섰다. 여름내 사람들이 밟아 딱딱하게 굳어져 작은 게 한 마리 살지 않는 해수욕장 앞 뻘을 보여주는 것보다 근처 살아 있는 뻘을 보여주며 뻘은 여러 생명체들의 소중한 삶의 터전임을 일깨워주기로 했다. 그게 죽은 뻘을 보여주는 것보다, 뻘을 보호해야 한다는 마음을 스스로 느끼게 하는 데 나을지도 모른다는 생각이 들어서였다.

아이들은 드넓게 펼쳐진 뻘을 보고 좋아했다. 칠게를 잡아 와 이름을 물어보는 아이도 있었고 뻘에 자라는 풀이 신기한 듯 나문재 이름을 묻기도 했다. 처음 밟아보는 뻘의 촉감이 이상한지 금방 모래밭으로 걸어 나오는 여자아이도 있었다. 아이들은 탄성을 지르며 조심조심 뻘을 밟아보다가 옷을 조금씩 버리게 되고 한두 명이 넘어지자 서로의 몸에 뻘을 칠하고 뒹굴기도 했다. 역시 아이들은 아이들이었다. 반 시간 정도 시간을 보내고 아이들을 불러 모아 뻘 이야기를 들려주었다. 우리나라 뻘은 세계 4대 뻘 중에 하나라고 말하자 아이들은 좋아하는 기색이었고, 우리나라 뻘은 북한에 5분의 3이 있고 남한에 있는 뻘의 40퍼센트는 간척사업으로 이미 사라졌다고 하자 실망하는 눈빛이었다. 나문재는 왜 나문재라고 부르느냐고 묻는 아이가 있어 옛적에 먹을 것이 흔하지 않아 만날 나문재 나물만 해 먹어 밥상에 늘 남는 채소라 남는채 남는채 하다가 나문재라고 부르게 되었다는 유래가 있다고 하자 아이들이 고개를 끄덕였다. 채송화처럼 생긴 나문재 잎을 따 먹어보라고 하자 잎을 씹어본 아이들이 신기하다는 듯 나문재 맛처럼 짭조름한 미소를 짓기도 했다.

아이들과 헤어진 후 나는 이래저래 가슴이 무거워졌다. 옷에 흙 묻혀 왔다고 부모에게 혼나보지도 못했을 보육원 아이들 생각에 마음이 짠해져서이기도 했고, 뻘 체험장으로 삼는 해수욕장 뻘들은 다 죽어가고 있는데 뻘을 좌우 또는 앞뒤로 나눠 한 달씩 교대로 들어갈 수 있게 하든지 길을 만들어 길로만 다니게 하든지 무슨 대책이 빨리 세워져야 할 텐데 하는 걱정이 들기도 해서였다.

백중사리라 제방까지 그득 밀려들어온 물이 사람들이 밟아 굳어진 뻘을 품고 오늘따라 더 푸르고 맑게 일렁인다.

우리 시대의 약도는 무엇일까

　택배 아르바이트 하는 동네 형님 차를 탔었다. 강화도에 십여 년 살고 있으면서도 가보지 못한 곳이 많았고 그곳들을 가보기에는 택배차만 한 것도 없어서였다. 우리나라에서 네 번째로 큰 섬이라는 강화도는 생각보다 넓었다. 산골에 숨어 있어 처음 가보는 마을도 많았고 멀리서 보면 산자락에 간신히 붙어 있는 마을도 실제 가보면 그 규모가 상당히 크기도 했다. 동네 형님은 운전을 하고 나는 전달할 물품에 적힌 연락처로 전화를 걸었다. 택배라고 하고 위치 묻기를 반복했다. 몇 마을을 지나자 사람들이 위치를 설명해주는 말에 공통점이 있음을 알 수 있었다. 사람들은 집을 설명하는 기준점을 한결같이 교회로 잡고 있었다. 교회를 지나 몇 번째 길로 들어오라든가 아니면 교회를 향해 쭉 올라오라고 하거나 교회로 마중을 나온다는 등의 대답이 거지반이었다. 아마 교회가 시골에서는 제일 큰 건물이기도 하고 마을의 중심에 있기 때문인 것 같았다. 해서, 운전하는 형님에게 일단 마을 교회를 먼저 찾고 전화를 하면 된다는 아이니어를 내보기도 했다. 그러면서 왠지 섭섭한 마음도 들었다. 오류내 마을은 마을 이름처럼 냇가를 기준으로, 삼동암리는 바위를 중심으로, 쑥밭다리는 쑥밭을 기준점으로 설명해준다면, 하는 다소 낭만적 바람이 내심 있어서였다.

일본의 한 학자는 약도를 묻는 방법으로 사람 심리를 연구하기도 했다고 한다. 같은 곳에서 같은 지점을 물어도 사람마다 약도를 그려주는 것이 다 다르다는 점이 연구의 출발점이다. 어떤 사람은 생맥줏집, 삼겹살집, 해장국집에, 어떤 사람은 미용실, 의상실, 화장품 가게에, 또 어떤 사람은 서점, 가로수, 전통찻집에 기준을 두고 약도를 그릴 수도 있을 것이다. 정말 약도에는 그 사람의 생활과 심리가 충분히 묻어날 만도 해 일본 학자의 연구에 쉽게 수긍이 갔었다.

그날 택배차를 타면서 참신하게 고목나무를 중심으로 집 위치를 설명하는 할머니 목소리를 접하고 기분이 좋아지기도 했다. 오후 늦게서부터는 천둥 번개가 치고 세찬 비가 내렸다. 시골 마을 거리에는 사람들이 없고 전화기는 대부분 꺼져 있어 애를 먹었다. 어렵게 찾아가 왜 전화기를 꺼놓았냐고 물으니 낙뢰 맞을까봐 아예 뽑아놓는다고 했다. 바닷가 마을이라 벼락이 많이 치기는 친다. 조선왕조실록에도 보면 강화도에서 벼락 맞아 죽은 사람 기록이 유난히 많기도 하다. 인위적인 전화 벨 소리를 끄고 자연의 소리 중 가장 크고 높은 곳에서 들려오는, 소리에 어른이신 천둥소리를 들으며, 그 소리의 뜻을 헤아려보고 있는 듯한 촌부들을 찾아 그날 택배는 밤늦게까지 이어졌다.

함씨는 고향이 어디요? 누군가 물을 때면 나는 중앙탑하고 광개토대왕중원비 있는 충주 중원군이라고 대답했었다. 그곳이 요즘, 대운하 물류 터미널이 들어서고 대운하 최고 수혜지가 될 것이라는 말로 시끄럽다. 걱정이다. 수십억 년 걸쳐 만들어진 물길보다 더 긴 물길을 오 년 안에 만든다는 사람들의 발상이 무섭다. 자연의 입장에서 본다면, 자연은 광속도의 전이 속도를 가진 암에 걸리는 것은 아닐까.

우리나라 우리 시대 우리 정신의 약도는 무엇일까. 정말 건강한 것일까.

접목

　유실수 접목 붙이기 강의를 들으러 농업기술지원센터에 갔다. 컴퓨터 기초반을 다닐 때처럼 참가자들이 많았다. 인터넷으로 수강 신청자를 미리 받은 상태였다. 정원이 꽉 차 혹, 미참석자가 있으면 강의를 들을 수 있을까 하고 강의실을 기웃거렸다. 다행히 자리가 하나 나 강의를 들을 수 있었다. 참가자들을 둘러보니 농민들도 많았지만 외지에서 이사 와 전원생활을 하는 듯한 분위기의 사람들도 많았다.

　강의실 열기는 대단했다. 엄청난 집중과 질의문답이 오갔다. 초청 강사도 열화와 같은 성원에 신이 나 강의실이 쩌렁쩌렁 울리는 열강을 토해냈다.

'접목接木은 번식시키려는 어미나무의 가지나 눈을 떼어내어 다른 나무에 붙여 키우는 방법인데, 이때 접을 하는 가지를 접수接穗, 눈을 접아接芽라 하고, 뿌리가 되거나 접수의 밑부분이 되는 나무를 대목臺木이라 한다.'

강사는 접목이란 무엇인가부터 시작해, 접목의 효과, 접목의 시기, 접목의 종류에 대해 준비해온 시청각 자료를 보여주며 차근차근 설명해나갔다.

"은행 안 열리는 은행나무 수놈에다가, 암놈을 접붙여도 됩니까?"

"물론, 됩니다. 다른 과실나무나 꽃나무도, 열매 잘 달리고 꽃 잘 피는 나무로 접붙여도 됩니다."

일 교시 이론수업이 끝나고도 질문은 쉬는 시간까지 이어졌다.

이 교시는 접붙이기 실습이었다. 강사는 실제 접붙인 묘목을 전국적으로 판매도 하는 경험 많은 사람이었다. 강사는 대목에 접수를 붙여놓은 견본품 여러 개를 보여주었다. 그런 다음 실제 접붙여보는 실습으로 들어갔다. 강사는 접도로 접수 깎는 법과 대목 쪼개는 법을 시범 보였다. 수강생들에게도 나무를 나눠 주고 접도를 이용해 단번에(그래야 활착이 잘 된다) 접수 깎는 법을 연습하게 했다. 접도는 큰 조각칼처럼 생겼는데, 날이 잘 들었다.

접수 깎는 법이 익숙해졌을 때쯤 접사(접붙이는 기술자) 아줌마 다

섯 명이 들어왔다. 접사 아줌마들의 하루 일당은 얼마이고 하루에
몇 그루 접을 붙일 수 있다는 소개를 했다. 강의실 한복판에 미리
준비되어 있던, 대목 여러 개가 고정된 커다란 나무틀 앞에 접사들
이 띄엄띄엄 앉아 대목 깎기와 접붙인 후 물기가 안 들어가게 비닐
끈으로 붙삽아 매는 법을 시범으로 보여주었다. 수강생을 한 명 한
명 앞으로 나오라고 해 접사들이 직접 개인 지도를 해주었다. 여러
번 실습해보는 사람이 있어 내 차례까지 오지 않아 구경만 했다.

"이 나무에는 여러 나무 꽃이 핍니다. 한 가지에서는 복숭아꽃, 또
한 가지에서는 자두꽃, 다른 가지에서는 살구꽃이 핍니다."

강사는 자신이 직접 접붙여 만들었다는 분재를 보여주며 설명을
했다. 그러면서 모든 핵과일(씨앗이 하나인 열매. 복숭아, 자두, 살구, 매
실 등)끼리는 접붙이기가 가능하다고 부연 설명을 했다. 살구나무에
는 매화를, 고욤나무에는 감나무를, 찔레에는 장미를…… 접붙일
수 있다고 접붙임이 가능한 수종들을 알려주었다.

유실수를 접붙여 먹거리를 효율적으로 생산한다는 것은 그래도
이해할 만했는데, 관상품인 분재에 여러 종류의 나무 접을 붙여 다
양한 꽃을 본다는 것은 왠지 잔인하다는 느낌이 들었다. 나도, 나
무 분재 두 그루를 가지고 있지만, 분재는 성장을 억제시키는 한
가지만 봐도 잔인하다는 생각이 드는데, 거기다가 다른 나무 여러
개를 접붙인다니. 과연 그 꽃들이 아름다울까. 오히려 괴기스럽지

않을까.

삼 교시. 묘목 농원으로 실습을 가며 마음이 무거워졌다. 무거운 마음 위로 전에 고욤나무에 감나무를 접붙여 놓았었는데, 제초제가 묻어 감나무가 죽자, 다시 고욤나무가 자라던 것을 본 일이 떠올랐다.

묘목 농원에 도착하자 수강생들은 서로 먼저 접을 붙여보려고 밭으로 뛰어들어갔다.

"형님, 아니 고욤나무가 그대로 있네요?"

"이 사람아, 저 나무도 그대로잖아."

나는 어제 동네 형과 이웃 동네에 갔었다. 동네 형이 친척집에 들러 볼일을 보는 동안 집 주위 나무를 살펴보았다. 그러다가 이십 년생은 됨직한 감나무를 보다가, 감나무 밑등치가 아직 고욤나무라는 사실을 보고 놀랐다. 오톨도톨한 고욤나무 껍질과 감나무 껍질의 경계가 한없이 슬펐다.

우리 사람들이, 저렇게까지 하며 살아야 하나 하는 생각을 하며, 전에 썼던 시를 한 편 떠올려보았다.

농약상회에서

치마 아욱
마니따 고추
장한 열무

제초대첩 제초제
부메랑 살충제
아리랑 쥐약

먹을 것 생산해줄 씨앗들과
먹을 것 먹어치우는 것들 죽일 약들
극명하게 갈라놓았다

먹을 수 없게 상한 것들에서
역한 냄새를 맡는 내 감각
반성해본다

슈퍼 옥수수
슈퍼 콩

슈퍼 소

꼭 그래야만 사람들이 살아갈 수 있다면
차라리
사람들이 작아지는 방법을 연구해보면 어떨까

앙증맞을 집, 밥그릇, 저수지, 인공의 날개,
나뭇가지 위에서의 잠, 하늘에서의 사랑
무엇보다도 풀, 새, 물고기들에게도 겸손해질 수 있겠지

계산대 앞에서
푸른빛 쏟아질 듯
흔들리는 아욱 씨앗 소리

논물 거울

정부(왕정)의 가장 큰 사무는 백성들에게
시기를 놓치지 않게 하는 일이니.

—혜강 최한기, 『기학氣學』 중에서

논물에 비친 산 그림자는 내가 살며 만난 아름다운 풍경 중 하나
다. 산 그림자가 모내려고 물 잡아놓은 논에 들어앉은 그림은 평화
롭다. 어쩌면 산 그림자란 말은 틀린 말일지도 모른다. 모든 그림자
의 배후에는 빛이 있다. 그림자는 빛이 직진하려는 힘의 미래다. 그
림자는 빛보다 앞선 공간에 존재한다.

그런데 논물에 든 푸른 산 그림자는 태양을 등지고 있지 않다. 태

양을 등진 산 그림자도 있기는 하나, 그 그림자는 일반적인 그림자와 같이 흑백이다.

푸른 산 그림자 비친 논물은 거대한 거울이다. 논물 거울에는, 수동적인 흑백의 산 그림자뿐만 아니라, 능동적으로 다가와 자신을 비춰보고 있는 푸른 산도 있다. 논물 거울이 없다면, 큰 물가가 없는 이곳에서 산은 자기 모습을 비춰볼 수 없을 것이다.

"어떻게 산은 제 높이의 십여 배나 되는 거리를 와 논물에 잠길 수 있는 것일까?"

"도랑물 타고 내려온 것 아닐까요?"

"내려오고 싶어 산이 도랑에 물을 흘렸다는 말인가."

후배의 대답에 머금었던 미소가 다시 살아난다.

논으로 물을 퍼 올리는 양수기 소리가 요란하다. 마력 낮은 양수기 돌아가는 소리가 마치 자신을 한 번 봐달라는 것처럼 애절하다. 다가가 보니 온몸을 떨며 식은땀까지 흘리고 있다. 마중물 한 모금 마시고 이리 넓은 논에 자기 혼자 물 다 대고 있다고 자랑을 늘어놓는다.

'기특하구나!'

몸에 연결된 전선줄에 비해 몇 십 배 굵은 호스로 물 토해내는 양수기를 칭찬해준다. *끄르륵 끄르륵*, 알아줘서 고맙다고 양수기가 소리 내더니 다시 콸콸 물을 뿜는다.

농지정리 된 들판에는 전봇대가 흔하다. 옛날 논들은 높낮이가 있어, 위쪽 논에 물이 차면 아래쪽 논으로 자연스럽게 흘러내렸는데 요즘은 그렇지 않아 양수기 돌릴 전력이 필요하기 때문이다.

모를 이미 낸 논에서 물장화 신은 촌부 서너 명이 뜬모를 하고 있다. 그들은 모춤 들고 천천히 걸어 나아가다가 모가 꽂히지 않은 곳에서 허리를 굽힌다. 그 모습이 그들보다 앞서 걷다가 먹이 발견하고 자세를 낮추는 백로와 흡사하다. 트럭 한 대가 다가와 경적을 울린다. 트럭에서 내린 아저씨가 손가락으로 태양을 가리키며 빨리 끝내고 다음 논으로 가자고 소리친다. 촌부들이 허리를 쭉 펴고 일어선다. 허리에서 우드드득 소리가 났는지 백로가 날아오른다.

수평水平을 많이 소유한 사람이 부자였던 시절을 떠올리며, 논까지 내리뻗은 작은 산모롱이를 돈다. 아카시, 찔레, 쪽나무 흰 꽃들과 엉겅퀴 짙은 보라색 꽃을 만나고 아직 하체만 푸른 갈대숲에서 들려오는 개개비 떼 소리를 듣는다.

다시 논다랑이들이 펼쳐진다. 외진 논 가에 써레질하며 진흙을 뒤집어쓴 트랙터 한 대가 커다란 게처럼 멈춰 서 있다. 수로 안쪽 논에서는 이앙기가 지나가며 모로 점을 찍어 푸른 줄을 그린다. 논에 비친 산을 자세히 보려고 논길로 접어든다. 금방 써레질을 마쳤는지 흙탕물이 난 논에는 산 그림이 없다. 산 그림이 인화되고 있는 시간인가보다. 모가 꽂힌 논으로 다가간다. 한 걸음 다가가면 모 꽂힌 산이 한 걸음 물러선다. 모 꽂힌 논에 이는 물결은 모 내지 않은 논에 비해 자잘하다. 물결이 모에 부딪히며 상쇄되어서인지, 아니면 어린 모를 생각하는 바람 때문인지 하여간 그렇다. 물속에 든 산의 형태를 그리고 있는 경계선에는 물결이 유난히 많다. 산 전체에도 물살이 일기는 이는데, 푸른빛 때문에 물살이 잘 보이지 않아 대조를 이뤄 더 그렇게 보이는 듯싶다. 또 산의 경계에 서 있는 나무 형체는 비교적 잘 드러나는데 산 전체에 있는 나무들은 그냥 푸른 빛으로만 어룽어룽 보인다. 액체 거울 속에서도 경계는 치열하다.

"자본주의와 사회주의 사회의 한계와 대립을 극복하고자 제3의 방향으로 제시된 공동체 운동은 인간이 자연과 공존할 수 있는 유기농법(생명의 농법)이 그 바탕이 되어야 하며, 사람과 자연의 생명을 죽이고 빼앗는 농법인 화학농법(현재 관행되는 농법)으로써는 결코 성립될 수 없다."

유기농법과 한살림운동을 통해 '죽임의 질서'를 거부하며 살고 있는 경북 의성 땅의 농부 김영원의 글이 떠오른 이유는 무엇일까. 예전 같으면 지금쯤, 산에서 떡갈잎을 뜯어 논에 밑거름으로 넣고 흙을 갈아엎을 때가 아닌가. 모를 내기는 아직 이르고. 그때 산 떠난 떡갈잎들 만나러 논물 속으로 내려오던 기억이 유전되어, 산이 내려오는 것은 아닐까, 하고 상념에 젖어 있는 내게 낭만을 버리고 현실을 직시해야 한다는 자각이 한 농부의 글을 떠올려주었을지도 모른다.

논물 거울. 이 거울은 한 가계家系를 비춰온 거울이 아닌가. 한 가족이 행복한 삶을 기원하던 신앙으로서의 거울이 아닌가. 이 거울은 먹을 것을 생산해내는 농경의 거울이지 않는가. 이 거울은 가구당 평균 농가 부채가 2,600만 원인 이 땅의 농부들이 관절 삐걱이며 걸어 들어가 땀을 흘려야 하는 터전이다.

농사를 '여름질', 농부를 '여름아비 또는 여름지기'라고 열매(여름)란 말의 의미를 살려 우리말을 만들어 썼던 다석 류영모 선생은 '주고, 주고 다 주어버리고 목숨까지 주어버리는 것이 죽음'이라고 했다. 다석 선생의 말뜻으로 죽음의 의미를 되새겨볼 때 산성화되어 죽어가면서도 쌀을 생산해내고 있는 논만큼 처절하게 죽음을 받아들이고 있는 것도 드물 것이다.

그런데도 논들은 물 거울로 평화로운 풍경을 담아 보여주고, 농부들을 맞아주고 있으니, 도대체 어쩌란 말인가? 어찌하란 말인가?

농부가 걸어 들어가면 부드러운 물소리를 내며 깨졌다가 곧 다시 아물어 붙는 논물 거울.

이 '논물 거울'을 '눈물 거울'이라 부르고 싶어지는 것은 왜일까.
논물 거울과 눈물 거울, 논물과 눈물을 반복하여 읊조려보는데 한
생각이 스쳐 지나간다.

나도, 내 탁한 눈동자 거울에 모습을 비춰준 세상의 모든 사물들
과 나를 지나가준 풍경들에게 감사해야 한다는,

돌고래를 찾아서

인터넷 카페에 들어가 돌고래 울음소리를 듣고 있으면 영혼이 맑아지고 가슴이 깊어진다. 몸속에서 소리의 시원始原이 깨어난다. 울음소리 한 소절 한 소절 다 시詩로 다가온다. 누가 부르는 것 같아 사방을 둘러보게 된다.

이 글을 읽는 것보다 돌고래 울음소리 잠깐 듣는 게 마음에 백배 유익할 것이다.

지난여름. 고래를 찾아 여행을 떠났다. 먼저 김해 천문대에 가 천상天上의 고래를 보고 울산에 가 방어진 입구에 세워져 있는 거대한 고래턱뼈 아치와 고래박물관을 볼 셈이었다. 그런 다음 반구대 암각화 바위 고래(진짜 돌고래?) 58마리를 찾아볼 계획이었다.

여행을 떠나기 전 고래에 대한, 내가 가지고 있는 빈약한 자료들을 들췄다.

『자산어보』는 고래에 대해 짧게 기록하고 있다.

"빛깔은 칠흑색이고 비늘이 없다. 길이는 백여 자, 혹은 이삼백여 자인 놈도 있다. 흑산 바다에도 흔히 나타난다. ……일본인들은 고래회를 매우 좋아하는데 화살에 약을 발라 잡는다고 한다. 지금도 표류해 온 죽은 고래 중에는 화살을 지니고 있는 놈이 있다. 이는 그 화살을 맞고 도주했다가 표류하게 된 것이다. 또 두 고래가 서로 싸우다가 한 마리가 죽어 바닷가에 표류하는 놈이 있다. 고래를 쪄서 기름을 내면, 기름 십여 독을 얻을 수 있으며, 눈은 잔杯을 만들고 수염은 자尺를 만들며, 그 등뼈는 잘라 절구를 만들 수 있다. 그러나 고금古今의 본초本草에 이 기록이 없음은 이상한 일이다."

고래에 대한 기록이 너무 간단해 책을 뒤적이다가 상광어〔海豚魚〕를 찾았다. 상광어는 국어사전에 나와 있지 않았고, 대신 상괭이가 있다.

"돌고래과의 포유동물. 돌고래 무리 가운데 가장 작은 종류로, 등지느러미가 없고 머리가 둥글며, 주둥이가 튀어나오지 않은 것이 특징임. 우리나라 연해와 인도양 및 서태평양 해안의 얕은 바다에 서식하는데, 기름을 짜는 데만 쓰임."

상괭이란 말은 흑산도(정약전이 『자산어보』를 쓴 곳) 근처, 임자도 출신 후배한테 들었었다. 강화도 앞바다에는 돌고래 비슷하게 생긴, 주민들이 '혁지'라 부르는 포유류가 있다. 혁지는 매우 빨라 날렵한 숭어를 잡아먹고 산다고 한다. 작은 배에 용량 큰 엔진을 부착한 선외기보다도 더 민첩하게 움직인다. 몇 마리가 떼를 지어 나타난다. 이런 특징을 임자도 출신 후배에게 말했더니, 그게 바로 상괭이라고 했다.

『자산어보』는 상광어(상괭이)를 아래와 같이 기록하고 있다.

"큰 놈은 열 자 남짓 된다. 몸은 둥글고 길며 검은 빛깔이 큰 돼지와 비슷하다. 유방과 사처私處는 부인의 그것과 유사하다. ……흑산도에 가장 많다. 그러나 지방 사람들은 그 잡는 법을 모른다. 『진장기陳臟器』는 이르기를 상괭이(해돈)는 바다에서 나고 바람이나 조수를 살펴보고 나서 출몰하며, 모양은 돼지 같고 코는 뇌 위에 있다. 소리를 내면서 물을 곧장 위로 뿜는다. 수백 마리가 무리를 짓는다. 그중에는 곡지曲脂가 있다. 이 곡지로 등불을 밝혀 도박장에 비추면 곧 환해지나 책을 읽고 공작工作하는 데 비추면 곧 어두워진다. 속담에 이 생물은 게으른 여자가 변한 놈이라고 했다."

나는 『자산어보』에서 말하는 '곡지'를 강화도 사람들이 '혁지'라 부르는 게 아닌가 하는 생각이 들었다. 같은 기름인데 도박장에서는 잘 타고 공부할 때는 어두워진다니, 참 재미난 기록이다. 나는 강화도에 살며 혁지를 여러 번 보았다. 혁지 기름이 피부병에 탁월한 치료 효과가 있어 옛날에는 상비약으로 가지고 있었다는 이야기도 들었다. 혁지가 상팽이고 상팽이가 상광어가 확실하다면, 나는 살아 있는 돌고래를 내가 살고 있는 앞바다에서 여러 번 본 것이다.

김해에 도착하니 아직 해가 남아 천문대에 가긴 이른 시간이었다. 시간도 보낼 겸 김수로 왕릉에 갔다. 물고기 두 마리가 그려져 있는 쌍어문雙魚文 문양을 볼 생각이었다. 안타깝게도 관람 시간이 끝나 막 문을 닫고 있었다.

사십육 년간 허황옥(가락국 수로왕비)을 추적한 고고학자 김병모 교수는 『허황옥 루트, 인도에서 가야까지』란 저서에서 쌍어(초자연적인 능력이 있는 신어) 사상의 뿌리를 밝히고 있다. 책에 의하면, 기원전 7세기부터 형상이 나타나는 쌍어 사상은, 아시리아와 바빌로니아에서 출연하여 페르시아, 인도, 운남, 사천을 거쳐 가락국에 전해지고 일본 야마타이로 전파된다. 쌍어 사상의 자취는 세계 도처에 널려 있다. 인도의 건물들, 파키스탄의 자동차, 재물 신을 모시는 이나미 신사의 수호신, 유대인들의 오병이어, 네팔 사람들의 부처님 심장을 보호하는 물고기 등이 그것이다. 우리나라에서는 왕릉 대문과 절의 수미단 장식, 고사 지낼 때 쓰는 북어 두 마리 풍습 등이 쌍어 사상과 연관되어 있다고 한다. 또 쌍어 사상의 전파 과정과 연관된 문화로 고인돌, 제주도 돌하르방, 언어(벼, 쌀, 풀, 알, 가래, 메뚜기 등 사백 여개의 한국어가 인도 드라비다어 계통의 어휘라는 미국 언어학자의 주장) 등을 들고 있다.

쌍어문을 보지 못한 아쉬움 털며 하늘의 물고기 보러 택시 타고 김해 천문대를 향했다. 천문대에 올라가 여름에 볼 수 있는, 하늘에서 빛나는 돌고래를 보리라. 택시는 구불텅구불텅한 길을 한참 올라가 멈췄다. 택시에서 내려서 산길을 걸어 올랐다. 길 중간 중간에 사계절 대표 별자리 안내도가 설치되어 있었다. 한 이십 분 정도 산길을 오르자 거대한 알처럼 보이는 천문대가 눈앞에 들어왔다.

날씨가 더워 바람을 쐬러 나와서일까, 천문대에는 사람들이 생각보다 많았다. 어떤 이들은 산악자전거를 타고 천문대 앞까지 숨을 헐떡이며 올라왔다. 또 한 무리의 사람들은 이마에 불빛을 달고 등산로로 올라왔다. 천문대에 모인 사람들 전체를 놓고 보면 아이들이 제일 많았다. 유치원에서 밤에 견학을 왔는지, 단체로 움직이는 아이들도 있었다.

하늘에서 빛나는 별보다 산 아래로 내려다보이는 김해시 불빛이 더 많았다. 김해시는 협곡을 따라 길게 발달된 도시다. 불빛이 켜켜이 쌓인 아파트 별자리도 있었고, 용처럼 긴 가로등 별자리도 내려다보였다. 또 유성처럼 움직이는 자동차 별자리, 교회의 붉은 십자

별자리도 있었다.

　노천극장에서는 별에 대한 영화를 상영하고 있었다. 아이들의 자지러지는 웃음소리가 간간이 터져 나왔다. 관람 시간이 다 되었으니, 매표를 서두르라는 안내방송이 나왔다. 표를 끊고 실내로 입장을 하자 사방이 어두웠다. 안내원이 여러 명 있었는데 그들은 레이저포인터로 관람객들을 안내했다. 관측실마다 특성이 있었다. 어떤 관측실은 창문만 열려 있기도 했고 어떤 관측실은 천장 전체가 개폐 가능해 보였다. 또 관측실과 관측실 사이를 연결하는 다리에 망원경이 설치된 곳도 있었다.

　별 해설사는 하늘을 보지 않고도 레이저포인터를 머리 위로 쏴, 자신이 설명하고자 하는 별을 찍어 보여주기도 했다. 해설사들이 쏘는 레이저 광선은 푸른 길을 내며 하늘로 길게 올라갔다. 마치 별에 닿을 것만 같기도 했다. 몇 명씩 팀을 짜 이동하며 별자리 해설을 듣고 그곳에 설치되어 있는 천체망원경을 들여다보았다. 천체망원경은 보고자 하는 별의 이동속도와 방향을 감안하여, 자동으로 움직이게 설치되어 있었다. 아이를 품에 안고 렌즈를 들여다볼 수 있게 도와주는 부모도 있었다. 키 작은 한 아이가 까치발을 하고 망원경에 힘을 주며 매달리자 안내원이 주의를 줬다.

　백조자리, 사자자리, 북두칠성, 직녀성…… 등의 별자리 설명을 들었다. 여름 별자리를 이루고 있는 별들 중, 특징이 뚜렷한 별에 천체망원경 렌즈가 고정되어 있었다.

예상한 것과 달리 천문대의 모든 망원경 렌즈는 지정된 별에 고정되어 있었다. 나는 크게 실망했다. 별자리 교육을 받고 나면, 망원경을 움직여가며 이 별 저 별 살펴볼 기회를 줄 줄 알았었는데 그게 아니었다. 한편으로 생각해보면 그러기엔 천체망원경은 너무 크고 다루기가 복잡해 보이기도 했다.

나는 천체망원경으로 돌고래자리 별들을 꼭 한 번 보고 싶었다. 별들에게 돌고래의 탄력 있는 피부를 상상으로 붙여도 주고, 빛나는 돌고래의 깊은 울음소리에 귀를 적셔보고도 싶었다. 그러면서 내 말을 잘 안 듣는 나와, 깊고 푸른 삶을 살자고 허튼 약속이라도 하고 싶었다. 천상에 뛰어오른 한 마리 돌고래처럼, 외롭지만 나를 잃지 않고 살아가자고 맹세를 하고도 싶었다. 하긴, 천체망원경으로 돌고래자리 별들을 못 보았다고 맘 약속들을 못할 것은 또 뭐 있겠는가.

강화도 앞바다에서도 돌고래의 일종인 '혁지'가 가끔 그물에 걸리기도 한다. 어부들은 혁지가 잡히면 눈물을 뚝뚝 흘리며 슬프게 울어, 맘이 짠해 살려준다고 했다. 어부들 말에 의하면, 혁지는 암수 짝을 지어 다니는데 한 마리가 그물에 걸리면 다른 한 마리가 도망가지 않고 그 주위를 돌며 계속 운다고 했다.

4등성 별 다섯 개로 되어 있는 돌고래자리는 견우성 근처에 있다. 별자리 모양은 다이아몬드 형이고 여기에 꼬리라는 뜻의 데네브별이 연결되어 있다. 돌고래자리는 이 형상이 마치 돌고래가 물을 차고 오르는 모습 같다고 해서 붙여진 이름이라고 한다. 돌고래의 마름모 형상을 서양에서는 옛부터 '욥의 관'이라고도 했는데 그 정확한 내력은 전해지지 않는다고 한다. 이 마름모꼴에 대해 전해 오는 이야기는 몇 개가 있다. 그중 하나는 견우와 직녀의 부부 싸움에 대한 이야기다. "결혼을 하고 나자 견우는 일을 하지 않고 매일 놀기만 했단다. 화가 난 직녀는 베틀을 돌리다가 창밖에서 놀고 있던 견우에게 베틀의 북을 던져버렸다. 돌고래자리의 마름모가 바로 그 북이라고 한다. 아무튼 그 일이 원인이 되어 옥황상제가 둘을 떼어놓게 되었다고" 『재미있는 별자리 여행』에 실려 있다.

또 이와는 다른 슬프고 아름다운 이야기가 『중국신화전설 1』에 있다. "선녀가 은하의 동쪽에 살고 있었다. 그녀는 그곳에서 아주 신기한 실을 베틀에 걸어 아름다운 빛깔의 옷감들을 첩첩이 자아내고 있었다. 그것은 시간과 계절의 변화에 따라 빛깔이 변하는 옷감으로 천의天衣라고 하였는데 바로 하늘에게 바치는 옷이라는 뜻이다. 하늘도 사람과 마찬가지로 옷을 입었던 것이다. ……그 맑고 야트막한 은하를 사이에 두고 인간 세상이 있었다. 그리고 그곳에

서 소를 치는 우랑牛郎이라는 젊은이가 살고 있었다. ……소는 그
에게 직녀와 다른 선녀들이 은하에 와서 목욕을 할 것이라고 했다.
……그녀들은 하늘하늘하고 가벼운 옷들을 벗어놓고 맑은 물속으
로 들어갔다. 눈 깜짝할 사이에 푸른 물결 일렁이는 수면에 하얀 연
꽃들이 피어난 것 같았다."

　여기부터 이야기는 우리가 알고 있는 '선녀와 나무꾼'과 유사하
게 전개된다.

　"직녀는 남편, 그리고 아이들과 쓰라린 이별을 하고 천신에게
잡혀 하늘나라로 돌아가는 신세가 되었다."

　이어지는 글은, 칠월 칠석에만 만나는 '견우와 직녀' 이야기와
비슷하다. 그런데 한 가지 새로운 이야기가 있다. 그것은 직녀와 견
우가 나눈 서신에 대한 이야기다.

　"하얀 비단을 깔아놓은 듯한 은하수 양쪽에서 반짝반짝 영롱하게
빛나고 있는 그것이 바로 견우성과 직녀성이다. 그리고 견우성 직
녀성과 직선을 이루고 있는 작은 별 두 개는 그들의 아들과 딸이다.
그보다 조금 먼 곳에 네 개의 작은 별들이 사각형 모양(돌고래자리)
으로 나란히 자리하고 있는데 그것이 바로 직녀가 견우에게 던져준
베틀 북이라고 한다. 또 직녀성에서 좀 떨어진 곳에는 세 개의 작은
별이 있는데 이등변 삼각형 모양으로, 우랑이 직녀에게 던져준 소
의 코뚜레라고 한다. 그들은 베틀 북과 코뚜레에 편지를 묶어서 던

져 서로의 그리움을 전했던 것이다."

별을 보는 내내 사람들은 즐거워했다. 별에는 사람들 맘을 들뜨게 하는 어떤 마력이 있는 것 같았다. 내가 본 마지막 천체망원경은 달을 잡고 있었다. 달이 점점 기울고 있어, 나무 뒤로 숨어버리면 볼 수 없는 상황이었다. 렌즈를 통해 들어온 달은 너무 선명했다. 분화구 모양이 또렷이 보였고 달에 반사되는 빛은 물감으로 그려놓은 듯 색득했다. 천문대를 나서며 사람들은 한결같이 달의 아름다움을 찬미했다.

나는 시간의 벽 너머에서 들려오는 돌고래 울음소리를 떠올리며 천문대 길을 천천히 내려왔다. 내 상처와 내가 만난 사람들의 상처가 떠오르며 마음속에 상처의 별자리를 만들어주기도 했다. 멀리 푸른 하늘을 가고 있는 돌고래가 희미하게 빛나고 있었다. 하늘이 오염되면 영영 사라질 돌고래야, 너는 언제까지 푸른 하늘을 향해 할 것이냐.

칼 세이건의 『코스모스』에 실려 있는, 인간이 고래의 삶에 어떤 치명타를 주고 있는가에 대한 글을 인용하며 객설을 접는다.

"긴수염고래는 이십 헤르츠의 소리를 아주 크게 낸다. 이십 헤르츠는 피아노가 내는 가장 낮은 옥타브의 소리에 해당한다. 바다에서 이렇게 낮은 주파수의 소리는 거의 흡수되지 않는다. 미국의 생물학자 로저 페인의 계산에 따르면 이십 헤르츠의 소리를 이용한다면 지구 상에서 가장 먼 두 지점에 떨어져 있더라도 두 마리의 고래가 상대의 소리를 알아듣는 데 아무런 어려움이 없다고 한다. 즉 남극해의 로스 빙붕水棚에 있는 고래가 멀리 알류샨 열도에 있는 상대방과 대화할 수 있다는 이야기다. 그러므로 고래는 자신들의 역사의 거의 전 기간 동안 지구적 규모의 통신망을 구축하고 살아왔던 것이다. 광대무변한 심해에서 1만 5천 킬로미터나 떨어져 있다고 하더라도 고래들은 사랑의 노래로 서로의 관계를 확인할 수 있다. ……증기선이야말로 고래들에게 가장 견디기 어려운 소음의 원천이었을 것이다. 상선과 군함의 숫자가 점점 증가하면서 대양의 소음 수준은 눈에 띌 정도로 높아졌다. ……긴수염고래의 최대 교신 거리가 지금부터 200년 전쯤에는 대략 1만 킬로미터였다. 이렇게 멀던 거리가 오늘날에는 수백 킬로미터로 줄었다."

낭만 성형수술

나는 누가 입언저리가 어머니를 닮았다고 하거나 얼굴 윤곽이 아버지를 꼭 빼박았다고 하면 기분이 좋다. 나는 아직 결혼을 하지 않았고 자식도 없다. 당연히 부모 입장에 서보지 못했다. 그렇지만 자식이 자기를 많이 닮을수록 부모 입장에서도 기분이 좋을 것 같다.

요즘 성형수술 의료사고 뉴스를 종종 접한다. 사고 당한 젊은이들이 안됐고 안쓰럽다.

자기 닮은 얼굴을 자식이 성형수술하려고 할 때 그 부모의 심정은 어떨까?

또 수술을 할 수밖에 없다고 결단을 내려야 하는 자식의 심정은 어떨까?

성형수술에 대해 이런저런 생각을 해보던 중 시대착오적인 상상을 해본다.

어머니, 저 왔어요.

청심아! 너 청심이 맞지. 그런데, 뭔가 좀.

왜요, 어머니.

너, 어디 심하게 앓았냐.

아, 아녀요. 코를 수술해서 그래요.

이것아, 이 일을 어쩐다냐.

코가 너무 오뚝해서 좀 낮추었어요.

남들은 돈 처발라 코를 세우는 판인데.

이제, 제 코, 어머니 코 닮았죠?

이것아, 코를 낮추니까 네 얼굴 전체가 변해버렸어. 망쳐버렸다고.

저는 어머니 아버지 하나 안 닮은 제가 미웠어요.

이 일을 어쩐다냐, 예쁜 얼굴 다 버려버렸다.

괜찮아요, 어머니, 저는.

못생긴 게, 어디서 많이 본 듯하다만, 난리 나버렸다.

걱정하지 마세요. 저는요, 돈 벌면 제일 먼저 어머니 닮게 성형수술을 하고 싶었어요.

이것아, 청심아, 너 정말 미쳤구나.

전 괜찮다고요, 어머니.

청심아, 청심환 어디 있다냐.

삼십 년 후.

청심의 딸 효심이 청심 앞에 나타난다.

엄마, 나, 왔어.

효심아, 이, 이것아! 너?

코를 좀 낮추었거덜랑요.

뭐!

엄마 사진 가지고 가, 요렇게 해달라고 했더니, 의사가 이상하게 쳐다보더라고. 죄를 지어서 도피생활 준비하냐며, 처음엔 말리기까지 하던걸.

뭐, 뭐라고 했니, 너 지금.

나는 살아오면서 엄마 아빠 하나 안 닮은 내 모습이 싫었어. 정말.

이것아! 이 맹추야, 그, 그게 닮은 거였어.

나는 살아오면서 엄마를 꼭 닮아드리고 싶었다고. 그런데 안 되는 걸 어떡해.

이것아, 너, 너까지.

엄마 난 괜찮아. 난 행복한걸.

이것아, 난, 네 모습에서 내 모습을 읽고 있었고, 앞으로도 읽어 가려 했단 말이다.

엄마, 그게 무슨 말이야?

이렇게 비현실적이고 어리숙한 가계家系를 떠올려보고 있자니, 억지스러움과 진부함에 넌더리를 치며, 상상력이 확, 나를 현실 속으로 내팽개친다.

현실.

외모 성형은 얼마든지 가능한 시대다.

그러나 욕망에 사로잡힌 마음 성형은 잘 되지 않는 시대다. 아니, 마음 성형은 해서 뭐하냐고 핀잔 듣는 시대다. 반성만 하며 살면 되었지 실천은 뭔 얼어죽을 실천이냐고, 촌스럽게 아마추어같이 왜 그러냐고 웃음가마리가 되는 시대다.

이 시대의 구성원인 나는, 죽을 때 분명 깨닫게 될 것이다. 이·렇·게·사·는·게·아·니·었·는·데, 라고.

그렇다면, 죽음만이 마음을 성형할 수 있단 말인가?

슬프다.

촛불

불꽃은 위쪽을 향해서 흐르는 모래시계다.

—가스통 바슐라르

촛불집회. 불들이 모여 집회를 연다니.

광화문에 가봐야겠다는 맘은 있었으나 차일피일 미루고 있었다. 그러던 어느 날 새벽, 인터넷방송을 통해 시위 생중계를 듣게 되었다. 그날은 경찰이 시위대를 향해 처음으로 물대포를 쏜 날이다. 방송은 어린 학생들이 물에 젖은 옷을 입고 추위에 떨고 있다고 전했다. 시위 현장에서 방송국으로 연락이 와 현장상황이 생생하게 묘사되기도 했다. 진행자는 울음을 삼키며 젖은 옷을 오래 입고 있으

275

면 체온 급강하로 큰일이 날 수 있다고 했다. 명동성당에 여러 명이 입을 수 있는 구호용 옷이 있을지 모르니까 그리 가보라고도 했다. 시민들한테 마른 옷을 가지고 가 학생들을 보살펴줄 것도 호소했다. 반복되는 급보를 들으며 내 자신에게 화가 났다. 어린 학생들이 저리 당하고 있는데 나는 무엇을 하고 있는가, 자괴지심이 들었다. 나를 위해서가 아니라 누군가를 위해, 아니 나를 위해서만이라도 당당히 나설 수 있는, 그들의 실천적 용기에 무량 부끄러워졌다. 방송을 듣다가 끝내는 서러워져 꺼이꺼이 소리 내어 울었다. 잘잘못을 따지기에 앞서, 국민들이 원하는 것을(여론조사를 감안) 왜 안 들어주는가에 대해 분노가 치밀었다.

그날 저녁 촛불집회에 참가했다.

사람들이 들고 있는 촛불은 크기와 밝기가 같았다. 촛불은 사람들이 꺼내 들고 있는 심장 같았다. 무수한 촛불은 사람들 마음이 피어난 꽃밭이었다. 촛불은 눈물의 불이었고, 불의 눈물이었다. 희고 곧은 뼈들이 뿜어내는 빛의 글씨였다. 촛불은 혼자서는 나약하다는 점을 인정해 종이컵으로 바람막이를 두르고 있었다. 촛불은 공격적이지 않고 방어적이었으며 기도하는 사람의 마음처럼 겸손했다. 촛불은 촛불의 불꽃을 빌려 번졌다. 그것은 불꽃을 잔에 따라 나누는 성스런 의식처럼 진행되었다. 아무리 봐도 촛불의 배후는 어둠뿐이었다.

촛불들은, 국민으로부터 나온다는 참 권력을 노래 부르며 거리로 흘렀다. 불의 강이었다. 저마다의 가슴에 품은 불은 잔잔했으나 무리를 이룬 불결은 너울이 크고 힘이 가득 차 있었다. 촛불의 숲엔 어둠이 빠져나갈 틈이, 가을철에 가늘어진 짐승의 털만큼도 보이지 않았다. 촛불은 어둠을 빗질하고 나가는 참빗 혹은 어둠을 긁어내는 거대한 갈퀴였다. 그 동작은 유려할 뿐 거칠거나 맨망하지 않았다.

불결을 경찰차가 가로막았다. 경고방송이 쏟아졌다. 일출 전이나 일몰 후 야간 옥외집회는 불법이란 여경의 목소리가 단호하게 대기를 갈랐다. 그렇다면 촛불집회를 한낮에 하란 말인가. 한낮에 어둠을 제공해준다면 촛불집회가 주간에도 가능할 것이다. 그러나 그건 불가능한 일이다. 촛불집회는 빛과 어둠의 만남이란 상징성을 전제로 출발하기 때문에 어쩔 수 없이 야간을 택할 수밖에 없다. 불꽃이 불꽃을 만나 더 활활 타오르듯 촛불은 촛불을 만나 더 견고하게 마음의 어깨를 걸었다. 일인—人이 한 코로 짜인 불꽃 양탄자는 일렁일렁 앞으로 나갔다. 마치 그 빛들은 어둠을 다독거려주기도 하고, 타일러주기도 하는 것 같았다. 어둠을 빛의 세계로 끌어들여 어둠도 구원할 것 같았다. 그러기 전엔 절대 꺼지지 않을 기세였다. 꺼지는 한이 있어도 끝끝내, 드러눕지 않는 불꽃의 속성으로 뚜벅뚜

벅 전진하는 마음들의 뜨거운 행진이었다. 호흡이었다. 발자국이었
다. 눈물이었다.

　모자를 자주 쓰고 다니면서 머리에 비듬이 생겼다.

　한의사가 날씨 추운 날은 모자를 꼭 쓰고 다니라고 했다. 머리에
몰린 어혈을 아래로 끌어내려야 한다며 걷기 운동을 권했다. 혹 사
고를 당할 수도 있으니까 험한 산이나 차가 많이 다니는 곳이 아닌
평지를 택해 걸으라고 했다. 양의사도 젊은 사람은 후유증이 반년
정도 지난 다음에 나타날 수도 있으니까 조심하라고 주의를 줬다.
서울에 있는 병원을 계속 다닐 형편이 못 되어 집 근처 한방병원과
의원을 다녔다.

　그날 다친 머리는 차도를 보이지 않았다. 늘 머리가 띵했고 기억
력이 심하게 떨어졌다. 아주 쉬운 단어도 떠오르지 않는 경우가 허
다했다. 몸이라도 피곤한 날엔 증세가 더 심해져 글자가 생각나지
않기도 했다. 내가 갑자기 죽으면 어찌어찌 해달라고 친구에게 전
화를 걸기도 했다. 한방병원에서 침을 맞고 어혈 푸는 약을 지어다
먹는다고 완치될 병이 아닌 것 같아서였다.

　2008년 6월 29일. 한겨레신문에서 촬영한 동영상을 보고 크게 놀
랐다. 무방비로 넘어져 있는 사람을 어떻게 그리 무자비하게 방패
로 내리찍을 수가 있을까. 나는 이미 그들이 던진 헬멧에 코를 정면

으로 맞아, 피가 낭자하게 번져 있는 옷을 입고 있지 않았던가. 그 상태를 보고도, 어깨와 관자놀이를 가격한다는 것이 가능하다는 말인가.

그 일로 팔 한쪽을 제대로 못 쓰며 살아갈 일도 그렇고, 머리를 다쳐 평생 고생하며 살아가야 할 일을 생각하면 가슴이 답답할 뿐이다.

나는 촛불집회에 나가 경찰이나 시위자 양쪽 다 다치지 않게 하기 위해 나름대로 노력했다. 시위대에 포위된 경찰들의 안전을 위해 비폭력을 외치기도 했고, 땀 흘리고 있는 그들을 위해 몇 번 아이스크림을 사다 주기도 했다. 비싼, 나도 못 먹어본, 여러 명이 나누어 먹을 수 있는, 엑설런트란 것도 사다 주었었다. 이성을 지켜 서로 다치지 말아야 한다는 말을 전하며. 아, 그런 결과가 이런 부상으로 돌아왔다니, 이해할 수 없는 일이다.

'언어로 이미지를 검색할 수 있는 것처럼, 이미지로 이미지를 검색할 수는 없을까. 아니면 이미지로 언어를 검색할 수는 없을까.'

나는 내가 방패에 가격당하는 장면을 보며, 처음엔 분한 맘이 들어 방패를 휘두른 경찰을 찾아내고 싶었다. 그 맘에 컴퓨터 검색창에 사진을 넣고 검색하면 그 사람의 이미지가 떠올랐으면 좋겠다는 발상을 했다. 이미지로 이미지를 검색할 수만 있다면, 지금까지 인터넷에 노출된 검색 대상의 이미지가 떠오른다면, 나를 가격한 사람을 찾을 수 있을지도 모른다는 아이디어에서였다. 또 이미지를 넣고 검색해 언어로 그 검색 대상에 대한 정보만이라도 확인할 수는 없을까도 생각했다.

위와 같은 프로그램이 개발된다면 범인들을 검거하는 데도 획기적인 전기가 마련될 것이다. 폐쇄회로에 찍힌 이미지(사진)를 검색창에 넣고 검색하면 그 사람의 주민등록 사진이 떠오르거나 그 사람이 인터넷 세상에 남긴 이미지가 떠올라 범인 검거하기가 훨씬 수월해질 것이다.

이미지로 이미지를 검색할 수 있게 된다면, 미아 찾기, 동식물의 이름 찾기 등 유용한 것이 많았다. 그렇지만 한편으로 걱정도 되었다. 이를 악용한다면 개인의 사생활이 얼마나 적나라하게 노출될 것인가.

나를 구타한 경찰을 미워해서 무엇하겠는가. 명령 내린 자들은 이미 빠져나갈 구멍을 다 만들어놓고 있을 텐데. 애먼 하급끼리 싸워서 무엇하겠는가.

한 개인에게 치명상이 될 수도 있다는 걸 명심하고 시위 시, 서로 폭력은 쓰지 않았으면 좋겠다. 폭력. 유치하고 미개하지 않은가, 우린 그래도 21세기 인간들인데. 평화적 시위를 위해서는 시위자들도 폭력을 쓰지 말아야 하겠지만, 먼저 힘 있는 집단인 경찰이 폭력을 유도하지 말아야 할 것이다.

양심을 지펴 켜 든 촛불은 막는다고 될 불이 아니다. 물리적으로 막아 자연스럽게 흐르지 못하고, 사람들 가슴으로만 흐르다가 강이 되면, 그 불은 더 큰 힘이 되어 반드시 돌아올 것이다. 촛불을 끄려면 촛불보다 더 밝은 세계를 열어 보이는 수밖에 없다. 밝음은 더 밝음으로만이 끌 수 있을 것이다.

총소리

철커덕, 척. 철커덕, 척.

노리쇠 후퇴 전진 소리가 들렸다. 쇳소리에 등골이 오싹하고 머리가 쭈뼛 섰다.

손들어. 꼼짝 마! 움직이면 쏜다.

우리 주민들인데요.

그 자리에서 무릎 꿇고 손들어.

저 위 사택에 사는 주민들인데요.

손들어.

우리들은 어정쩡하게 무릎을 꿇으며 손을 들었다.

'무릎 꿇고 쏴' 사격 자세를 취하고 있던 두 명의 병사 중 한 병사가 총을 겨누고 우리들에게 다가왔다.

손든 채 일어서.

왜 이러세요. 우리는 주민인데.

입 다물고 앞으로 이동한다.

우리는 느닷없는 상황에 당황해 어쩔 바를 몰랐다.

주위를 둘러보았다. 얼마 전까지 우리 근처에서 이야기를 나누고 있던 마을 원주민들이 한 명도 보이지 않았다. 사위는 어둡고 철썩이는 바닷물만 하얗게 부서졌다. 한 병사가 뒤에서 총을 겨누고 한 병사는 우리들 좌측에서 사주경계 자세를 취하며 앞으로 걸어 나갔다. 우리는 서로 눈빛만 나눌 뿐, 뾰족한 대책이 없었다. 삼백여 미터를 이동하자 해변가에 자동차 타이어와 모래를 쌓아 만들어놓은 초소가 나타났다. 한 병사가 우리를 겨누고 있는 총구를 좌우로 흔들며 일렬로 서라고 했다.

너희들은 일단 운이 좋았다. 우리가 갈겼으면 너희들은 이미 죽었다. 우리는 벌써 포상 휴가 갈 준비하며 군복이나 다리고 있었을 것이고.

수고 많은 것은 아는데, 우린 이곳 주민들이에요.

간첩이 간첩이라고 하는 것 봤냐. 다 주민이라고 하지. 손깍지 끼고 엎드려뻗쳐!

재들은 내 동생하고 동생 친구인데 그냥 보내주세요.

동생 좋아하네. 깔치(여자친구)들이구만.

고등학생들인데 방학이라 놀러 온 거라니까요.

정말이에요. 아직 학생…….

말을 거들던 차에 한 병사가 총 개머리판으로 친구의 어깨를 내리찍었고 한 병사는 우리들에게 다가와 정강이뼈를 워커발로 걷어찼다.

병사들 몸에서 술 냄새가 났다. 정강이뼈를 차인 통증보다도 술 냄새가 먼저 느껴진 것은 술에 취해 말이 잘 통하지 않으면 어쩌나 하는 걱정이 앞서서였다.

어제 우리 부대원이 마을에 외출 나갔다가 민간인들한테 ○나게 맞았다. 이게 뭔지 아나? ×지 안면 긁기다. 시원하지. 크흐흑.

손가락을 벌려 이마에서부터 얼굴 전체를 내리훑으며 병사들이 징그럽게 웃었다. 한 병사가 철모 두 개와 탄약 박스를 가져와 그 위에 손깍지 끼고 엎드려뻗쳐를 시켰다. 여동생들에게는 뒤로 물러서 앉아 있으라고 소리쳤다. 병사들은 엎드려뻗쳐 하고 있는 우리들을 옆에서 걷어찼다. 우리들은 우르르 쓰러졌다. 병사들은 그게 재미있는지 교대로 우리를 걷어찼다.

그러다가 한 병사가 총에서 탄창을 제거하더니 친구 중 한 명에게 일어서라고 했다. 병사는 그 친구에게 고등학교는 나왔냐고 묻고 나서 교련 시간에 배운 M1총 십육 개 동작을 해보라며 총을 건넸다. 초병이 손에서 총을 놓다니. 술이 취해도 많이 취했음을 쉽게 알 수 있었다. 친구가 동작을 끝내자 다음 친구가 지목되고 이어 내 차례가 왔다. 친구들과 나는 같은 고등학교를 다녔다. 우리 학교는 교련 시범학교고, 학교를 졸업한 지 반년밖에 되지 않아 몸이 자연스럽게 동작을 기억했다. 내가 절도 있게 십육 개 동작을 마치자 고개를 끄덕끄덕 대더니, 다 일어서라고 했다.

친구가 여동생들만이라도 보내달라고 다시 말했다. 그러자 한 병사가 또 개머리판으로 친구의 어깨를 내리찍으려 했다. 친구가 잽싸게 개머리판을 두 손으로 움켜쥐었다. 친구는 여동생들 앞에서 더 이상 수모를 당할 수 없다고 결심한 듯했다.

나도 군대 갔다 왔는데 형씨들 너무하는 것 아니오.

병사들은 정말 군대 갔다 왔나 확인하게 주민등록증을 보자고 했다. 친구가 주민등록증을 안 가지고 왔다고 했다. 그러자 한 병사가 나에게 가서 가져오라고 했다. 주민등록증을 가지러 사택으로 가는 길에 다리가 후들후들 떨려왔다. 친구는 나이가 꽤 들어 보이지만 우리보다 겨우 한 살 더 먹었을 뿐이었다. 허겁지겁 달려가 친구의 주민등록증을 찾았다. 주민등록증을 위조할 수도 없는 일이고 난감했다. 병사들과 같은 부대를 나온 직장 상사를 찾아 같이 갈까. 설사 군대는 안 갔다 온 게 들통이 나더라도 주민인 것을 알고 나면 해코지야 하겠는가.

해안가 초소가 가까워지자 도움이 될 만한 사람과 동행하지 않은 것이 후회되었다.

신분증을 확인한 병사들이 친구를 구타했다. 여동생들이 소리 내어 울었다. 우리도 신분증을 확인했으니까 이제 그만 보내달라고 했다. 병사들은 여동생들만 가라고 했다. 여동생들은 자기들만 가지 않겠다며 주저앉아 울었다.

병사의 발길이 내 명치끝을 향했다. 나는 비명을 지르며 쓰러져 일어서지 않았다. 숨 막히는 소리로 가슴이 아프다고 하며 몇 바퀴 뒹굴었다. 그러자 친구 한 명이 저 친구는 선천적으로 심장이 안 좋다고 했다. 병사들이 놀랐는지 여동생들에게 빨리 부축하고 데려가라고 했다. 여동생들이 멈칫거리자 친구가 빨리 데려가라고 했다. 나는 부축을 받는 것처럼 엄살을 떨며 여동생들과 모래사장을 벗어났다.

모래사장에서 멀지 않은 언덕에 올라 여동생들을 안심시키고 잠시 기다려보자고 했다. 너희들이 여자니까 더 재미있어 하는 것 같았는데 왜 가라고 할 때 가지 않았냐고 낮은 목소리로 물어보았다. 그 상황에서 어떻게 우리들만 가냐고 친구 여동생이 짧게 대답했다. 우리들을 풀어준 이상 별일은 없을 거라고 여동생들을 안심시키며 기다렸다.

친구들이 돌아왔다. 음료수를 사다 주고 왔다고 했다. 원주민들은 언제 자리를 뜬 거지. 산골 촌놈들이라 해안선에 야간 통행금지가 있다는 것을 누가 알았나. 너 무슨 용기로 군대 갔다가 왔다고 거짓말을 했냐. 야, 누가 먼저 별 보러 가자고 했어. 좌우지당간 하늘에 뜬 별에다가 철모로 머리 맞으며 본 별까지 별은 실컷 봤다. 멋쩍어하며 수다스럽게 말을 주고받는 우리들에게 친구 여동생이 다가와 아픈 데는 없냐고 물었다. 그러고 나서 자기 오빠에게 오빠가 총검술 제일 못하더라고 해 우리는 깔깔깔 크게 웃었다.

다음 날 우리는, 신원을 확인하고도 폭력을 행사한 병사들을 신고할까도 생각했지만 그러지는 않았다.

해안에서의 일이 있은 후 바닷가에서 밤에 들리는 총소리가 신경을 건드리며 귀에 들어왔다. 총소리가 오랫동안 들린 날은 바닷가에서 군대 생활을 한 직장 상사에게 물어보기도 했다. 야간 사격 훈련할 때도 있지만 사격 훈련 시 못다 쏜 총알을 파도 높은 날 다 소모하느라고 총을 쏘기도 한다고 했다.

어느 날 새벽이었다. 총소리가 단발로 두세 발 나더니 더 이상 들리지 않았다. 다른 때와 달라 무슨 사고가 일어난 것 같았다. 헬기가 내려앉고 뜨는 소리도 들렸다.

직장에 출근해 같은 부서에 별정직으로 다니고 있는 동네 원주민에게 무슨 일이 있었냐고 물어보았다.

동네에 어린 손녀딸과 둘이 사는 할머니가 있는데 새벽에 미역을 주우러 나갔대요. 요새 바람이 일어 파도가 높았잖아요. 떠밀려오는 미역을 주워다가 팔아 어제 손녀딸 옷을 한 벌 샀대나. 오늘은 자기 옷을 한 벌 산다고 했었대요. 군인들이 할머니가 초소 쪽으로 다가오니까 서라고 명령했는데 서지 않고 자꾸 다가와 총을 쐈대요. 그 할머니 귀가 어두운데 뭐, 들리나. 생일날이라고 미역 팔아 옷 한 벌 사 입으려다가, 참내.

이십육칠 년 전 새벽 나는 한 생명을 향해 날아가는 총소리를 들었다. 그때는 군사정권 시대였다.

바닷물 위에서의 반성

어제 헬리콥터 뜨고 해경이 출동하고 야단났었는데 몰랐지. 도래뻘(뻘도 장소마다 고유 이름이 있다. 그 이름 중 하나)에 놀러 걸어 들어 왔던 학생들 밀물에 갇혀서 다 죽을 뻔했었는데. 물이 한참 밀었는 데도 걸어 나가지 않고 딴짓하더라고. 건너 뻘에 댔던 우리 배가 뜨고 한참 지났는데도 물이 차오르지 않은 높은 뻘 언덕만 믿고 서 둘지 않더니……. 물 힘 약한 쪽사리라 살았지 다른 때 같았으면 해경들 도착하기도 전에 다 죽었어. 엉뚱한 죽건여(여의 고유 이름) 근처에서 해경들 열댓 명하고 수륙양용 보트가 왔다 갔다 하더라고. 아마 일일구에 신고하면서 무엇이 보이냐고 하니까 물고랑 건너편에 바위가 보인다고 했겠지. 뻘 한가운데 그거 빼놓고 다른 이

정표가 있나 뭐. 참나, 물골로 물이 돌아 에워싸이는 것도 모르고.

숭어잡이 배를 타고 그물 터로 가는 길에 선장이 어제 있었던 일들을 들려준다. 평생 조개를 잡아온 할머니들도 물에 에워싸여 죽기도 하는 곳이 뻘길 아닌가. 물이 밀려들어오는 양과 시간과 속도가 365일 달라 뻘길은 위험하다. 물이 다 난 다음 사람들 발자국을 따라 뻘길을 걸어 들어가기는 어렵지 않다. 그러나 물이 다시 밀려들어와 발자국이 지워지고 길이 사라져 보이지 않게 되면 상황이 달라진다. 수영을 잘해 만나는 물고랑을 헤엄쳐 건넌다 해도 걷기 수월한 뻘길이 아닌 무릎까지 빠지는 뻘밭으로 한 시간을 걸어 나가야 한다. 힘이 세고 경험이 많은 사람도 탈진해버리기 십상이다. 어제 네 명의 젊은 친구들이 물에 고립되었던 것은 뻘길의 위험성을 몰랐거나 어설피 알아서였을 것이다. 아예, 뻘에 사람이 걸어 다니는 길이 있다는 것을 몰랐다면 한 시간을 걸어 물끝 감뻘까지 따라 들어갈 생각을 하지 않았을 것이다. 혹여 시도했더라도 힘을 쓰다가 되돌아나갈 생각에 빨리 포기했을 것이다.

무엇인가를 어설피 안다는 게 소름 끼치도록 무섭다는 상념에 젖어 있다. 나는 뻘체험 나온 아이들을 보며 썼던, '맘껏 더럽혀도 된다. 이따가 뻘놀이 끝나고 샤워하면 되니까. 유치원 선생님 말씀이 끝나자 뻘밭으로 뛰어드는 아이들을 보며'라는 긴 부제가 붙은 시 한 편을 떠올린다.

아이들아 뻘이 너희들 몸을 더럽히는 게 아니란다

비누향과 베이비로션에 찌든 얼굴

소음에 절은 귀

전자파에 삭아가는 뇌

아이들아 뻘밭에서 뒹굴어라

알록달록한 옷 빛깔 어서 버리고

수돗물에 탈색된 희끄무레한 피부 사리지 말고

아이들아 뻘밭에서 뒹굴어라

뻘 냄새에 합성세제 향이 씻기고

뻘 찔꺽이는 소리에 귀가 헹구어지고

뻘 말캉말캉한 감촉에

각지고 딱딱한 건물들 딱지가 떨어져나가고

학원으로 가는 아스팔트길이 지워질 때까지

아이들아 흙을 입어보아라

흙으로 네 몸을 씻어보아라

샤워는 길 위 상가에서 하는 게 아니라

미끈미끈한 뻘로 뻘밭에서 하는 것이다

아이들아 선생님이
눈만 빼놓고 온몸에 입었던
이빨만 흰 나무토막 같던
너희들 몸을 물로 씻어주어도
씻지 말거라
뻘의 촉감

아이들아 겉에 묻은 뻘은 씻어도
웃음손가락으로 서로에게 입혀주던
마음속 뻘옷 한 벌
벗지 말고
꼭 챙겨가거라.

위의 시는 내가 뻘을 어설피 알았을 때 아이들이 뻘에서 노는 것을, 문명과 자연을 단순하게 대비시켜 예찬한 시다. 그런데 그 후 뻘에 관심을 갖고 오래 살면서 체험이란 이름으로 죄 없는 아이들이 뻘을 죽이고 있음을 절감하게 되었다. 이제 나는 반성한다, 내 깊이 없는 어설픈 맘으로 쓴 시가 뻘을 죽여보라고 부추겼음을.

가을, 우리는 무엇을 남길까

　날씨가 추워지긴 추워졌나보다. 먹을 것 찾아 들판으로 나갔던 쥐들이 돌아왔는지 드드드드 천장을 내달리고 양철 지붕 위로 느티나무 낙엽이 화르르르 떨어진다. 유리창으로 지켜보는 것도 모르고 지붕 틈새와 보일러실을 들락거리며 참새들이 겨울에 잠잘 곳을 찾느라고 시끄럽다. 대문 밖 이웃집 텃밭 둑에 일제히 목 잘린 수수대궁이 머리의 무게를 버려 더 이상 바람에 심하게 흔들리지 않고 명령 같은 가을서리[秋霜]를 묵묵히 기다리고 있다. 도력 높은 스님들이나 좌탈입멸한다는데, 풍장의 깊은 뜻 찾아 시를 쓴 시인도 있는데, 아, 들풀들은 한 수 높게 다 입탈입멸이고 풍장이다. 내가 이름을 무시하고 잡초라고 불러온 풀들이 저리 깊이 몸의 죽음을 받아들이고 있으니 가을은 인생 공부하기에 좋은 계절임이 분명하다.

올가을 집안일로 중환자실 두 곳을 다니며 옛사람들이 왜 오복 중에 죽음 복을 쳤는지와 사람이 죽어 남긴다는 이름이란 무엇인가를 생각해보았다. 한때 외국인과 같이 일을 했는데 그들은 나를 M. B. HAM(함)이라고 불렀다. 알파벳의 원형이기도 한 페니키아어의 상형문자 뜻으로 M은 물을 의미하고 B는 집을 의미한다는데 그래서 그런지 나는 유독 물을 좋아했고 어부란 별명을 갖기도 했었다. 대통령 후보 중 한 사람의 이름 머리글자가 나와 같은데 그 후보 역시 물과 관계된 공적과 공약을 내세우고 있다. 천이나 운하를 넓은 의미로 '물의 집'이라고 본다면 이름과 딱 들어맞지 않나 싶다.

수목장지를 돌아보며 든 생각이다. 수목장의 원조 격인 인디언들은 자기가 살며 가장 많이 열매를 따 먹은 나무 밑에 묻혀 그 나무에 거름이 되었다고 한다. 참 깊고도 깊은 의미를 지닌 장례 풍속이다. 수목장지를 산책하다 보면 나무 중에는 이름표가 두 개 붙어 있는 것도 있는데 아마 부부를 합장한 것 같다. 내가 본 수목장 나무에 붙은 이름표는 다들 일회용 라이터만큼이나 작다. 나무에 망자의 이름을 건 유족들의 마음을 헤아려보면 차마 이런 말하기는 뭐하지만 우리도 수목장 문화가 앞선 유럽처럼 이름을 걸지 않는 것은 어떨까. 수목장지 입구에서 유골을 받아 관리인이 선택한 나무 밑에 모시면 유족들은 특정 나무가 아니라 그 수목장지에 있는 모든 나무들을 사랑하게 되고 그 숲, 그 산 전체를 사랑하게 된다는 뜻을 한번 새겨보는 것은 어떨까.

생텍쥐페리의 소설 『어린 왕자』를 읽다 보면 주인공이 어린 왕자와 이별하는 장면에서 이런 대목이 나온다.

"아저씨는 밤에 별들을 바라볼 거야. 내 별은 너무 작아서 어디에 있는지 아저씨에게 가르쳐줄 수가 없어. 그게 더 나아. 내 별은 아저씨에게는 많은 별들 중의 하나가 될 테니까 말이야. 그래서 아저씨는 그 모든 별들을 바라보는 것이 좋아지게 될 거야……."

우리는 각자 개인으로 존재하지만 동시대인으로도 존재한다. 후대에 개인의 이름을 남기는 것보다 서로 껴안고 서로를 사랑한 아름다운 동시대인이었다고 이름을 남기는 게 더 값지지 않을까.

사람 소리

눈이 내렸다. 사람 발자국을 간신히 남길 정도의 자국눈이다. 이렇게 사는 게 아닌데. 눈이 와도 빗자루 들고 눈 치울 마당도 없이 살고 있다니. 참 한심한 시골살이다.

눈이 내린 새벽이면 이웃집에서 눈 치우는 비질 소리가 차고 맑게 들리지 않았던가. 그 소리 듣다가 '또 눈님이 오셨군' 혼잣말을 하며 잠을 개켜 유리창에 올려놓던 그리운 옛집.

눈 내린 새벽, 장갑과 모자를 착용하고 마당으로 나가 찬 공기부터 한 큰 숨 들이마셨다. 상쾌해진 가슴을 만져보고 개집 지붕을 쓸어주었다. 난데없는 사방 은세계에 어리둥절한 똥개의 눈빛.

'야, 길상아, 너는 햇개니까 눈을 모르겠구나. 이게 눈이라는 것이다.'

세월을 조금 더 살았다고 잘난 척하며 눈을 가르쳐주었었지. 그러다가 집 뒤 수백 년 묵은 느티나무를 향해 죄송하다고 고개 숙였었지. 이웃집과 연결된 밭두렁 길을 쓸며 사람살이가 길로 연결되어 있음을 절감할 기회를 준 눈에게 감사도 했었지. 첫눈을 쓸다가 그래도 첫눈인데 하는 미안한 맘이 들어 빗자루질을 멈추고 빗자루 글씨로 '첫 눈 환 영'이라고 내린 눈 위에 써놓고 눈 치우기를 끝내기도 했었지.

나는 지금 눈 칠 몽당 싸리 빗자루 한 자루 없다. 집을 얻어 살다가 방으로 이사하며 살림살이를 처분했기 때문이다.

이사하고 짐을 푼 저녁, 나는 아차 싶어졌다. 옆방 사람들 떠드는 소리가 고스란히 들려왔다. 이 일을 어쩐담. 사전에 두 번씩이나 와서 방을 봤거늘 왜 옆방 소리를 의식하지 못했을까. 내가 집을 보러 왔던 한낮, 옆집 사람들은 일터에 나갔었나보다. 낭패감이 들었고 그때서야 벽을 톡톡 두드려보니, 아뿔싸! 벽은 샌드위치 패널 한 장으로 되어 있는 게 아닌가.

옆방 사람들 소리가 들리는 것은 상관없다 해도, 옆방 사람들이 들을 내 소리들은 어쩔 것인가. 나는 대개 아홉 시 뉴스를 듣다가 잠이 드는데 라디오를 켜놓고 잠들기 일쑤다. 거기다가 글을 쓴네 하고 두세 시면 일어나 자판을 두드리기도 한다. 옆방 사람들이 얼마나 괴로워할까. 80년대 초 습작 시절 친구 방에서 타자기를 두드리다 주인집 할머니한테 간첩으로 오인 받았던 일까지 떠오르며 걱정이 배가되었었다.

옆방 사람들은 생각보다 조용했다. 세탁기 돌리는 소리와 상대편이 잘 못 알아듣는지 답답해하며 언성을 높여 전화 통화를 할 때만 신경이 약간 쓰일 뿐. 나도 신경을 썼다. 가급적 한밤중에는 변기 물을 안 내렸다. 부득이 물을 내렸을 때는, 차오르는 물소리가 멎은 다음에 화장실 문을 열었다. 또 한밤중에 컴퓨터 사용을 자제했고 집을 비울 땐 집 전화기 벨 소리를 묵음으로 해놓았다.

그렇게 조심조심 살던 어느 날이었다. 집에 놀러온, 내가 살던 옛 동네 동생에게 목소리를 낮추라고 했을 때 그가 던진 말 한마디가 나를 후려쳤다.

"괜찮시다. 다, 사람 살아가는 소리 아니꺄. 사람 소리인데, 뭘 그러시꺄."

사람 살아가는 소리. 사람 소리라. 그 말은 쪼잔한 내 맘보를 흔들어놓기에 충분했다. 나는 옆방에 아이가 없어서 시끄럽지 않은 게 다행이라고 여겼다. 싸움하지 않는 이웃을 만난 것만도 축복이라고 호들갑을 떨었었다. 이 얼마나 좀팽이 같은 심사인가. 아이 우는 소리, 싸우는 소리 다 사람 살아가는 소리라고 생각하면 못 받아들이고 못 껴안을 게 뭐 있겠는가.

한밤 혼자 산 고개를 넘고 있었다. 머리카락이 쭈뼛쭈뼛 서 담배를 한 대 꺼내 물었다. 그때 멀리서 개 짖는 소리가 들려왔다. 근처에 사람이 살고 있음을 증거하는 소리를 듣자 맘이 즉시 안도되었다. 나는 고개를 넘는 내내 개가 오래, 더 크게 짖어주기를 바라며 라이터 불꽃을 간간이 튀겼다. 그날 나는 개 짖는 소리를 통해 사람 살아가는 소리를 들었던 것이다.

오늘 나는 철물점에 가자. 플라스틱 빗자루라도 한 자루 사놓자. 그리고 눈이 오면 어디 아무 데나 가서 길을 쓸자. 사람이 살아가는 길을 쓸면 사람 살아가는 소리가 나리라. 사람 살아가는 소리를 내자. 사람 소리를 내자. 그 소리는 눈의 고요, 눈의 침묵에게도 용서받을 수 있으리라.

길들은 다 일가친척이다

지은이 함민복
펴낸이 김영정

초판 1쇄 펴낸날 2009년 10월 1일
초판 8쇄 펴낸날 2018년 5월 21일

펴낸곳 (주)현대문학
등록번호 제1-452호
주소 06532 서울시 서초구 신반포로 321(잠원동, 미래엔)
전화 02-2017-0280
팩스 02-516-5433
홈페이지 www.hdmh.co.kr

값 11,000원

ISBN 978-89-7275-448-0 03810